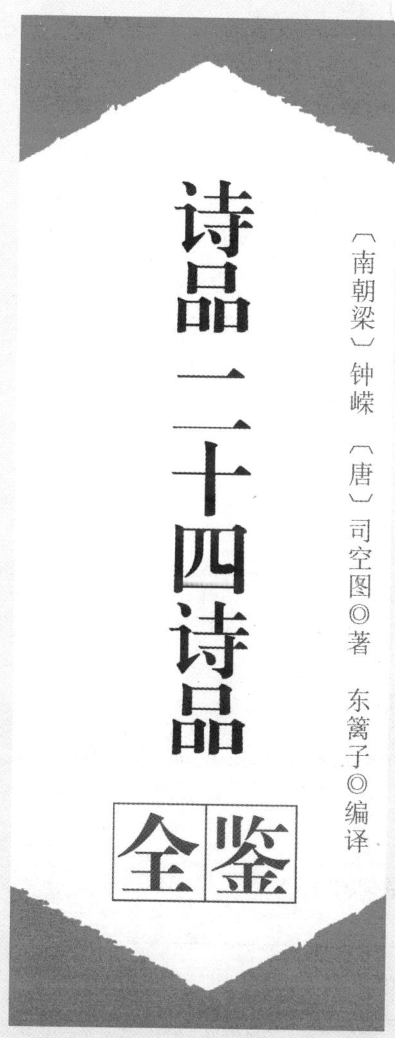

中国纺织出版社有限公司
国家一级出版社
全国百佳图书出版单位

内 容 提 要

《诗品》是我国最早的一部诗论专著。《诗品》以“自然”为诗歌的根源，“自然之美”为诗歌的最高艺术魅力，同时预言了五言诗的兴起，这很不简单。

《二十四诗品》杂糅儒释道三家思想哲学，以自然淡远为审美基础，按照诗歌的表现手法，将诗歌分为雄浑、含蓄、清奇等二十四种风格，每一种品格用四言韵语加以形象描述。

《诗品》与《二十四诗品》对后世的诗论和诗歌创作，产生了深远的影响。本书将《诗品》与《二十四诗品》合编一册，既有利于读者了解诗歌的美学与意境，又能通过对比两部诗评著作的各自倾向与所长，获得更为深入的感悟。

图书在版编目（CIP）数据

诗品：二十四诗品全鉴 /（南朝梁）钟嵘，（唐）司空图著；东篱子编译. --北京：中国纺织出版社有限公司，2021.7（2024.1重印）
ISBN 978-7-5180-8561-3

Ⅰ.①诗… Ⅱ.①钟… ②司… ③东… Ⅲ.①古典诗歌—诗歌理论—中国 ②《二十四诗品》—译文③《二十四诗品》—注释 Ⅳ.①I207.227.391

中国版本图书馆CIP数据核字（2021）第091613号

责任编辑：段子君　　责任校对：高　涵　　责任印制：储志伟

中国纺织出版社有限公司出版发行
地址：北京市朝阳区百子湾东里A407号楼　邮政编码：100124
销售电话：010—67004422　传真：010—87155801
http://www.c-textilep.com
中国纺织出版社天猫旗舰店
官方微博 http://weibo.com/2119887771
永清县晔盛亚胶印有限公司印刷　各地新华书店经销
2021年7月第1版　2024年1月第2次印刷
开本：710×1000　1/16　印张：20
字数：196千字　定价：68.00元

前言

本书在体例上分为上下两篇，上篇为《诗品》，下篇为《二十四诗品》。

《诗品》，南朝梁钟嵘（约468—518）所著，最初名为《诗评》，后来《诗评》《诗品》并用，今用《诗品》统一称之。《诗品》对汉魏至南朝齐梁的五言诗进行了系统的论述，其见解和主张，对后世的诗论产生了重大影响。钟嵘是想通过《诗品》，纠正魏晋至齐梁以来的不正确的写诗风气，通过对已故诗人的评论，树立正确的诗歌创作准则，从而对后人写诗起到指导作用。《诗品》被推为“百代诗话之祖”，与同时代刘勰所著《文心雕龙》，被称为中国古代文学批评史上的双璧（《四库全书总目提要》称其“可与《文心雕龙》并称”）。

《诗品》分为两部分，一是《诗品序》；二是对汉魏至南朝齐梁间的一百二十二位诗人的品评，对诗人的品评又分为上、中、下三品。以品级评定诗人，这并非钟嵘独创，而是顺应“九品论人、七略裁士”的社会习惯。《汉书·古今人表》中，班固以九品分等对历史人物进行分类论述，是为九品论人。曹魏时，设立“九品官人之法”作为选官制度。刘歆所撰《七略》分流派叙述学术渊源并进行评说，是为《七略》裁士。《诗品序》最初是以三段存在，分别置于上、中、下三品的篇首。后来清代何文焕将三品序言合在一起，置于通篇之首。周振甫认为，将序言合三为一，反而恰当。

《诗品》上、中、下三品分卷，将自汉魏至南朝齐梁间的一百二十二位诗人，分为上品十一人，中品三十九人，下品七十二人，对每一位诗人的诗歌风格与优劣进行评说，并点明诗人的继承流派。

《诗品》的产生有两个因素，一是当时五言诗蓬勃发展，由之而产生了文学批评的风气盛行，随着也就出现了文学批评的著作；二是钟嵘个人的学识和性格，毕竟文学评论是理论性比较强的，没有学识不足以涉足其中，同时指名道姓评说优劣，没有秉直、不怕得罪人的性格也是难为。钟嵘的这种性格，清晰体现于他的两道奏疏（仅存），一是上书齐明帝萧鸾，建议按照本领授予官职，反对官员的滥用，因而得罪了齐明帝，差点招致祸患；二是上书梁武帝萧衍，依旧是反对滥用名位。钟嵘虽然有股子吃力不讨好的性格，但他对诗文却持有雅正典丽的创作风范与美感欣赏，他的这种风格也贯穿了《诗品》的始终。

在钟嵘的文学观念和美学思想中，“气”发挥了主导作用。“气”抽象而充盈于天地间，无形无迹却不可或缺，万物受其催动而运行；“气”又是具体可见的，如春暖花开、秋来萧瑟，皆是“气”之体现。气之动物，物之感人，人的情愫变化付之于文字，则尤以诗歌为最美。所以钟嵘极为推崇以曹植为首的建安风骨，“骨气奇高，词采华茂，情兼雅怨，体被文质”既是他对曹植的膜拜，也是他对诗歌美感的最高憧憬。如他评说张华时，说张华“虽名高曩代，而疏亮之士，犹恨其儿女情多，风云气少”。七百年后，元好问不服，说：“邺下风流在晋多，壮怀犹见缺壶歌。风云若恨张华少，温李新声奈若何。”（《论诗三十首·其三》）亦是此意。

钟嵘的文学批评，曹旭《诗品集注》中概括得非常透彻：致流别，辨清浊，掎摭病利，显优劣。致流别，即区分诗歌的风格流派，追溯其渊源；辨清浊，即辨析不同流派及同一流派中风格的一致性和多样性；掎摭病利，主要指陈诗歌作品的利病得失；显优劣，则为评定诗人地位的优劣高低。

钟嵘对诗歌的评析无疑是具有前瞻性的，如他对五言诗鼎盛的预言，最终在唐代成真，而处在唐代的诗人，如李白并没有认识到这一点。相反，唐代诗人如卢照邻、释皎然为代表，或是对钟嵘《诗品》不以为意，或是以钟嵘"外行"评诗嗤之以鼻，但这都无碍于钟嵘的观点及《诗品》的存在，且被后世所证明。当然，钟嵘以"滋味"为核心，以"自然""风骨"以及以"兴"为主的抒情为标准的评判，无法囊括全部诗歌风格优劣，以至后人认为他不及刘勰持中，且其对陶潜、鲍照等人的评级，也颇受后人指摘，这也是难以避免之事。

《二十四诗品》旧说是司空图所作，现普遍认为作者不明。全书分为二十四部分，每部分以二字词冠名，以表明诗歌的风格特点。《二十四诗品》极少运用理论概括性词语，大量运用比喻象征的手法，语言优美，情趣优雅。

《二十四诗品》原文字数不多，但思想上却涉及到传统诗学、道家哲学及佛家佛理。《二十四诗品》对不同的诗歌风格进行了形象描述和概括，又对每品诗歌的产生进行了思想探究。《二十四诗品》本身即为文辞优美、意境颇高、不可多得的诗篇。

《二十四诗品》的题目皆为双字，而内容又皆为四言，体例形式决定了作者无法通过形象的描述和情节的演绎来阐释每一品的内容，于是多以抽象和喻示来进行内容的展开。作为读者或希望有所探求的人，就应该在作者抽象的喻示所指上下功夫，而什么事都往司空图（本书赞同司空图作者存疑的观点）身上靠，因为司空图品性淡泊，又一度归隐，且有“知非子”“耐辱居士”的号，于是就凡事一把揪住道家、佛家不放，硬是在道家玄理与佛家佛理之间引经据典。即便司空图是《二十四诗品》作者，可是他首先是儒生，而不是道家门人或佛家居士。况且，唐哀帝被弑，他绝食而死，这也不是道家或佛家的主张。所以，对于《二十四诗品》的理解，无须在难以把握的作者思想活动上费心思，毕竟目前该书作者依旧存疑，而应该在原文的直接语意与喻示上下功夫，一旦难以确断，那么宁可遵从原文的字面意思，而不必非要在道家玄理、佛家禅理上找根源。

解译者

2020 年 11 月

上篇《诗品》

下品（七十二人）/ 109

下篇《二十四诗品》

上篇《诗品》

《诗品》序①

梁·钟嵘 著

【原文】

气之动物②，物之感人③，故摇荡性情④，形诸舞咏。照烛三才⑤，晖丽万有⑥，灵祇待之以致飨⑦，幽微藉之以昭告⑧。动天地，感鬼神，莫近于诗⑨。

【注释】

①《诗品》序：通行本的长序，是清人何文焕在其《历代诗话》中合并先前三品各自序言而成。《梁书·钟嵘传》中，序是分三段的，“气之动物”至“均之于谈笑耳”为上品序；“一品之中”至“请寄知者尔”为中品序；“昔曹、刘殆文章之圣”至“文彩之邓林”为下品序。

②气：节气。

③气之动物，物之感人：节气变化引发万物盛衰，万物盛衰又触动人的情感。

④摇荡：摇动、鼓动，此为抒发情感。

⑤照烛：照耀。三才：天、地、人，此指代天地之间。

⑥晖丽：辉映艳丽。万有：万物。

⑦灵祇：指代天地。灵，天神。祇，地神。致飨：享用祭祀供奉。

⑧幽微：幽灵，此指鬼。昭告：明白告知。

⑨动天地，感鬼神，莫近于诗：语出《毛诗·大序》“故正得失，动天地，感鬼神，莫近于诗”。《毛诗》此语用来言说诗歌的祭祀和教化功效，钟嵘此处则是单就诗歌的纯文学意境而言的。

【白话译文】

四时节气更迭引发万物兴衰，万物兴衰触发人的情感，所以人们尽情抒发自己的性情，表现于舞蹈和吟唱的形式。（人们的舞蹈和吟唱）照亮了天地间，万物因它而光辉艳丽，天地鬼神仰仗它而享用供奉，依靠它而明告神明。感动天地鬼神，没有什么（文学艺术形式）比诗歌更能接近了。

【解读赏析】

气催万物萌动、凋敝，万物萌动、凋敝则又触发人的情感，人抒发情感而产生诗歌，可见钟嵘以“气”为诗歌之根本。此处所说的“气”，为天地自然之节气。

钟嵘以气论诗，有历史和现实的背景，《诗经》经过汉代的注疏，强调了祭祀或教化的功用，而轻视了文学本身之美，所以汉代诗文往往过于质木。东汉末年，曹植诗文气概与气韵超群，在以曹植为首的一干诗人的带动下，诗歌达到文质兼备的高度。这也是钟嵘所推崇的。

但永嘉时期，诗歌又陷入清谈，动辄引经据典，写诗如同抄书，反而失去了诗歌的情趣滋味。钟嵘主张诗歌为人真性情的自然流露，是他对诗歌现实的不满和批评。

【原文】

昔《南风》之词①，《卿云》之颂②，厥义敻矣③。夏歌曰“郁陶乎予心”④，楚谣曰“名余曰正则”⑤，虽诗体未全，然是五言之滥觞也⑥。逮汉李陵，始著五言之目矣⑦。古诗眇邈⑧，人世难详⑨，推其文体，固是炎汉之制⑩，非衰周之倡也⑪。自王、扬、枚、马之徒⑫，词赋竞爽⑬，而吟咏靡闻。从李都尉迄班婕妤⑭，将百年间，有妇人焉，一人而已⑮。诗人之风⑯，顿已缺丧。东京二百载中⑰，惟有班固《咏史》⑱，质木无文。

【注释】

①《南风》：上古乐曲，相传为舜所作。《礼记·乐记》：“昔者舜作无弦之琴，以歌《南风》。”《南风》歌词，见于《孔子家语·辨乐》：子路鼓琴，孔子闻之，谓冉有曰：“……昔者，舜弹五弦之琴，造《南风》之诗，其诗曰：‘南风之薰（温和）兮，可以解吾民之愠（怨恨）兮；南风之时兮，可以阜（丰富）民之财兮。’”但周振甫在其《诗品译注》中说，这段歌词是后人拟作。

②《卿云》：舜时的乐曲。禹治水有功，舜禅让帝位与禹。禅让

之时，有才德的人和百官同唱《卿云歌》，庆贺政通人和、国泰民安的清明大治。《尚书大传·虞夏传》："舜将禅禹，于是俊乂百工相和而歌曰：'卿云（祥云）烂（灿烂）兮，纠（jiū 集结）缦缦（萦回舒卷貌）兮。日月光华，旦复旦兮。'"。这段歌词也是后人拟作。

③ 敻（xiòng）：久远。

④ 夏歌：此指《尚书·夏书·五子之歌》，第五章歌词有："郁陶（哀伤郁积）乎予心"。这是夏代的诗歌。

⑤ 楚谣：此指《楚辞》。屈原《离骚》："名余曰正则兮，字余曰灵均。"屈原父亲给他起名"平"，字"原"。屈原自称名"正（平）则（法）"，字"灵均"。

⑥ 然是：曹旭《诗品集注》作"然略是"。滥觞（làn shāng）：长江源头水很浅，只能浮起酒杯。后指事物的开始或起源。滥，浮起。觞，角质的酒杯。语出《荀子·子道》："昔者江出于岷山，其始出也，其源可以滥觞。"

⑦ 逮：及，到。李陵：汉代名将李广之孙，武帝时诗人、将领。《文选》(即《昭明文选》) 卷二十九载李陵所作五言诗《与苏武三首》。但现在普遍认为，这不是李陵所作，乃后人拟作。著：写作。目：明目，名称。

⑧ 古诗：此特指汉代无名氏所作五言诗的统称。眇邈：遥远，久远。

⑨ 人世：古诗的作者和具体写作年代。难详：难以详考。

⑩ 炎汉：即汉代。古代有用金、木、水、火、土五行来演绎王朝更迭的说法，如秦为水德，汉为火德。《尚书·洪范》记载："火曰炎

上（燃烧）。”故，汉称炎汉。

⑪ 衰周：西周末年，平王东迁，是为衰周。衰周即指东周（春秋战国）。

⑫ 王、扬、枚、马：即西汉四位赋作家王褒、扬雄、枚乘、司马相如。他们写赋，并没有写五言诗。

⑬ 竞爽：比美，争胜。竞，相较高低。爽：豪迈。

⑭ 李都尉：李陵官拜骑都尉。班婕妤（jié yú）：名字不详，西汉著名的辞赋才女，汉成帝刘骜的妃子。婕妤，嫔妃等级称号，汉元帝后，婕妤是皇后之下的第二等嫔妃。

⑮ 一人：此指李陵，并非指班婕妤。

⑯ 诗人：《诗经》的作者（曹旭《诗品集注》）。

⑰ 东京：即洛阳，此代指东汉。西汉都城长安，称为西京或西都；东汉都城洛阳，称为东京或东都。张衡《二京赋》，班固《二都赋》的京、都都是指长安和洛阳。

⑱《咏史》：东汉班固创作的一首五言诗。东汉永元四年（92），大将军窦宪谋反兵败被杀，班固受到株连被免官。班固的儿子们不守法度，与家奴冲撞侮辱洛阳令。洛阳令种兢怀恨在心，伺机报复。班固受儿子们的牵连，被捕入狱，死在狱中。五言诗《咏史》是班固狱中所作，全诗叙事凝练，语言质朴。希望用西汉文帝时缇萦上书的事迹感动汉和帝。班固死后，和帝杀种兢抵罪。

【白话译文】

昔时《南风歌》之词，《卿云歌》之歌，它们存在的时间距今已经非常久远了。夏代的歌说“哀伤郁积在我心”，楚地的歌谣说“给我起名叫作正则”，虽然体裁并不是严格的五言诗，但已经是五言诗的开头了。到了汉代李陵，他开始创作五言诗，五言诗才有了正式名称。古诗久远，其作者和写作年代已经难以详考，从体裁和风格上探究，应该就是汉代的创作，而不是周代末年衰败之后的开创。自王褒、扬雄、枚乘、司马相如等人开始，以辞赋比美争胜，至于诗歌写作却是没有听说过。从李都尉迄班婕妤，将近一百年的时间里，（除了）有一个女诗人，也就李陵一个真正的诗人罢了。《诗经》以来的诗歌传承，戛然中断。东汉两百年中，只有班固的《咏史》诗，（还）质朴木讷，缺少文采。

【解读赏析】

钟嵘理顺了从上古尧舜禹时代，至东汉（建安年间以前）以来五言诗的发展轨迹。钟嵘《诗品》所涉及到的所有诗人溯源的两大源头，《诗经》和《楚辞》，在这里都分别出现，并予以极高的推崇，同时表明了以悲为美的审美基调，夏歌曰“郁陶乎予心”，楚谣曰“名余曰正则”。

钟嵘评诗，固然出于自身的卓识，可是他的卓识依然来自于他所生活的文化土壤。“从李都尉迄班婕妤，将百年间，有妇人焉，一人而已。”对女性诗人的轻视，这很难简单说是钟嵘主观上的故意。《论语·泰伯》中，孔子评说武王“予有乱臣十人”时，说：“有妇人焉，九人而已。”武王说，我有十位治世之臣。孔子说，实际上是九个，另一个邑姜是女的，不算。同样也很难说是孔子存在主观上的刻意忽视女性。当时的社会文化即是如此，忽视往往发生于潜意识的不经意间。就如同说现代足球，同样是世界杯，可是只有男子世界杯的那座奖杯似乎才光芒四射。这与歧视无关。

【原文】

降及建安①，曹公父子②，笃好斯文；平原兄弟，郁为文栋③；刘桢、王粲，为其羽翼④。次有攀龙托凤，自致于属车者⑤，盖将百计。彬彬之盛⑥，大备于时矣。尔后陵迟衰微⑦，迄于有晋⑧。太康中⑨，三张、二陆、两潘、一左⑩，勃尔复兴⑪，踵武前王⑫，风流未沫⑬，亦文章之中兴也。永嘉时，贵黄老，稍尚虚谈⑭。于时篇什，理过其辞⑮，淡乎寡味。爰及江表，微波尚传⑯。孙绰、许询、桓、庾诸公诗，皆平典似《道德论》，建安风力尽矣⑰。先是郭景纯用俊上之才⑱，变创其体；刘越石仗清刚之气⑲，赞成厥美。然彼众我寡，未能动俗。逮义熙中，谢益寿斐然继作⑳。元嘉中㉑，有谢灵运，才高词盛，富艳难踪，固以含跨刘、郭，陵轹潘、左㉒。故知陈思为建安之杰，公干、仲宣为辅㉓；陆机为太康之英，安仁、景阳为辅㉔；谢客为元嘉之雄，颜延年为辅㉕；

斯皆五言之冠冕，文词之命世也㉖。

【注释】

① 建安：汉献帝刘协年号（196—220）。这个时期东汉朝廷的政治大权主要由曹操所掌握。曹操、曹植父子都具有很高的文学修养和造诣，在他们的带动下，建安年间的文学发展到了汉代的一个新的高峰。因为此时曹氏已经控制了东汉政权，故这段时间的文学——建安文学，便不归为汉代文学的范畴。

② 曹公父子：即曹操和他的两个儿子曹丕、曹植。

③ 平原兄弟：曹植（曾被封为平原侯）、曹丕。有种说法，认为此处兄弟应为曹植和曹彪，但曹彪的文事显然不足以与曹植并列，更无法配得上“文栋”二字。文栋：即文坛栋梁。

④ 刘桢、王粲：两人都出身高门大族，是建安文学的著名代表，列入“建安七子”。刘桢病死于建安二十二年（217），年仅 28 岁。刘桢以五言诗名闻于世，诗风遒劲、质朴，与曹植并举，称为“曹刘”。王粲病逝于建安二十二年（216），终年 41 岁。他的诗赋为建安七子之冠，与曹植并称“曹王”。《三国志》记王粲著诗、赋、论、议近 60 篇。羽翼：此为辅佐、佐助之意。

⑤ 攀龙托凤：即攀龙附凤，攀附结交权贵之意。属车：本意为天子出行时，伴随从属的车子。此指部属。

⑥ 彬彬：文质兼备。语出《论语·雍也》：“质胜文则野，文胜质则史，文质彬彬，然后君子。”

⑦ 陵迟衰微：逐渐衰落。陵迟：像丘陵从高到低那样下降。

⑧ 有晋：即晋代。有，助词，无实意。

⑨ 太康：晋武帝司马炎（西晋皇帝）的第三个年号(280—289)，共使用10年。

⑩ 三张：张载、张协、张亢三兄弟。二陆：陆机、陆云两兄弟。两潘：潘岳、潘尼叔侄。一左：左思。

⑪ 勃尔：突然。

⑫ 踵武前王：继承前代王者风范，即继承曹氏父子的建安风骨。踵，继续。武，足迹。

⑬ 风流未沫：建安文学风范未尽。风流，建安文学的风范。沫：尽。

⑭ 永嘉：西晋怀帝司马炽的年号（307—311）。黄老：黄帝和老子，道教尊黄帝和老子为始祖。虚谈：即清谈，追求玄理，不讲实际。虚，即不与实际相关联。谈，即谈论《周易》《老子（道德经）》《庄子》的玄理。

⑮ 篇什：《诗经》的《雅》《颂》部分篇章以十篇为一什（一卷），后用篇什指诗篇。理过其辞：注重内容而忽视文采。理，指代内容。辞，文采。

⑯ 爰：于是。江表：长江以南的地区，后泛指江东，此指东晋。表，“里”的对立面，中原看江南为外，故称表。微波：清谈的风气。

⑰ 孙绰、许询、桓、庾：孙绰、许询、桓温、庾亮，这几人都是东晋时玄言诗的代表人物，他们以玄理入诗，逃避现实。平典：平淡典正。《道德论》：何晏所作阐释、阐发道家玄理的文章。建安风力：即建安风骨，文辞刚健遒劲，意韵俊朗飘逸。

⑱ 郭景纯：郭璞，字景纯。郭璞信奉龙虎宗道教正一道，长于周

易演算与道家算术，诗文以“游仙诗”名闻于世。《诗品》称其“始变永嘉平淡之体，故称中兴第一”。俊上：卓越不凡。

⑲ 刘越石：刘琨，字越石，善于文学，精通音律，诗歌多描写边塞生活。清刚：清新刚健。

⑳ 义熙：东晋安帝司马德宗的第四个年号（405—418），共计使用 14 年。谢益寿：谢混，字益寿。长于山水诗，颇有文采，但仍受玄言诗影响，以致成就不大。钟嵘《诗品》将其诗定为中品。

㉑ 元嘉：南朝刘宋宋文帝刘义隆的年号（424—453）。

㉒ 谢灵运：南北朝时期诗人、佛学家。谢灵运工诗善文，山水诗在晋宋勃然而兴，其功首推谢灵运。他与颜延之并称“颜谢”。含跨：超越。陵轹（lì）：压倒。轹，车轮碾压，引申为超过。

㉓ 陈思：曹植。曹植封为陈王，死后谥“思”。李白《将进酒》“陈王昔时宴平乐，斗酒十千恣欢谑”中，陈王即为曹植。公干、仲宣：即刘桢、王粲，刘桢字公干，王粲字仲宣。

㉔ 安仁、景阳：即潘岳、张协，潘岳字安仁，张协字景阳。

㉕ 谢客：谢灵运，小名客儿。颜延年：颜延之，字延年。

㉖ 命世：即名世，名闻于世。

【白话译文】

后来到建安年间，曹操、曹丕、曹植父子，嗜好文学；曹植、曹丕兄弟，成为文坛栋梁；刘桢、王粲二人，成为他们（成就）的辅助。再次一级，那些攀附依托，自愿追随在他们后面的，大约数以百计。文质兼备的文学盛况，备极一时。建安以后，文学之风逐渐没落，直到晋代。太康年间，张载、张协、张亢三兄弟，陆机、陆云两兄弟，潘岳、潘尼叔侄，左思突然兴起，继承建安文学盛况，建安风流才没有泯灭，这也算是诗歌的中兴了吧。永嘉时，文坛重视黄老学说，推崇玄虚清谈。当时的文学创作风气，注重内容而忽视文采，读来寡淡无味。直到东晋之时，玄虚清谈的风气还在延续。孙绰、许询、桓温、庾亮他们的诗歌，都平淡典正得像《道德论》，建安风骨已然殆尽。起初，郭璞以其卓越的才华，一改平淡的文风开创新体；刘琨以其清新刚健的气度，应和郭璞的革新。但是坚持平淡文风的人多，敢于革新的人少，没有能够改变当时的世俗文风。到了义熙年间，谢混以其斐然文采继续创新。到了元嘉年间，才华横溢辞藻华丽，作品丰富艳丽，难以追随，实际已经超越了刘琨、郭璞，盖过了潘岳、左思。由此而知，曹植是建安文学的领袖，刘桢、王粲为辅佐；陆机是太康文学的领袖，潘岳、张协为辅佐；谢灵运是元嘉

文学的领袖，颜延之为辅佐；这些都是五言诗最高成就的诗人，都是文章才华名副其实的人物。

【解读赏析】

这部分剖析了五言诗从东汉末建安年间，到南朝刘宋元嘉年间的发展历程，并介绍不同时期著名的诗人。从东汉末建安年间开始，直到南朝刘宋，钟嵘提出了三个中心：以曹植为首的建安文学，以陆机为首的太康文学，以及以谢灵运为首的元嘉文学。

这里钟嵘提到了一个词，建安风力。建安风力即建安风骨，是建安文学的固有特色。曹旭《诗品集注》中说："建安风力，亦称建安风骨，指建安时代特有的诗歌精神，即诗歌内容丰富充实、基调慷慨悲凉、语言俊爽刚健相统一的时代风格。"钟嵘是极度推崇建安风骨的，他对曹植的评价可谓至高至上。那么建安文学与汉代特别是西汉文学的区别在哪里呢？建安文学兼有汉代文学的刚健有力，又重视语言和修辞上的手法，更显脱俗悦目。

到了晋代文学则陷入了道家哲学的泥淖。中国的哲学有一个很大的特点，只注重世界观，不注重方法论。这就使得几乎所有的思想流派，在社会实践中会遇到问题。讲求玄学著称的道家哲学更是如此，老子就曾说："玄之又玄，众妙之门。"于是，文学创作消失了，纷纷崇尚清谈，开口闭口就是《周易》《老子（道德经）》《庄子》。李白在《宣州谢朓楼饯别校书叔云》中说："蓬莱文章建安骨，中间小谢又清发。"也反应了他对建安以后魏晋文学的看法。

孔子说："质胜文则野，文胜质则史，文质彬彬，然后君子。"汉代文学虽刚健，却缺乏文采，建安以后直到南朝刘宋永嘉年间，文学又陷入虚无，不仅内容贫乏，语言也寡淡乏味，相比之下，建安文学的文质兼备就是难能可贵了。正因如此，钟嵘推崇建安风骨，希望改变颓废的诗坛现状。

【原文】

夫四言，文约意广①，取效《风》《骚》②，便可多得。每苦文烦而意少③，故世罕习焉④。五言居文词之要⑤，是众作之有滋味者也⑥，故云会于流俗⑦。岂不以指事造形⑧，穷情写物⑨，最为详切者耶？故诗有三义焉⑩：一曰兴，二曰比，三曰赋。文已尽而意有余，兴也；因物喻志，比也；直书其事，寓言写物，赋也。弘斯三义⑪，酌而用之，干之以风力，润之以丹彩⑫，使咏之者无极，闻之者动心⑬，是诗之至也。若专用比兴，则患在意深，意深则词踬⑭。若但用赋体，则患在意浮，意浮则文散，嬉成流移⑮，文无止泊⑯，有芜蔓之累矣⑰。

【注释】

① 文约意广：诗文字少，文意深远。约，简约，少。广：远大。

② 取效：效仿。《风》《骚》：分别指代《诗经》和《楚辞》。《风》，《诗经》中的《国风》。《骚》，《楚辞》中的《离骚》。

③ 文烦而意少：文字繁复而内涵却少。烦，曹旭《诗品集注》：原作“繁”，据《梁书》《集成》《全梁文》本改。

④ 罕习：很少习作，即写作四言诗的人越来越少。

⑤ 五言居文词之要：五言诗在所有多言诗体中最为得宜。当时，诗有四言、五言、六言等，五言诗的字数和用词是最合适的。

⑥ 滋味：即诗歌的味道。

⑦ 会于流俗：即合于世俗的审美。

⑧ 指事造形：指陈事件，创造形象。

⑨ 穷情写物：尽情地抒发感情，描写物象。

⑩ 故诗有三义：一说为“故诗有六义”，按曹旭《诗品集注》引申车柱环《校证》说法，此处应为“六义”。三义，三种文学创作手法。兴，即起兴，先言他物以引起所咏之物。如《桃夭》中，“桃之夭夭，灼灼其华”的桃花艳丽红火，引起“之子于归，宜其室家”女子嫁入夫家后家庭和睦美满的吟叹。比，即类比，以彼物比此物。如《硕鼠》中，“硕鼠硕鼠，无食我黍！三岁贯女，莫我肯顾”，用硕鼠的贪婪无情来类比剥削者。赋，平铺直述，类于排比。如《击鼓》中，“死生契阔，与子成说。执子之手，与子偕老”。此处，钟嵘以“文已尽而意有余”来解释“兴”字，与《诗经》的“兴”的手法已然不同。

⑪ 弘：别本有作“宏”。“弘”与“宏”通义，“宏”是“弘”的假借字。

⑫ 干之以风力，润之以丹彩：以风力为诗歌的骨干，以丹彩为诗歌的润饰。丹彩，即文采。

⑬ 使咏之者无极，闻之者动心：使咏唱的人忘情其中，听到的人心情摇曳。别本作“使味之者无极”。

⑭ 意深：诗意深沉，其在行文中的情况，类于白居易《长恨歌》所说“冰泉冷涩弦凝绝，凝绝不通声暂歇”。踬（zhì）：磕绊，不顺畅。

⑮ 嬉成流移：诗文缺少广度与深度，从而无所依着。

⑯ 文无止泊：诗文没有中心主旨。止泊：立足。

⑰ 芜蔓：冗杂散乱。

【白话译文】

四言诗文字简略而含义深远，效仿《诗经》《楚辞》就可以得到很多体会。往往苦于整篇诗作文字繁复而内涵却少，所以四言诗写作的人越来越少。五言诗字数不多不少，字词既不繁杂又不简陋，是多言诗体中最好的形式，是众多形式的诗体中最有诗味的，所以说才合于世俗审美。难道不是因为五言诗指陈事物，创造形象，极致于抒发感情，描写物象，最详尽切合吗？所以诗歌有三种表现手法：一是兴，二是比，三是赋。诗文已经完结，但意境高远、韵味幽深，难以断绝，这就叫兴；借用外物来比拟自己的心意，这叫比；直言记事，借用言辞写物，这叫赋。弘扬这三种手法，斟酌使用，以风力为诗的骨干，以文采来润饰，使咏唱的人忘情其中，听到的人心情摇曳，这才是诗歌中最好的作品。若是只用比和兴的手法，就会陷入诗意深沉，诗意深沉就会文辞不畅。若是只用赋，就会陷入诗意肤浅空洞，诗意肤浅空洞文辞就散漫无所依着，诗文也就没有了中心主旨，从而就有了冗杂散乱的毛病。

【解读赏析】

在本段中，钟嵘提出了两个概念，一是“滋味说”，二是自行定义的“赋比兴”创作手法。

滋味，即诗味，既是诗歌给人的美感，也是诗歌欣赏的标准。这种美感，来自于自然的真情实感，从而使读者情有所感，为之摇曳，“指事造形，穷情写物”，迥异于玄言诗的“淡乎无味”。中国诗评史上，钟嵘首次提出了“滋味说”，第一次将“滋味”作为诗歌创作和评判的标准。曹旭《诗品集注》认为：刘勰虽然也用“滋味”品文，并且用的次数也不少，从时间上看还早于钟嵘，如《文心雕龙·声律》之“吟咏滋味，流于字句”，可是将“滋味说”列为统一的理论标准，贯穿诗歌的品论，则是从钟嵘开始。可以说，滋味构成了他的诗评理论基础。

西汉时，形成了“诗有六义”的说法，即风、赋、比、兴、雅、颂六义。其中，风、雅、颂三义是就诗歌的形体而言。风是民间诗歌，雅是天子、诸侯、士大夫诗歌，颂是宗庙祭祀诗歌。赋、比、兴则是诗歌的三种写作手法。钟嵘独独提及三义，显然是关注于诗歌的创作手法，而他对于“兴”的定义，更明显侧重于“滋味”。

赋比兴的手法贯穿了《诗经》，也为后世所借用。唐末诗人罗隐有一首七言诗《蜂》：“不论平地与山尖，无限风光尽被占。采得百花成蜜后，为谁辛苦为谁甜。”罗隐借用蜜蜂辛劳采花成蜜来比拟农夫辛苦耕耘却实无所获，通过比的手法，引发对农夫的悲悯和对敛取者的抗议。而比罗隐稍早的另一位诗人李绅，他的《悯农》：“春种一粒粟，秋收万颗子。四海无闲田，农夫犹饿死。”这首诗同样表达了对农夫的悲悯和对敛取者的抗议，手法上则采用了赋的表达方式，平铺直述，直抒胸臆，却同样撼人心动！

唐代应进士科举的士子有向名人行卷的风气，希望能够得到名人的推荐，从而增加考中进士的概率。晚唐诗人朱庆余，向当时的水部员外郎张籍求推荐，写下了《近试上张水部》：“洞房昨夜停红烛，待晓堂前拜舅姑。妆罢低声问夫婿，画眉深浅入时无。”全诗都是在讲述一名新妇新婚之夜后，次日拜见公婆的准备与不安。但实际是朱庆余以新妇自比，而以公婆比于张籍，询问自己的才学，尚可吗？张籍也是很善风情的人，回信说道："越女新装出镜心，自知明艳更沉吟。齐纨未足时人贵，一曲菱歌值万金。"张籍将朱庆余比作绝色佳人。于是朱庆余声名大震。

张籍本人的另一首诗，《节妇吟·寄东平李司空师道》也是因物喻志的名篇：

君知妾有夫，赠妾双明珠。

感君缠绵意，系在红罗襦。

妾家高楼连苑起，良人执戟明光里。

知君用心如日月，事夫誓拟同生死。

还君明珠双泪垂，恨不相逢未嫁时。

【原文】

若乃春风春鸟，秋月秋蝉，夏云暑雨，冬月祁寒①，斯四候之感诸诗者也②。嘉会寄诗以亲③，离群托诗以怨。至于楚臣去境④，汉妾辞宫⑤，或骨横朔野，魂逐飞蓬⑥；或负戈外戍，杀气雄边⑦；塞客衣单⑧，孀闺泪尽⑨；或士有解佩出朝，一去忘返⑩；女有扬蛾入宠，再盼倾国⑪：凡斯种种，感荡心灵，非陈诗何以展其义⑫？非长歌何以骋其情⑬？故曰："诗可以群，可以怨⑭。"使穷贱易安，幽居靡闷⑮，莫尚于诗矣。故词人作者，罔不爱好。今之士俗，斯风炽矣⑯。才能胜衣，甫就小学，必甘心而驰骛焉⑰。于是庸音杂体，人各为容⑱。至使膏腴子弟，耻文不逮，终朝点缀，分夜呻吟⑲。独观谓为警策，众睹终沦平钝⑳。次有轻薄之徒，笑曹、刘为古拙㉑，谓鲍照羲皇上人，谢朓今古独步㉒。而师鲍照，终不及"日中市朝满"㉓；学谢朓，劣得"黄鸟度青枝”[24]。徒自弃于高明，无涉于文流矣[25]。

【注释】

①祁寒：酷寒。祁，大。

②若乃春风春鸟……斯四候之感诸诗者也：此处与前文“气之动物，物之感人，故摇荡性情，形诸舞咏”，及后文“自然英旨”上下承接，体现钟嵘评诗以自然为美的理念。

③嘉会：欢聚。寄诗：即用时来表达。寄：凭借。

④楚臣去境：屈原被构陷，遭到流放离开楚都城。境：都城。

⑤汉妾辞宫：王嫱（字昭君）离开中原，北上匈奴和亲。王昭君是西汉元帝的宫女，汉元帝将她嫁给呼韩邪单于。王昭君辞宫，和屈原流放这两件事，都带有浓厚的个人悲情。

⑥骨横朔野：（战死的）尸骨杂乱地曝露在北方的荒野。横，杂乱。朔，北方。唐代诗人崔道融《梅花》诗中，“朔风如解意，容易莫摧残”，朔风即北风。魂逐飞蓬：魂魄追逐着飘飞的蓬草。空旷的荒野，下有白骨，上有飞蓬，极尽生离死别的悲情与惨淡。

⑦负：肩负。杀气：杀伐之气。雄：盛。

⑧衣单：衣着单薄。

⑨孀闺：曹旭《诗品集注》：孀闺，孀妇所居之室。此以闺室代孀妇，指久与丈夫分别独处之思妇，亦指寡妇。

⑩解佩：本意是解下官印的系带，指被免职或辞官。一去忘返：辞官离开朝堂，再也没有回来。

⑪扬蛾：即扬起蛾眉，意为得意状。蛾（眉），女子的弯眉。倾国：《汉书·外戚传》载，李延年懂音律，善歌舞。一日为汉武帝献

唱："北方有佳人，绝世而独立。一顾倾人城，再顾倾人国。宁不知倾城与倾国，佳人难再得！"此佳人即李延年的妹妹，后来汉武帝的宠妃——李夫人。李延年一家因为妹妹的动人容颜而腾达，后来李夫人早死，李延年被族诛。司马迁把李延年归于《史记·佞幸列传》，可见他对李延年的态度。因此，也就有了"倾国倾城"的背景含义：红颜祸水，祸国殃民。

⑫ 陈诗：赋诗。陈，述说，写作。

⑬ 长歌：高声吟唱，此为赋诗。

⑭ 诗可以群，可以怨：学诗可以懂得如何群处，可以懂得群处不得意时如何讽怨。群，合群相处。怨：讽怨。语出《论语·阳货》：子（孔子）曰："小子（弟子）何莫学夫诗！诗（读诗），可以兴（提升想象力），可以观（提高观察力），可以群（懂得合群相处），可以怨（懂得讥怨）：迩（近）之事父，远之事君，多识于鸟兽草木之名。"

⑮ 易安：易于安贫乐道。幽居：离群索居。靡闷：没有苦闷。靡，没有。

⑯ 士俗：士子和百姓。斯风炽矣：五言诗写作之风盛行。斯，五言诗。炽：盛行。

⑰ 才能胜衣：刚刚长成少年，身体勉强撑得起成人的衣服。甫就小学：刚上小学，识字读书。甫，刚刚。小学，此指开始识字读书。驰骛：迅疾来回奔跑，此指对五言诗的热衷。

⑱ 人各为容：各人有各人的法则。容，法则。

⑲ 膏腴子弟：富家子弟。耻文不逮：耻于诗文不及别人。逮，不及。终朝点缀，分夜呻吟：从早晨就开始遣词造句，到了半夜还在反

复吟咏。点缀，反复雕琢。分夜，半夜。

⑳ 独观：独自欣赏。观，浏览，欣赏。警策：本意为鞭策马匹，使之振奋，此为精当，精彩。众睹：别人看来。平钝：平庸。

㉑ 轻薄之徒：此指对诗歌的学识、见识都很简陋不堪的人。有说轻薄之徒是有所指，即为沈约（钟嵘与沈约的嫌隙，见“中品”沈约词目），可为参考。古拙：古朴，无文采。拙，不懂文采与修辞的拙劣。

㉒ 鲍照：钟嵘认为鲍照的诗，重技法而损害自然。详见“中品”鲍照词目。谢朓：钟嵘认为，谢朓的诗失于细密，才力难继。详见“中品”谢朓词目。

㉓ 日中市朝满：语出鲍照《代结客少年场行》：“日中市朝满，车马若川流。”这并不是鲍照的名句，意思是轻薄之徒尊崇鲍照，却连鲍照的一般水准都没学到。

㉔ 黄鸟度青枝：语出虞炎《玉阶怨》：“紫藤拂花树，黄鸟度青枝。思君一叹息，苦泪应言垂。”虞炎诗中的“黄鸟度青枝”，是化自于谢朓《侍宴华光殿曲水奉敕为皇太子作诗》中的“叶依黄鸟”。是说虞炎学习谢朓，却学得不伦不类。

㉕ 无涉于文流：所习作的诗，难以入流。此指这些人不配列入诗人行列。

【白话译文】

像春天有春风、春鸟，秋天有秋月、秋蝉，夏天有夏云、暑雨，冬天有冬月、酷寒，这是四季气候景物变换引发人的情感变化，体现于诗文之中。欢聚之时，用诗歌来表达亲密；离群索居之时，用诗歌来寄托哀怨。至于屈原受到诋毁被流放离开国都，王昭君北赴荒漠和亲匈奴，有的尸骨横在北方的荒野，孤魂追逐着随风飘飞的蓬草；有的抗着战戈戍卫于外，杀伐之气盛于边塞；边塞的战士衣着单薄，等候丈夫归来的妇人泪已流尽；有的士人挂印辞官，一去不返；女子扬起弯眉入宫受宠，美目流盼倾国倾城：凡此种种，感动心灵，不赋诗如何能舒展其意境？不长歌如何能宣泄其情感？所以说："学诗可以懂得如何群处，可以懂得群处不得意时如何讽怨。"使穷困的人易于安贫乐道，离群索居的人消除苦闷（的方法），没有比写诗更有效的了。所以，诗人没有不爱好五言诗的。当下的士子与普通百姓，喜好五言诗的风气已经非常盛行了。岁及少年，刚入小学识字读书，就没有不热衷于诗文写作并相互攀比的。于是就出现了各种平庸之作、不合体例的诗歌，诗歌创作也是各人有各人的标准，并没有统一的法则可依。致使富家子弟以诗不如人为耻，从一大早就开始点缀修辞，到了半夜还在反复吟咏。自

己读来认为精当，别人一看就落入了下乘。还有轻薄之人，嘲笑曹植、刘桢的诗古朴简陋毫无文采，说鲍照是诗界的伏羲氏，谢朓是古往今来无出其右。可是这样的人，学习鲍照时连“日中市朝满”也没有学习到；学习谢朓，也仅仅学习到“黄鸟度青枝”的水平而已。白白放弃了高明的学习对象，再也无法进入诗人行列。

【解读赏析】

这一部分里，钟嵘对诗歌的评说有三条线：自然之美；以悲为美；对五言诗的认定，以及引出诗歌创作标准的探讨。

自然之美。钟嵘强调“自然英旨”，认为诗文赖于人的真实情感的自然流露才算上乘。其一，四季节气、物象的变化，引发人的情感的涌动，付诸于文字，这是自然；其二，无拘无束不做作的创作方式，才能迎合自然情感，赋情于诗才算上乘。西汉以来，文学重视人性（实为性善的部分，即人性中道德的部分，如仁、义、礼、智、信等），排斥性情（人性中自然的部分，如喜、怒、哀、乐、爱、憎），所以汉代文坛经学一统，质木少文。而魏晋以后，则走过了头，追求道家所谓的回归自然，可是老庄的自然，显然带有强烈的回避现实的味道，离开了现实社会的自然，既无从谈起，也无法谈起，于是陷入了毫无意义的虚谈。在钟嵘看来，唯有居于汉与魏晋之间的建安文学，才是真的形神兼备、文质得宜，是最好的。

钟嵘论诗，以悲情为审美基调。钟嵘所列的感荡心灵的几件事，屈原放逐，昭君出塞，骨横朔野，魂逐飞蓬，兵士衣单，妇人泪尽，士人去朝，美女倾国，无一例外带有浓重的悲情。而他说，不作诗不足以舒展这些事情的意境，不足以抒发这些事情淤积于胸的情绪，实际也就是说，诗歌的产生或作用，就在于抒发震撼人心的悲愤、悲壮、悲怆，与让人凄然凝噎的悲凉、悲伤、悲戚。

钟嵘无疑是推崇五言诗的，“使穷贱易安，幽居靡闷，莫尚于诗矣”，“故词人作者，罔不爱好”。五言诗的增多，顺势引出了对诗歌创作标准的探讨。而钟嵘显然又以建安文学为标准，凡是轻视曹植（建安文学领袖）、刘桢（辅佐），追逐鲍照和谢朓的沈约、虞炎等人，因为失去了判断力，结果连鲍照和谢朓的本事也没学到。

不少后人对钟嵘品评诗人的缺漏提出异议，比如这里对鲍照和谢朓的苛责，以及对陶潜（陶渊明）的压抑，这些都有待讨论。但钟嵘以非凡的见识预见了五言诗的兴起，这是很难得的，后来也证明了他眼光的独到，我国诗篇存量中，以五言诗数量为最。可即便到了唐代玄宗天宝年间，五言诗已经得到更进一步的发展，李白还是倾向于五言不如四言，和刘勰的观点相类。

【原文】

嵘观王公缙绅之士[①]，每博论之余，何尝不以诗为口实，随其嗜欲，商榷不同[②]。淄渑并泛，朱紫相夺[③]，喧议竞起，准的无依[④]。近彭城刘士章，俊赏之士，疾其淆乱，欲为当世诗品，口陈标榜[⑤]，其文未遂，感而作焉。昔“九品”论人，《七略》裁士[⑥]，校以宾实，诚多未值[⑦]。至若诗之为技，较尔可知，以类推之，殆均博弈[⑧]。方今皇帝，资生知之上才[⑨]。体沉郁之幽思，文丽日月，学究天人，昔在贵游，已为称首[⑩]。况八纮既奄，风靡云蒸，抱玉者联肩，握朱者踵武[⑪]。固以瞰汉、魏而不顾，吞晋、宋于胸中。谅非农歌辕议，敢致流别[⑫]。嵘之今录，庶周旋于闾里⑬，均之于谈笑耳。

【注释】

①缙绅：本意为腰带上插着笏板的官员，此指士大夫。缙，插。绅，系在官服外腰间的束带。另有版本此句无“嵘”字。

②博论：即宏论，高谈阔论。口实：谈资，话题。嗜欲：喜好。商榷不同：毫无标准地评判。

③淄渑（shéng）并泛：淄水和渑水汇集一起，无法分辨味道，意为良莠不分。淄，淄水。渑，渑水。相传淄水和渑水两条河中水的味道不同，但混到一起便难以分辨。朱紫相夺：紫色夺去了朱色的光彩，意为主次不分。朱，正红色，是纯色。紫，是中间色。语出《论语·阳货》：“恶紫之夺朱也。”春秋时，诸侯的正服为朱色，鲁桓公和齐桓公嗜好紫色，以紫色取代朱色，孔子认为不可取。

④喧议竞起：评诗的议论蜂拥而起。竞起，争相发表。准的：即箭靶，此指代诗评的准则。

⑤刘士章：即刘绘，字士章，彭城（徐州）人，南朝齐中庶子。疾：深恶痛绝，不满意。口陈标榜：口头陈述诗评标准。陈，陈述。标榜：诗评标准。

⑥“九品”论人：汉代实行举荐制度，于是流行对人才的评价。对人才的评价分为九个等级：上上、上中、上下，中上、中中、中下，下上、下中、下下。班固《汉书·古今人物表》也采用九等的顺序评论人物。及至曹魏，实行九品中正制，依旧是按照这九个等级选用官吏。《七略》裁士：《七略》是我国最早的图书目录分类著作，为西汉刘歆所撰，是一部从先秦至当时的学术史，分流派叙述学术渊源。全

书分为七大类:《辑略》(总论)、《六艺略》(儒家六经)、《诸子略》(诸子百家典籍)、《诗赋略》《兵书略》《数术略》和《方技略》(以上四略为专门学科典籍)。《七略》并不是立意品评人物的著作,钟嵘借用刘歆《七略》对以往学术流派的品评,用以品评人物。

⑦宾实:即名实。语出《庄子·逍遥游》:"名者,宾之实也。"未值:不恰当。

⑧较尔:一目了然。较,通"皎",明显。殆均博弈:大致与博弈类似。殆,大致。均,等同。博弈:古时的棋类游戏。博,即六博。弈,即围棋。

⑨皇帝:梁武帝萧衍。资:禀赋,此处用作动词。生知之上才:生而知之的人为一流人才。语出《论语·季氏》:子(孔子)曰:"生而知之者,上也;学而知之者,次也;困(历经困境)而知之者,又其次也;困而不学,民(百姓)斯为下矣。"孔子认为,生而知之是最高一等的。

⑩体沉郁之幽思:具有沉郁幽深的文思。体,具有。文丽日月:文章富丽如日月当空。学究天人:学问精深,囊括天地万物与人文社会。昔在贵游,已为称首:萧衍称帝以前,与沈约、谢朓、王融、萧琛、范云、任昉、陆倕合称八友,在竟陵王西邸交游文学,萧衍被推举为八友之首。

⑪八纮(hóng)既奄:天下已然一统。八纮,八方。奄,覆盖。风靡云蒸:随风而倒,云雾蒸腾。借指辅佐的人才多。抱玉者、握朱者:具有才华的人。联肩、踵武:即比肩、接踵,喻指人才之多。

⑫农歌辕议:农夫的歌谣,车夫的议论。此指农夫和车夫。致流

别：品评诗歌风格、渊源。

⑬ 庶：几乎，差不多。闾里：乡里。陶渊明《闲情赋》序言中有“余园闾多暇”，“闾”字即是此意。

【白话译文】

我看那些王公士大夫们，每每高谈阔论之余，又何尝不是以诗为话题呢，依据自己的喜好，乱评一气。就像淄水和渑水混合在一起，良莠不分；抑或紫色反压抑了朱色，主次不分。（一时）评诗的议论蜂拥而起，却又毫无准则可依。近时的刘绘，是诗歌鉴赏的卓越人才，他痛恨当下诗歌评论的混乱局面，想要作当世的诗品，点明诗评标准，（但）他的著作没有完成，我有感于此，而写作《诗品》。以前魏晋时按照九品选用官吏，汉代刘歆用《七略》来评论学者，考校其名分与实际，的确是多有不恰当的。至于诗，它作为一种文学创作技艺，其优劣那是一目了然的，若以此类推，大致和六博之戏、围棋差不多。当今的皇帝，天赋异禀，有生而知之的天才，具有沉郁幽深的文思。文章富丽如日月当空，学问精深，囊括天地万物与人文社会。以前与文士交游，就被推为文学之首。况且如今天下已然一统，响应追随者如风靡云蒸，饱学之士比肩接踵。本来，以俯视姿态对汉、魏诗文不屑一顾，轻易囊括晋、宋诗文，想来也不是我这样农夫、车夫一般的人就敢评论的。我现在记录的这些，差不多也就是在乡里流传（上不得大雅之堂），等于增添一点谈笑之资罢了。

【解读赏析】

钟嵘提出了《诗品》的另一重要法则，致流别。致流别，有两个目的，一是评析诗人诗作的风格特点及优劣，二是对每一位诗人诗作探究其继承渊源。致流别，如同前面的“滋味说”，以及自然英旨、风力，都是钟嵘审视诗歌的一个切入点，都是在树立诗评的标准和诗歌创作的标准。

当时诗评混乱，“淄渑并泛，朱紫相夺，喧议竞起，准的无依”。同刘勰创作《文心雕龙》一样，钟嵘创作《诗品》，除了个人的原因外，也是当时文坛的需要。但按照钟嵘的评判方法，就会出现一个问题，也是钟嵘所认为的“至若诗之为技，较尔可知，以类推之，殆均博弈”。可是，诗歌作为一种文艺创作手法，还是与棋艺游戏的博弈胜负有很大不同的。

竞技性游戏或运动，有一个特点，就是判断胜负优劣的标准比较简明，以这个标准来审视竞技者，比较容易分出高下。偏偏诗歌不太容易纳入竞技性的标准中，所谓文无第一，武无第二。尤其是对比两个或多个诗人，一定要断出孰优孰劣，就更难以操作。而且，诗人不可能只受到某一个人的影响，追溯其渊源，似乎也很难持中不偏。读者需要注意这一点。

本段文字，钟嵘几乎将梁武帝萧衍说成“天人”，“资生知之上才”“学究天人”等。萧衍固然有文采，可是否称得上这些字眼，还是有待商榷的，毕竟连孔子都说自己是学而知之。钟嵘绝非阿谀之人，但恭维的成分还是有的，读者也需注意，毕竟评说在世皇帝的尺度，很难拿捏。

【原文】

一品之中，略以世代为先后，不以优劣为诠次①。又其人既往，其文克定；今所寓言②，不录存者。夫属词比事，乃为通谈③。若乃经国文符，应资博古。撰德驳奏，宜穷往烈④。至乎吟咏情性，亦何贵于用事⑤？“思君如流水”，即是即目⑥。“高台多悲风”⑦，亦唯所见。“清晨登陇首”，羌无故实⑧。“明月照积雪”，讵出经史⑨？观古今胜语，多非补假，皆由直寻⑩。颜延、谢庄⑪，尤为繁密，于时化之。故大明、泰始中，文章殆同书钞⑫。近任昉、王元长等，词不贵奇，竞须新事⑬。尔来作者，寖以成俗⑭。遂乃句无虚语，语无虚字，拘挛补衲，蠹文已甚⑮。但自然英旨，罕值其人⑯。词既失高，则宜加事义⑰。虽谢天才，且表学问，亦一理乎⑱！

【注释】

①略：大致。诠次：编排次序。

②既往：过世。克定：能够下结论。克，能够。寓言：诗评的言论。

③属词：组词成文。属，连缀，组织。比事：排比用典。事，此指典故和事例。通谈：普通的谈论，寻常的谈论。

④经国：治理国家。经，经营，治理。文符：载有政令的文书、文告。资：借助，借用。博古：通晓古代的事情。撰德：记述德行的文章。驳奏：驳与奏，都是古代臣子向君王上书的文稿体例。春秋战国时，统称书，如李斯《谏逐客书》等。到了汉代，书分成四类，即章、奏、表、驳议，如明代海瑞上书嘉靖皇帝的《治安疏》，西蜀诸葛亮上书刘禅的《出师表》等。往烈：前人的功业。

⑤用事：用典故。

⑥思君如流水：语出徐干《室思》："思君如流水，何有穷已时。"即目：眼前所见。即，眼前。目，看。

⑦高台多悲风：语出曹植《杂诗》："高台多悲风，朝日照北林。"

⑧清晨登陇首：杨守敬《古诗存目录》从《北堂书钞》卷一五七引辑出张华失题（周振甫《诗品译注》）诗："清晨登陇首，坎壈行山难。岭阪峻阻曲，羊肠独盘桓。"羌：发语词，无实意。故实：即典故。

⑨明月照积雪：语出谢灵运《岁暮》："殷忧不能寐，苦此夜难颓。明月照积雪，朔风劲且哀。运往无淹物，年逝觉已催。"讵：难道。经史：即经书、史书。意为谢灵运的"明月照积雪"，也不是出自典故。

⑩胜语：诗歌中的名句，佳句。补假：借用典故增饰文采。直寻：（不用典故）直接描写。

⑪颜延、谢庄：即颜延之、谢庄，二人诗中频频用典。

⑫大明：南朝刘宋武帝年号（457—464）。泰始：南朝刘宋明帝年

号（465—471）。书钞：资料的辑录，意为写诗如同抄书。

⑬ 任昉、王元长：任昉、王融，两人写诗不求文采，缺少美感，只是一味穷寻典故。

⑭ 尔："尔"通"迩"，近。寖（jìn）：古同"浸"，逐渐。

⑮ 拘挛：拘谨。补衲：补缀，缝补，此指拼凑诗文。蠹文：文章成书后，被蛀虫蛀蚀后，文章因书本残破不再连贯。

⑯ 自然英旨：自然精美的诗歌。这里的"自然"是指，诗歌来于真情催动，创作用词自然舒畅，内容合乎人情事理，不无病呻吟。罕值：很难遇到。

⑰ 事义：典故和道理，意为诗歌本身不高明，就只能用典故或说教来填补了。

⑱ 虽：既然。谢：惭愧，因没有天才而惭愧。

【白话译文】

一品之中（的诗人），大致以其时代先后，不以其优劣编排次序。再说，那些已然过世的诗人，他们的诗才能盖棺定论。（所以）现在所进行的诗评，不录入还在世的诗人。组词成文，排比用典，乃是常谈。至于治理国家的法令文告，就应该借用丰富的古代史实。记述德行的奏书，应当尽力引用前任的功业。可是说到写诗吟咏性情，为什么也以运用典故为胜呢？"思君如流水"，就是写眼前所见的情景。"高台多悲风"，也是描写所见的景象。"清晨登陇首"，没有运用典故。"明月照积雪"，难道还是出自经史？纵观古今的诗歌名句，大多不是用典故堆砌出来的，都是来自即景抒发。颜延之、谢庄，尤其喜好密集地运用典故，当时的诗人受他们的影响很大。以至于大明、泰始年间的文章写作，直接如同抄书。后来，任昉、王融等人，写诗不求遣词造句出新，反而竞相引用别人不知道的典故。近来的诗作者，渐渐也形成了这样的风气。于是乎，诗文里没有不使用典故的诗句，诗句里没有不使用典故的字词，一味地拘谨、连缀写作，结果如同被蛀虫蛀蚀过的散断诗文一般，前后难以连贯。如此一来，自然精美的诗文，和写自然精美诗文的诗人，就很难得一见了。诗文已然失去了高明，就不得不增加典故和道理来补充。既然毫无写诗的天分，姑且用来炫耀学问，也就只能这样了。

【解读赏析】

“直寻”，是钟嵘诗歌创作观的核心。他主张因景生情，情动化诗，从而产生令人一咏三叹的美妙意境。这种意境，来自于诗人自身对外物的用心感受，靠的是直观思维，而不是离开外部景物，离开真情实感，一味在遣词造句上的冥思苦想。钟嵘认为，诗歌以不用典为上乘，一味用典既阻碍了诗人自己的情感抒发，也阻碍了读者对诗歌的理解和欣赏。

关于用典。上面已经说了，钟嵘是不“贵于用事”，而是推崇“直寻”。钟嵘自然是排斥用典的。但应当明白两点，一是当时“大明、泰始中，文章殆同书钞”，钟嵘反对用典，是对这一畸形的诗歌创作风气的纠偏；二是钟嵘著《诗品》，是希望对整个诗歌创作的社会风气发生作用，所以具有普遍性，而不是每一个诗人必须如此。于个体诗人而言，如果才能高超，用典巧妙，那是另一回事。如李商隐，他就以好用典故，巧用典故闻名。

李商隐在《锦瑟》这首诗中密集使用典故，庄周梦蝶、杜鹃啼血、鲛人泣珠、良玉生烟。全诗词藻华丽，内敛浑厚，情挚感人，典故运用巧妙，将不可见的情感通过一幅幅视觉图画展示出来，激发了读者对于诗人真挚浓烈情感的共鸣。诗文如下：

《锦瑟》

锦瑟无端五十弦，一弦一柱思华年。
庄生晓梦迷蝴蝶，望帝春心托杜鹃。
沧海月明珠有泪，蓝田日暖玉生烟。
此情可待成追忆，只是当时已惘然。

【原文】

陆机《文赋》①，通而无贬；李充《翰林》②，疏而不切；王微《鸿宝》③，密而无裁；颜延《论文》④，精而难晓；挚虞《文志》⑤，详而博赡，颇曰知言。观斯数家，皆就谈文体，而不显优劣。至于谢客诗集⑥，逢诗辄取；张骘《文士》⑦，逢文即书。诸英志录，并义在文，曾无品第。嵘今所录，止乎五言。虽然，网罗今古，词文殆集。轻欲辨彰清浊，掎摭病利，凡百二十人⑧。预此宗流者，便称才子。至斯三品升降，差非定制，方申变裁⑨，请寄知者尔。

【注释】

①陆机《文赋》：从汉代以来的文学，并没有从经史中独立出来，如西汉以来的经学，注重道德教化，而忽视文质美感。晋代陆机所作的《文赋》，从文学（主要是赋）的审美和创作的技巧出发，提出以情论文的创作主张，“诗缘情而绮靡”。陆机《文赋》并没有对具体的文学作品进行褒贬。

②李充《翰林》：东晋李充《翰林论》，首创以经、史、子、集分类法，并结合各类问题进行评析。李充《翰林论》的评析，略欠精当。

③王微《鸿宝》：南朝刘宋王微所作《鸿宝》，评论诗歌声韵的著作，讲解细密，但没有对作品的裁断。

④颜延《论文》：南朝刘宋颜延之所作《庭诰》中评论文章的话，精深难懂。

⑤挚虞《文志》：晋代挚虞所作《文章流别集》和《文章流别志论》，内容详细丰富。

⑥谢客诗集：南朝刘宋谢灵运收录编纂的诗集，逢诗即录，不加甄选。

⑦张骘《文士》：南朝刘宋张骘《文士传》。

⑧轻欲：轻率，随便，自谦语。辨彰清浊：辨析诗歌优劣。辨彰，即辨章，显明，显著。掎（jǐ）摭：评判，指摘。掎，拖住，拉住。摭，拾取，摘取。百二十人：实为一百二十二人。

⑨差：大致，大略。变裁：变更论定。

【白话译文】

陆机的《文赋》，通达而缺乏褒贬；李充的《翰林论》，通畅但不贴切；王微的《鸿宝》，细密却没有裁断；颜延之的《论文》，精要但不易理解；挚虞的《文章志》，详细丰富，堪称大家之论。观看这几人的评论，都是仅就文体而言，并没有给出优劣评判。至于谢灵运所编纂的诗集，见诗就收录，没有甄选；张骘的《文士传》，也是见文即收入其中。上述诸位英达所记录的书，其意义仅在收录编辑，并无品第高下的品评。我现在所收录的，仅限于五言诗。即便如此，也囊括古今诗人，诗文大都收集了。我轻率地想要辨析指摘诗歌利弊，共计一百二十二人。参与到流派中的人，便是才学之士了。诗人在三品中的地位高下，只是大致的排定，并非绝对一定如此，将来变更诗人的品第，就托付给有见识的人吧。

【解读赏析】

钟嵘列举了多人的文学评论性质的文章，这些有的是单纯谈文学创作的，如陆机的《文赋》；有的则是文学辑录集，如谢灵运的编诗集、张骘的《文士传》；有的则是带有文学评论意图，如李充的《翰林论》、王微的《鸿宝》、颜延之的《论文》、挚虞的《文章志》。

文学评论，是基于文学的发展的。弄明白中国古代文学的发展脉络和各时期文学简要的特点，有助于深入理解钟嵘所列举的以上文人及其作品。

今天所说的文学，是指以语言文字为手段记事抒情的艺术形式，像诗词、小说、散文、戏剧等。但在古代，文学并没有独立存在，往往与学问、学识、道德教化纠合在一起。如《论语·先进》篇中，说到孔子的弟子中，以文学优异的，有子夏和子游。这里的文学实际指的是文献典籍，是说子夏、子游博学，掌握文献典籍的功夫最深，而并不是说子夏、子游文艺创作力强，文采飞扬。再如《诗经》，今日读来文理优美，可是在当时并不是用来欣赏的，而是用它来修身、立世，甚至治理国政。

到了汉代，文学则表现为与经学合流。经学依旧注重道德教化，也就难以避免地注重实用性，而缺乏美感，质木无文。但此时的文学创作毕竟已经开始，如辞赋。辞赋在汉代主要是以宫廷文化出现，在上层社会流传。无论是西汉，还是东汉，两汉的辞赋作家都有很高的声望，如司马相如、扬雄等，仅凭会作赋就可以做官。汉赋主要用来描绘帝王宫殿与帝王的游猎，间或也有悲情赋。汉赋词藻华茂，富丽堂皇，气势恢弘，但极端追求华丽就陷入华而不实的尴尬。汉赋在东汉中期后，篇幅开始大幅缩小。

到魏晋南北朝时，此时的文学，仍与现代文学出入很大，仍然泛指教化与修养，如曹丕《典论·论文》“文章，经国之大业”，陆机《文赋》“济文武于将坠，宣风声于不泯”，刘勰《文心雕龙》“君臣所以炳焕，军国所以昭明”等。但开始表现出独立的趋势，即开始强调文学的艺术之美，而不再强调文学所肩负的教化功能，被称为文学的自觉。五言诗与七言诗开始流行，而尤以五言诗最为繁盛，“才能胜衣，甫就小学，必甘心而驰骛焉”。

但此时的社会风气陷入对玄理的清谈，纷纷对现实避之唯恐不及，一门心思高谈阔论。表现在文学上，就是没有了实质内容。此时的五言诗大多也是玄言诗，写的人朦朦胧胧，读的人懵懵懂懂。以至于发展到南朝刘宋之后，写诗“殆同书钞”，不求文采，但求引经据典，完全抛弃文理的通畅。

正是在这种情况下，钟嵘作《诗品》，以求为诗歌的品评和创作树立标准。

【原文】

昔曹、刘殆文章之圣，陆、谢为体贰之才①。锐精研思，千百年中，而不闻宫商之辨，四声之论②。或谓前达偶然不见③，岂其然乎？

尝试言之：古曰诗颂，皆被之金竹，故非调五音，无以谐会[4]。若“置酒高堂上”，“明月照高楼”，为韵之首[5]。故三祖之词，文或不工，而韵入歌唱[6]。此重音韵之义也，与世之言宫商异矣[7]。今既不被管弦，亦何取于声律耶？齐有王元长者，尝谓余云：“宫商与二仪俱生，自古词人不知之。唯颜宪子论文乃云律吕音调[8]，而其实大谬。唯见范晔、谢庄颇识之耳[9]。尝欲进《知音论》未就。”王元长创其首，谢朓、沈约扬其波。三贤咸贵公子孙，幼有文辨[10]。于是士流景慕[11]，务为精密。襞积细微，专相陵架[12]。故使文多拘忌，伤其真美。余谓文制，本须讽读，不可蹇碍，但令清浊通流[13]，口吻调利，斯为足矣。至平、上、去、入，则余病未能；蜂腰、鹤膝，闾里已具[14]。

【注释】

①曹、刘：即曹植、刘桢。陆、谢：即陆机、谢灵运。体贰之才：陆机、谢灵运取法曹植、刘桢，是仅次于曹、刘的一等人才。体，取法。贰：曹植、刘桢。

②宫商：指代古代音乐的音阶（调），宫（同于1 Do）、商（同于2 Re）、角（同于3 Mi）、徵（同于5 So）、羽（同于6 La）。四声：指代古文字音韵，平、上、去、入四声。在普及汉语拼音之前，“平上去入”是汉语的四声声调韵律，普通话四声（一声阴平、二声阳平、三声上声、四声去声）是普及汉语拼音时重新制定的，与古汉语平上去入四声不同。

③前达偶然不见：沈约《谢灵运传论》：“自骚人以来，而此秘（音律的奥秘）未睹。至于高言妙句（名言佳句），音韵（声音韵律）天成，皆暗与理合（音律的法则），匪由思至。张、蔡、曹、王，曾无

先觉，潘、陆、谢、颜，去之弥远（离这个就更远了）。”偶然不见即指求音律的做法不见于前人。需注意的是，钟嵘认为寻求音律会制约诗意的流畅，是有失偏颇了。

④ 诗颂：即《诗经》风、雅、颂。金竹：金和竹均为八音之一，此指代音乐。八音，古时对乐器的总称，按制造乐器的主要材料分金、石、土、革、丝、木、匏、竹八类。谐会：和谐调合。

⑤ 置酒高堂上：当说的是阮瑀《杂诗》。明月照高楼，出自曹植《七哀诗》。此处，是用诗中一句指代全诗。韵之首：最具有诗歌韵律美感。

⑥ 三祖：魏太祖曹操，魏高祖曹丕，魏烈祖曹叡。工：文辞精致。而韵入歌唱：诗的韵律却适合歌唱。

⑦ 重音韵之义也，与世之言宫商异：即重视诗歌适合歌唱的自然韵律，而不是追求宫、商、角、徵、羽，雕琢出来的。

⑧ 二仪：天地。颜宪子：即颜延之，“宪”是其谥号。论文，即颜延之《庭诰》中评论文章的话。律吕音调：古代校正乐律的器具。用竹管或金属管制成，共十二管。从低音管算起，成奇数的六个管叫作“律”；成偶数的六个管叫作“吕”，合称“律吕”。后亦用以指乐律或音律。颜延之认为音乐乐律和诗歌声调是一致的，实际并非如此，诗歌的韵律在于平上去入四声，亦即后来的平仄。

⑨ 范晔、谢庄颇识之耳：范晔、谢庄精通诗歌声调。

⑩ 三贤：即王融、谢朓、沈约。咸：有版本作或，是咸的误字。贵公子孙：王公贵族子弟。文辨：即文辩，文思辩才。

⑪ 士流：士人，读书人。景慕：仰慕。

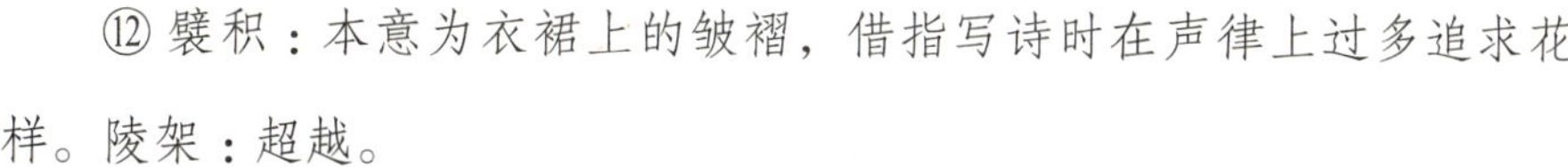

⑫ 襞积：本意为衣裙上的皱褶，借指写诗时在声律上过多追求花样。陵架：超越。

⑬ 讽读：吟诵。蹇碍：滞碍。清浊通流：声调通畅流利。清，平音。浊，仄音。

⑭ 蜂腰、鹤膝：诗歌声律八病中的两种，泛指诗歌声律上的毛病。五言诗中，仄仄平仄仄，称为蜂腰病；平平仄平平，称为鹤膝病。闾里已具：乡里已有了。闾，乡里。

【白话译文】

从前曹植、刘桢差不多已经是诗歌中的圣人了，陆机、谢灵运作诗取法曹、刘，是仅次于他们的一等人才。我努力研究，反复思索，千百年来，也从来没听说过音律的争辩，声调的论述，难道不是这样吗？我尝试着说一下我的看法：古人所说的《诗》和《颂》，都是配上乐器咏唱的，就是说并

非必须调合音律，才能成曲调。像“置酒高堂上”“明月照高楼”，就是诗歌中最恰当的韵律了（但并没有刻意追求宫商音阶，与平、上、去、入四声声调）。三祖的诗，文辞或不精致，但韵律适合歌唱。这是重视诗歌韵律美感的意思，与当世所说的宫、商、角、徵、羽并不相同。今天的诗歌已经不配合音乐了，何必采用声调呢？齐代有个叫王融的人，曾经对我说：“音调与天地同生，只是自古以来的诗人不懂得罢了。只有颜延之说音乐乐律和诗文声调相同，其实这种说法是大错特错。只见范晔、谢庄精通诗歌声调。王融说要作《知音论》，没有完成。”声律的说法，由王融首创，谢朓、沈约发扬扩大。这三人都是王公贵族之后，少时便有文思才辩。士人仰慕他们的声律之论，于是写诗力求在声律上讲究精密，就像做衣裙在褶皱上狠下工夫，互相攀比竞胜。结果反使诗歌繁琐拘谨，损害了诗歌的自然之美。照我来说，诗歌本需吟诵，不可滞碍，只要声调流畅，诵读起来流利，这就可以了。至于平上去入，我是做不到的；蜂腰鹤膝的毛病，乡间也已经有了。

【解读赏析】

钟嵘反对追求声韵而损害诗文自然美感，虽然说的是五言诗，但就风气而言，实际上说的是魏晋南北朝以来的文学创作风气。而当时重视声律的，无疑首推起于魏晋，盛行于南北朝时期的骈体文。骈体文因其常用四字句、六字句而得名，故也称“四六文”或“骈（并列，对偶）四俪（成对）六”。全篇以双句（俪句、偶句）为主，讲究对仗的工整（辞汇的对偶、用典）和声律的铿锵。像王勃的《滕王阁序》，就是名篇之一。

骈体文因其注重行文美感，一直流行至唐宋，李商隐、温庭筠、段成式皆此中好手。在宋代欧阳修等人古文运动影响之下，散文才最终胜出，骈体文也开始衰落。

南北朝时，骈体文已经影响到了诗歌的好坏。可实际上，骈体文因为格式固定，严格对仗，用字又苛于平仄声韵，行文修辞则重于华丽和用典，要表达的实际内容就会受到很大的束缚，就导致了文采华丽却空洞无物。骈体文过于需要写作者的技巧和功力，因而也就对写作者的要求极高，普通人或者说大多数人并不适合。

正是看到骈体文的弊端，钟嵘反对写诗必重声律的创作方法，而崇尚诗文本应讲究声音之美，求其和谐流利。需要注意的是，钟嵘并非完全不以声律为美，比如他评张协时，赞赏他的诗“音韵铿锵”，只是钟嵘更重视诗歌的自然美感，不赞成为了迎合那些声韵的人为规定，而影响文理通畅，“本须讽读，不可蹇碍，但令清浊通流，口吻调利，斯为足矣”。

钟嵘反对刻意遵从声律规则，如同他反对刻意用典，出发点是一致的。可是如同他反对用典，善于用典的诗人并不在少数。同样，后来的唐诗，尤其是五言诗、七言诗，以及宋词，都是讲究声韵的。所以，看钟嵘评诗论人，要能清楚钟嵘其时的文学创作的主要弊端，和钟嵘的审美、创作理念，领悟他的思想主旨。而不必观其是，则以为无非；观其非，则以为无是。

附：《秋日登洪府滕王阁饯别序》

豫章故郡，洪都新府。星分翼轸，地接衡庐。襟三江而带五湖，控蛮荆而引瓯越。物华天宝，龙光射牛斗之墟；人杰地灵，徐孺下陈蕃之榻。雄州雾列，俊采星驰。台隍枕夷夏之交，宾主尽东南之美。都督阎公之雅望，棨戟遥临；宇文新州之懿范，襜帷暂驻。十旬休假，胜友如云；千里逢迎，高朋满座。腾蛟起凤，孟学士之词宗；紫电青霜，王将军之武库。家君作宰，路出名区；童子何知，躬逢胜饯。

时维九月，序属三秋。潦水尽而寒潭清，烟光凝而暮山紫。俨骖騑于上路，访风景于崇阿。临帝子之长洲，得天人之旧馆。层峦耸翠，上出重霄；飞阁流丹，下临无地。鹤汀凫渚，穷岛屿之萦回；桂殿兰宫，即冈峦之体势。

披绣闼，俯雕甍，山原旷其盈视，川泽纡其骇瞩。闾阎扑地，钟鸣鼎食之家；舸舰弥津，青雀黄龙之舳。云销雨霁，彩彻区明。落霞与孤鹜齐飞，秋水共长天一色。渔舟唱晚，响穷彭蠡之滨；雁阵惊寒，声断衡阳之浦。

遥襟甫畅，逸兴遄飞。爽籁发而清风生，纤歌凝而白云遏。睢园绿竹，气凌彭泽之樽；邺水朱华，光照临川之笔。四美具，二难并。穷睇眄于中天，极娱游于暇日。天高地迥，觉宇宙之无穷；兴尽悲来，识盈虚之有数。望长安于日下，目吴会于云间。地势极而南溟深，天柱高而北辰远。关山难越，谁悲失路之人？萍水相逢，尽是他乡之客。

怀帝阍而不见，奉宣室以何年？

嗟乎！时运不齐，命途多舛。冯唐易老，李广难封。屈贾谊于长沙，非无圣主；窜梁鸿于海曲，岂乏明时？所赖君子见机，达人知命。老当益壮，宁移白首之心？穷且益坚，不坠青云之志。酌贪泉而觉爽，处涸辙以犹欢。北海虽赊，扶摇可接；东隅已逝，桑榆非晚。孟尝高洁，空余报国之情；阮籍猖狂，岂效穷途之哭！

勃，三尺微命，一介书生。无路请缨，等终军之弱冠；有怀投笔，慕宗悫之长风。舍簪笏于百龄，奉晨昏于万里。非谢家之宝树，接孟氏之芳邻。他日趋庭，叨陪鲤对；今兹捧袂，喜托龙门。杨意不逢，抚凌云而自惜；钟期既遇，奏流水以何惭？

鸣呼！胜地不常，盛筵难再；兰亭已矣，梓泽丘墟。临别赠言，幸承恩于伟饯；登高作赋，是所望于群公。敢竭鄙怀，恭疏短引。一言均赋，四韵俱成。请洒潘江，各倾陆海云尔。

滕王高阁临江渚，佩玉鸣鸾罢歌舞。

画栋朝飞南浦云，珠帘暮卷西山雨。

闲云潭影日悠悠，物换星移几度秋。

阁中帝子今何在？槛外长江空自流。

【原文】

陈思“赠弟”①，仲宣《七哀》②，公干“思友”③，阮籍《咏怀》④，少卿“双凫”⑤，叔夜“双鸾”⑥，茂先“寒夕”⑦，平叔“衣单”⑧，安仁“倦暑”⑨，景阳“苦雨”⑩，灵运《邺中》⑪，士衡《拟古》⑫，越石“感乱”⑬，景纯“咏仙”⑭，王微“风月”⑮，谢客“山泉”⑯，叔源“离宴”[17]，鲍照“戍边”[18]，太冲《咏史》[19]，颜延“入洛”[20]，陶公《咏贫》之制[21]，惠连《捣衣》之作[22]，斯皆五言之警策者也。所谓篇章之珠泽[23]，文彩之邓林[24]。

【注释】

① 陈思：即陈思王曹植。赠弟：即曹植写给弟弟白马王曹彪的《赠白马王彪》并序，这是曹植的一首抒情长诗，全诗沉痛凄婉。

② 仲宣：即王粲，字仲宣。《七哀》：即王粲所作《七哀诗》三首，反映了动乱年代百姓的悲惨遭遇和自身羁旅苦闷。

③ 公干：刘桢，字公干。思友：刘桢《赠徐干》诗。

④ 阮籍：三国时期魏国诗人，字嗣宗。竹林七贤之一，崇奉老庄之学。《咏怀》：即阮籍所作的五言诗，《咏怀诗》共82首，代表了阮籍的主要文学成就。

⑤ 少卿：即西汉李陵，字少卿。有版本作“子卿”，意指西汉苏武（字子卿）。曹旭《诗品集注》考证为误笔。双凫：《艺文类聚》题为《汉李陵赠苏武别诗》：“双凫（两只水鸟）相背飞，相远日已长。”

⑥ 叔夜：嵇康，字叔夜。双鸾：即嵇康所作《赠秀才入军》诗，诗中有“双鸾（神鸟，凤凰的一种）匿景曜（光彩照耀）”句。

⑦ 茂先：即张华，字茂先。寒夕：即张华《杂诗》三首之一，诗中有“繁霜降当夕，悲风中夜兴”句。

⑧ 平叔：即何晏，字平叔。衣单：当是何晏诗作，但现已失佚。

⑨ 安仁：即潘岳，字安仁。倦暑：潘岳所作悼念亡妻的《悼亡诗》，诗中有“清商（秋风）应秋至，溽暑（盛暑）随节阑（尽）”句。

⑩ 景阳：即张协，字景阳。苦雨：张协《杂诗》十首，诗中有

“云根（深山中云起之处）临八极，雨足洒四溟（四海）”句。

⑪ 灵运：谢灵运。《邺中》：谢灵运所作《拟魏太子邺中集诗》八首。

⑫ 士衡：陆机，字士衡。《拟古》：陆机所作《拟古诗》十二首。

⑬ 越石：即刘琨，字越石。感乱：刘琨所作《扶风歌》，诗歌有感于乱世而作。

⑭ 景纯：郭璞，字景纯。咏仙：郭璞所作《游仙诗》。

⑮ 风月：曹旭《诗品集注》：许文雨《讲疏》曰：江文通（江淹）《杂体诗》有《王征君微养疾》一首，中云：“清阴（树荫）往来远，月华（月光）散千墀（台阶）。”写风月也。

⑯ 谢客：谢灵运。山泉：山水诗。

⑰ 叔源：谢混，字叔源。离宴：谢混所作《送二王在领军府集诗》，诗中有“乐酒辍今晨，离端（离绪）起来日。”犹如宋李清照所说“才下眉头，却上心头”之意。

⑱ 戍边：鲍照所作《代出自蓟北门行》。

⑲ 太冲：即左思，字太冲。《咏史》：左思所作《咏史诗》。

⑳ 入洛：颜延之所作《北使洛》诗。

㉑ 陶公：陶渊明。《咏贫》：陶渊明所作《咏贫士》诗。

㉒ 惠连：谢惠连，谢灵运四友之一。《捣衣》：谢惠连所作《捣衣诗》。

㉓ 珠泽：盛产珍珠的珠泽。

㉔ 邓林：桃林。珠泽、桃林，形容上述优秀的诗篇汇集，文采鼎盛。

【白话译文】

曹植赠送弟弟的《赠白马王彪》诗，王粲凄惨、悲愤的《七哀诗》，刘桢思友的《赠徐干》，阮籍的《咏怀》诗，李陵的《汉李陵赠苏武别诗》，嵇康的《赠秀才入军》诗，张华的《杂诗》三首，何晏吟咏“衣单”的诗，潘岳的《悼亡诗》，张协的《杂诗》，谢灵运的《拟魏太子邺中集诗》，陆机的《拟古诗》，刘琨感乱而作的《扶风歌》，郭璞的《游仙诗》，王微咏风月的《养疾》诗，谢灵运的山水诗，谢混咏离宴的《送二王在领军府集诗》，鲍照咏戍边的《代出自蓟北门行》，左思的《咏史诗》，陶渊明的《咏贫士》诗，谢惠连的《捣衣诗》，这些都是五言诗中的精彩诗篇。正所谓是五言诗中盛产珍珠的珠泽，文采繁盛的桃林。

【解读赏析】

本节钟嵘所列举的被他称为珍珠的诗篇，大多带有浓浓的悲情，或悲戚（于苍生），或悲怆（于世道），或悲伤（于别离），再次昭示他对诗歌的美感欣赏，在于悲情的基调。前文说过，汉代的赋体，自东汉中期后，描述帝王宫殿和帝王游猎的长篇赋诗便衰弱了，而基于个人际遇抒发悲情色彩的小赋流行起来，如汉张衡作《定情赋》，蔡邕作《静情赋》，三国曹魏陈琳、阮瑀作《止欲赋》，王粲作《闲邪赋》，应玚作《正情赋》，曹植作《静思赋》，晋张华作《永怀赋》，陶渊明作《闲情赋》等。钟嵘对诗歌悲情美学的源头，来自《诗经》和《楚辞》，但无疑也受到了赋体悲情的影响。

在赋体悲情的阐释上，江淹尤为擅长。他的《恨赋》描述了贤人失志的诸多哀伤怨恨，《别赋》更是开篇就说：“黯然销魂者，唯别而

已矣。”更为难得的是，江淹一扫当时温软甜媚的靡靡之音，而代之以悲慨劲健的文风，宛如一股清流。

江淹本人也是悲情的，他是作为一个笑话出现在后世的，江郎才尽。后人用江郎才尽来把江淹树立成一个反面典型，官做大了便脱离人民群众，以至于失去了灵感和才气。无论江淹的为官，还是他的文采与作品，先前的成就不能用后来的“无佳句”来否定，何况生于南北朝的乱世之中，因言获罪者不在少数，江淹后来的无佳作，更大可能是出于自身保护。

上品（十一人）

古诗[1] 第一

【原文】

其体源出于《国风》[2]。陆机所拟十四首[3]。文温以丽，意悲而远[4]。惊心动魄，可谓几乎一字千金[5]！其外《去者日以疏》四十五首，虽多哀怨，颇为总杂[6]。旧疑是建安中曹、王所制。《客从远方来》《橘柚垂华实》，亦为惊绝矣[7]！人代冥灭，而清音独远[8]，悲夫！

【注释】

① 古诗：此处所说古诗都是五言诗，其作者、成文年代，均已不可考。当代认为古诗是东汉桓、灵间文人所作，也并无确凿实据，不过应当是两汉下层文人之作，萧统《文选》选取编集为《古诗十九首》。钟嵘此处点出，他所见古诗为六十首，现在已多失佚。

② 体：风格。《国风》:《诗经》的十五《国风》,《国风》多为四言，极少五言。

③ 陆机所拟十四首：陆机模拟古诗所作的十四首诗。曹旭《诗品集注》认为，有版本作“十二首”，与《文选》所载陆机《拟古诗十二首》数目相符。陆机《拟古诗十二首》明目是失佚两篇所致，故此处

作“十四首”。

④文温以丽，意悲而远：文辞温婉清丽，意味悲壮悠远。“文温以丽”至“一字千金”，是形容古诗，并非说陆机的拟古诗。

⑤惊心动魄：古诗“文温以丽，意悲而远”的美感，引发读者感同身受，为之摄魂夺魄。一字千金：文辞精妙，再难更改。语出《史记·吕不韦列传》，吕不韦编纂《吕氏春秋》完成后，告示众人，能改一字者赠千金。

⑥《去者日以疏》:《文选》编集《古诗十九首》的第十四首，作者佚名。钟嵘说除了《去者日以疏》，还有四十五首，显然不是依据《古诗十九首》而言的。总杂：杂乱。是指《古诗》中的各诗篇文体不一。

⑦《客从远方来》:《古诗十九首》的第十八首。《橘柚垂华实》：古诗三首第一首。惊绝：令人惊叹绝倒。《文心雕龙·辨骚》：“惊采绝艳，难与并能矣。”

⑧人代冥灭：古诗作者与所处年代，消失湮没不见。清音：清越的声音。

【白话译文】

古诗风格的源头，起于《国风》。陆机模拟古诗，创作了十四首拟古诗。（古诗）文辞温婉清丽，意味悲壮悠远，摄魂夺魄，可以说几乎是一字千金！此外，《去者日以疏》四十五首，虽然多于哀伤幽怨，文体颇为杂乱。曾经怀疑，是建安年间曹植、王粲所作。《客从远方来》《橘柚垂华实》，也令人惊叹绝倒！而今，诗人连同他们的时代（已然）湮没不见，但古诗清越之音流传久远，实在令人叹息！

【解读赏析】

本节所说的古诗，是特指五言古诗。钟嵘把不知作者、不明题目与年代的五言古诗，冠以《古诗》。曹旭《诗品集注》中说：古诗，是指流传于两晋南北朝时期的两汉无名五言诗。内容多写闺人怨别、游子思乡、亲朋聚散、人生倏忽、怀才不遇等下层文人失意、彷徨、痛苦、伤感之思想，反应当时人的生命意识，表达人的觉醒与悲欢离合之典型感情。

现代一般认为是东汉桓、灵年间文人所作，但其实也并不十分确凿。之所以有此一说，大约是缘于《文心雕龙·明诗》所言："而辞人遗翰，莫见五言；所以李陵、班婕妤，见疑于后代也。"以此为论，五言诗，尤其是《文选》所选《古诗十九首》这样成熟的五言诗，不应出自西汉。而东汉直到班固《咏史》诗，依旧质木无文，故推测《古诗》当是汉末桓、灵作品。能够确定的是，《古诗》是两汉的作品。

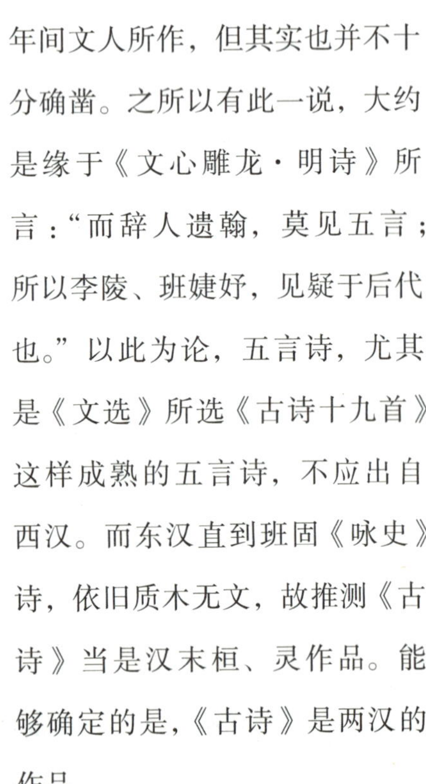

《古诗》在表现手法上，无疑是与钟嵘推崇的“皆由直寻”一致的，或是直白描述，或是直抒胸臆，通过浅显的词语，极少的修辞，表达清越幽深的情感。《文心雕龙·明诗》赞以“直而不野（直接却不粗俗），婉转附物（着重实物描绘），怊怅切情（抒发真情实感，不矫揉造作）”，并认为《古诗》是“五言之冠冕”。《文心雕龙·明诗》对《古诗》的认可，可用后人形容白居易诗风的八个字来概括：通俗易懂，朴素真实。这也是钟嵘自然美感的诗歌欣赏观。

汉都尉李陵[1]　第二

【原文】

其源出于《楚辞》[2]。文多凄怆，怨者之流。陵，名家子，有殊才，生命不谐，声颓身丧[3]。使陵不遭辛苦，其文亦何能至此！

【注释】

①李陵：字少卿。汉名将李广之孙。西汉武帝天汉二年（前99），率五千步兵北出居延千里进击匈奴，杀敌万余，终弹尽粮绝又无救兵，投降匈奴。

②《楚辞》：西汉刘向辑录而成，收录楚人屈原、宋玉及汉代东方朔、王褒、刘向等人辞赋共十六篇。后汉王逸增入自己所作的《九思》，成十七篇。

③名家子：李陵先祖是秦国大将李信，祖父李广号称飞将军，父亲李敢出击匈奴有功，官拜关内侯。因而，说李陵是名家了。谐：顺遂。声颓：李陵降匈奴后，李氏一门名声尽毁。身丧：李陵降匈奴一

年后，汉武帝误听公孙敖言，族诛其全家，母弟妻子尽数被杀。

【白话译文】

李陵诗风，源于《楚辞》。文辞多凄然悲怆，是怨愤者之流的作品。李陵，名门子弟，才干卓越，（然而）命运多舛，（以至于）李氏一门名声尽毁、全家被诛。假如李陵没有遭受这样的苦难，他的诗文又怎么能达到这样的水准！

【解读赏析】

《楚辞》文体起于屈原，而宋玉等人也是承袭其体例。屈原一生有志难伸、报国无门，遭受排挤流放，这样的经历背景奠定了《楚辞》悲愤的基调。《楚辞》骚体文学另一特点是，对“兮”字的运用。《楚辞》骚体对后世文学影响极大，汉高祖刘邦仿作《大风歌》：“大风起兮云飞扬。威加海内兮归故乡。安得猛士兮守四方！”武帝刘彻仿作《秋风辞》：“秋风起兮白云飞，草木黄落兮雁南归。兰有秀兮菊有芳，怀佳人兮不能忘。泛楼船兮济汾河，横中流兮扬素波。箫鼓鸣兮发棹歌，欢乐极兮哀情多。少壮几时兮奈老何！”

李陵与苏武的送别歌：“径万里兮度沙幕，为君将兮奋匈奴。路穷绝兮矢刃摧，士众灭兮名已聩。老母已死，虽欲报恩将安归！”也是采用《楚辞》体例，满是悲怆、哀怨之情。钟嵘说李陵诗源于《楚辞》，当确凿无疑。

李陵的五言诗，《文选》《艺文类聚》载有《李陵与苏武诗》三首，《艺文类聚》载有《汉李陵赠苏武别诗》四首，《初学记》载有《赠苏武诗》，逯钦立《先秦汉魏晋南北朝诗》载有《李陵录别诗二十一首》，《古文苑》载有李陵录别诗十首等。

上述所列李陵五言诗，就诗的艺术性来说，列入上品并无异议，异议在于是否是李陵所作，有人认为是后人假托李陵之名而作。所以对作者有异议，是因为这些诗歌过于成熟。颜延之说："逮李陵众作，总杂不类，元是假托，非尽陵制。"就是比较典型的代表意见。可即便颜延之所说属实，他依然没有能够完全否定作者为李陵的可能性，他说"非尽陵制"，而非"尽非陵制"。钟嵘秉持作者为李陵，也并无不可。

钟嵘显然将李陵的遭遇比拟屈原，"使陵不遭辛苦，其文亦何能至此"。西汉武帝天汉二年（前99），李陵率五千步兵北出居延千里进击匈奴，遭遇匈奴骑兵八万人的围击。其后，李陵顽强抵抗八日，以五千步兵斩杀匈奴骑兵万余，最后粮草、箭矢俱尽，没有援兵，不得已投降匈奴。李陵是不是诈降，随着后来汉武帝诛杀李陵全家也无从验证了。但从李陵后来的表现推测，李陵当时投降匈奴可能是权宜之计。他与苏武话别时所歌，言辞清楚。后来汉使邀李陵归汉时，李陵悲愤地说："我率领五千步卒横行匈奴，弹尽粮绝山穷水尽，又无救援，有什么对不起汉家天子？他为何要杀我全家？"汉使一再相邀，李陵却是心灰意冷，说："我已经是匈奴人了。况且回去容易，却难免再次受辱。"

结合李陵的经历，再比照《汉李陵赠苏武别诗》，说是李陵所作，也在情理之中。

汉婕妤班姬① 第三

【原文】

其源出于李陵。《团扇》短章②，词旨清捷③，怨深文绮，得匹妇之致④。侏儒一节⑤，可以知其工矣！

【注释】

①婕妤班姬：即班婕妤，本名班恬，西汉才女，擅辞赋。成帝妃子，初为少使，后立为婕妤。班婕妤是古代贤妃的典型，后因赵飞燕、赵合德姐妹见宠，班婕妤避祸，作赋自怜，间或怨及成帝。

②《团扇》：即班婕妤失宠后所作的《怨歌行》，因自比"合欢扇"，故以《团扇》代指。

③词旨清捷：词意凄清，文辞明快。

④匹妇：平民妇女。与"匹夫"（平民男子）对应。《论语·宪问》："微（没有）管仲，吾其被发（披头散发）左衽（衣襟开向左侧）矣。岂若匹夫匹妇之为谅（信义）也，自经（自缢）于沟渎（沟壑）而莫之知也。"

⑤侏儒一节：汉桓谭《新论·道赋》："谚曰：侏儒见一节而长短可知。孔子言，举一隅足以三隅反。"此处侏儒一节是"侏儒见一节而长短可知"的缩略语，意为见到一点，便可推知全部。此处是说班婕妤的《团扇》虽短，艺术性却高，可知班婕妤的作诗功力。

【白话译文】

班婕妤诗风，源于李陵。《团扇》篇幅虽小，但词意凄清、文辞明快，哀怨深切、文辞绮丽，真正体现了一个普通女子的真情实感。通过《团扇》这首短诗，便可知她的作诗功力了！

【解读赏析】

班婕妤，西汉名将班况之女，班彪的姑母，班固、班超、班昭的姑祖母。班婕妤因品性醇和，文采出众，选入宫中。班婕妤与汉成帝有一段美好的光阴，直到赵飞燕、赵合德姐妹入宫。赵飞燕姐妹入宫受宠，班婕妤退让避祸，侍奉王太后。自此，她离开成帝，寂寞深宫。班婕妤的诗赋，大多是这个时间所作。

据传，班婕妤的作品很多。但大部分已佚失，流传到今世的只有《团扇歌》《自悼赋》《捣素赋》。《汉书·外戚传·班婕妤传》："赵氏姊弟骄妒，婕妤恐久见危，求共养太后长信宫，上许焉。婕妤退处东宫，作赋自伤悼，其辞曰：'蒙圣皇之渥惠兮，当日月之盛明，扬光烈之翕赫兮，奉隆宠于增成。既过幸于非位兮，窃庶几乎嘉时，每寤寐而累息兮，申佩离以自思，陈女图以镜监兮，顾女史而问诗。悲晨妇之作戒兮，哀褒、阎之为邮；美皇、英之女虞兮，荣任、姒之母周。'"可以看出，班婕妤的赋与李陵"文多凄怆，怨者之流"是吻合的。钟嵘说班婕妤诗风源于李陵，当是恰当。

但班婕妤的诗，面临与李陵诗同样的尴尬，伪作。以《怨歌行》为例，“新裂齐纨素，皎洁如霜雪。裁作合欢扇，团团似明月。出入君怀袖，动摇微风发。常恐秋节至，凉飙夺炎热。弃捐箧笥中，恩情中道绝。”因诗的用词与写作技巧过于成熟，除了徐陵的《玉台新咏》和《文选》外，大多不认为是班婕妤所作。《汉书》没有提及，《文心雕龙·明诗》则说“至成帝品录，三百余篇……莫见五言，所以李陵、班婕妤，见疑于后代也。”

《怨歌行》的影响极其深远，陶渊明所作《闲情赋》，“愿在竹而为扇，含凄飙于柔握。悲白露之晨零，顾襟袖以缅邈”两句，就是化“裁作合欢扇，团团似明月。出入君怀袖，动摇微风发。常恐秋节至，凉飙夺炎热”而来。南朝梁刘孝绰《班婕妤》“怨妾身似秋扇，君恩绝履綦”，清代纳兰容若《木兰花·拟古决绝词柬友》“人生若只如初见，何事秋风悲画扇”，便是直接取于班婕妤及其《团扇》诗的典故。

魏陈思王曹植[1]　第四

【原文】

其源出于《国风》。骨气奇高[2]，词彩华茂[3]，情兼雅怨[4]，体被文质[5]，粲溢今古[6]，卓尔不群。嗟乎！陈思之于文章也，譬人伦之有周、孔，鳞羽之有龙凤，音乐之有琴笙，女工之有黼黻[7]。俾尔怀铅吮墨者[8]，抱篇章而景慕，映余晖以自烛[9]。故孔氏之门如用诗，则公干升堂，思王入室，景阳、潘、陆，自可坐于廊庑之间矣[10]。

【注释】

① 曹植：字子建，生前封陈王，卒后谥“思”，又称陈思王。汉末三国时期文学大家，建安文学领袖。钟嵘《诗品》以他的诗作为最高评价。

② 骨气：即风骨，意为文辞挺拔遒劲，诗意气韵灵动。

③ 华茂：文辞华丽丰富。

④ 情兼雅怨：诗风兼有雅正、哀怨的情感。情兼雅怨，是钟嵘评诗的重要标准。

⑤ 体被文质：诗文同时拥有内容朴质与文理文采。

⑥ 粲：此指文采。

⑦ 黼黻（fǔ fú）：古代礼服上所绣的华美花纹。后用来比拟文章好，才华横溢。

⑧ 俾：使。怀铅吮墨：握笔写字，引申为诗歌作者。古时用铅粉

笔和毛笔写字。

⑨烛：照。

⑩升堂、入室、廊庑：廊庑是堂屋（正房）外的廊屋，堂屋内则是前堂后室的布局，即由外入内先经过廊庑，来到厅堂，然后才能入室。这里用空间来形象比喻学问深浅，廊庑用以表示学问刚入门；升堂用以表示学问达到中等水平；入室用以表示学问已然大成。《论语·先进》："子曰：'由（子路）也升堂矣，未入于室也。'"

【白话译文】

曹植的诗风，源于《国风》。文辞挺拔遒劲，诗意气韵灵动，诗文兼有雅正、哀怨的情感，文质兼备，文采震古烁今，卓越超群。唉！曹植对于文章，就好比周公、孔子对于伦理，鱼鸟中的龙凤，音乐有了琴笙，女工刺绣中的黼黻。使得你们这些诗歌作者，抱着（他的）诗篇仰慕不已，（以他的）文采光辉来照亮自己，检点得失。所以，如果孔子的门徒写诗的话，那么刘桢可谓登堂，曹植已然入室，张协、潘岳、陆机，则刚坐进廊屋里。

【解读赏析】

"骨气奇高，词彩华茂，情兼雅怨，体被文质"，钟嵘对曹植的推崇毫不吝惜溢美之词，把曹植推到了诗坛圣人的高度。曹植的诗自是当得起，可这更是钟嵘"自己"的曹植。钟嵘通过对曹植的肯定，导出他的诗歌美学标准：一是诗歌风格上要文辞硬朗而富于文采；二是内容上要兼有雅正与悲情的情感。

此处所说的"雅"，是指拥有《诗经·小雅》的雅正；"怨"，是指拥有《离骚》的幽怨，及受《离骚》影响汉代以来的以悲情为美的思想情感。《史记·屈原列传》:“《国风》好色而不淫,《小雅》怨诽而不乱,若《离骚》者,可谓兼之矣。”曹植“情兼雅怨”,是他的诗歌创作高度,也是钟嵘诗歌创作与美学欣赏的标准。

《南史·谢灵运传》:“天下才共一石,曹子建独得八斗,我得一斗,自古及今共用一斗。”虽是文人述事善用夸张,也足可见曹植才气之高。

魏文学刘桢[1]　第五

【原文】

其源出于《古诗》。仗气爱奇,动多振绝[2]。贞骨凌霜,高风跨俗。但气过其文[3],雕润恨少。然自陈思已下,桢称独步。

【注释】

① 刘桢(?—217):字公干,建安七子之一,汉魏著名文学家、诗人。刘桢文如其人,他性情耿直,诗风硬挺,不喜雕饰。

② 动多振绝:动辄多有惊绝之作。振绝,即前文所说“惊绝”之意,令人惊叹绝到。

③ 气过其文:是指刘桢诗质胜于文,骨气胜过文辞(曹植诗骨气奇高、文彩华茂)。

【白话译文】

刘桢诗风,源于《古诗》。(他)仗着自己的高超才气,偏爱奇言异语,动辄就会多有令人惊叹绝到之语。(他的诗)骨气坚贞胜过严霜寒雪,意境高远、超凡脱俗。只是文采衬不上气势,文辞雕饰可惜过于吝惜。即使如此，自曹植以下，刘桢堪称独一无二了。

【解读赏析】

钟嵘对刘桢诗的评价，可以归为三个方面：一是格调高峻，二是情辞丰茂，三是少饰多悲。

曹丕《典论·论文》中说："刘桢壮（文风高峻）而不密（严密，少文采）。"又说刘桢、孔融等七人"于学无所遗，于辞无所假（凭借）"。曹丕之说，与钟嵘所评"贞骨凌霜""雕润恨少"一般无二。《三国志·王粲传》提及曹丕给吴质的书信中，称赞刘桢"公干有逸气，但未遒耳。其五言诗之善者，妙绝时人。"亦可见，刘桢当时已有盛名。

刘勰《文心雕龙·体性》："公干气褊（biǎn），故言壮而情骇。"说刘桢因为性格狭隘急遽，所以他的文辞才能够遒劲有力、摄人心魄。这也是钟嵘所说刘桢"贞骨凌霜"的旁证。

钟嵘以刘桢源出于《古诗》，而《古诗》源出于《国风》。曹植源出于《国风》，似乎曹植更为醇正。曹植"情兼雅怨，体被文质"，刘桢"气过其文，雕润恨少"。两下对比，似刘桢多有不足，可是钟嵘以曹植来对比刘桢，足见钟嵘对他的喜爱，也足见钟嵘评诗的标准。

魏侍中王粲[①]　第六

【原文】

其源出于李陵。发愀怆之词[②]，文秀而质羸[③]。在曹、刘间别构一体。方陈思不足[④]，比魏文有余[⑤]。

【注释】

① 王粲（177—217）：字仲宣，汉魏著名文学家、诗人，建安七子之一。

② 愀怆：忧戚悲怆。

③ 文秀而质羸：文辞华美而文体风格却不硬朗。

④ 方：比。

⑤ 魏文：即魏文帝曹丕。

【白话译文】

王粲诗风，源于李陵。他的诗多用抒发忧戚悲怆之词，文辞华美而文体风格却不够硬朗。在曹植、刘桢中间别有一种风格。（王粲）比曹植不足，比曹丕有余。

【解读赏析】

王粲善文赋，刘勰称之为建安七子之首，与曹植并称"曹王"。《文心雕龙·体性》："仲宣躁锐，故颖出而才果。"刘勰称赞王粲性急才锐，所以他的文章锋芒显露而才识果断。《典论·论文》中曹丕称赞王粲"长于辞赋"，并对比说"如粲之《初征》《登楼》《槐赋》《征思》，虽张（衡）、蔡（邕）不过也。"《三国志·王粲传》中蔡邕亦说王粲，"此王公孙也，有异才，吾不如也。"钟嵘说王粲在曹、刘间别构一体，当是不虚。

王粲的文风，前期以忧国忧民与怀才不遇为基调，一派悲哀伤情气息，如钟嵘所说"发愀怆之词"。《七哀诗》是这个时期的王粲的代表作。建安十三年后，王粲得到曹操重用，同时与曹丕、曹植关系密切，加上随着北方的统一，大的战乱也停止了。这个时期王粲的文风转而激奋昂扬。如《从军诗》五首等。

王粲与刘桢同为建安七子之一，刘勰说王粲为首。曹丕称赞刘桢时，也仅是赞其赋，至于诗则“然于他文，未能称是”。萧纲《与湘东王书》：“但以当世之作，历方古之才人，远则杨（雄）、马（司马相如）、曹（植）、王（粲），近则潘（岳）、陆（机）、颜（延之）、谢（灵运）。”王粲早期的《登楼赋》《七哀诗》都极为传颂，《登楼赋》历来与曹植的《洛神赋》并列。清代沈德潜《古诗源·卷五》：“《七哀诗》，杜少陵《无家别》《垂老别》诸篇之祖。”方东树《昭昧詹言》：“建安七子……仲宣为伟，局面阔大。公干气紧，不如仲宣。”有人据此以为，“曹王”之称，胜于“曹刘”之谓，王粲胜于刘桢。《登楼赋》是赋，不是五言诗，且“公干气盛，仲宣情胜”（刘熙载《艺概·诗概》）也是一说。

钟嵘说王粲异于曹植、刘桢，

别构一体，则是从风格上来说的，王粲源于李陵，李陵源于《楚辞》。而曹、刘则是一体，曹植源于《国风》，刘桢源于《古诗》，《古诗》源于《国风》。

晋步兵阮籍[1] 第七

【原文】

其源出于《小雅》。无雕虫之巧[2]。而《咏怀》之作，可以陶性灵，发幽思。言在耳目之内，情寄八荒之表。洋洋乎会于《风》《雅》，使人忘其鄙近[3]，自致远大，颇多感慨之词。厥旨渊放[4]，归趣难求。颜延注解[5]，怯言其志。

【注释】

① 阮籍（210—263）：字嗣宗，官至步兵校尉。好《老》《庄》，以避世躲祸，故其诗多哀伤，言多隐晦，所以说他的诗归趣难求。著有《咏怀诗》八十二首。

② 无雕虫之巧：阮籍的诗作不使用雕琢修饰的技巧。

③ 洋洋乎：文理秩然，意境美盛。语出《论语·泰伯》：“子曰：师挚之始，《关雎》之乱，洋洋乎盈耳哉。” 鄙近：庸俗浅近。

④ 厥旨渊放：他的诗意深远放达。厥，其。

⑤ 颜延注解：颜延之注解过阮籍的《咏怀》诗，现已亡佚。今见于《文选》李善的几处注引。

【白话译文】

阮籍的诗风，源于《诗经·小雅》。他的诗没有刻意雕琢修饰的痕迹。《咏怀》诗作，可以陶冶性情，引发幽思。言近而意远，语近而情遥。《咏怀》诗文理秩然，意境美盛直比《诗经》的《风》《雅》，使人忘记庸俗浅近，自己萌生阔远的胸襟，感慨万千。他的诗意深远放达，志趣难以寻觅到。颜延之曾经注解《咏怀》诗，也不敢轻言阮籍的志趣。这大概就是“厥旨渊放，归趣难求”由来了。

【解读赏析】

如果不了解阮籍所处的社会环境，读《咏怀》诗，常不知所云。《文选》言及阮籍《咏怀》时说：“（颜延之说）阮籍在晋代，常担心祸患加身，因此写诗多有忧生的感叹。虽然志在讽刺，文辞却过于隐晦。百代之下，难以猜测了。”

阮籍是建安以来第一个全力创作五言诗的人，其《咏怀诗》八十二首五言诗，更是煌煌诗组。晋左思、张载、陶潜（《饮酒》），南北朝刘宋的鲍照，北周的庾信，唐陈子昂（《感遇》）、李白（《古风》）等人都受其影响。

《文心雕龙·体性》：“嗣宗俶傥，故响逸而调远。”赞赏阮籍性情不羁，诗作不同凡响。

晋平原相陆机① 第八

【原文】

其源出于陈思。才高辞赡，举体华美。气少于公干，文劣于仲宣。尚规矩②，不贵绮错③，有伤直致之奇④。然其咀嚼英华，厌饫膏泽⑤，文章之渊泉也。张公叹其大才，信矣！

【注释】

① 陆机（261—303）：字士衡，西晋吴郡华亭（今江苏松江县）人。陆机诗赋俱佳，以文采名噪一时，与弟陆云被誉为“太康之英”，与潘岳并称“潘江陆海”。后遭诬陷，被司马颖夷三族。

② 规矩：此为写诗的规矩。

③ 绮错：文辞错落绮丽。

④ 直致：文辞直率。

⑤ 厌饫（yù）膏泽：本意是饱食美味，此指陆机咀嚼英华，从而吸取了历代文学的精髓。厌、饫，均是吃饱之意。膏泽，美味。

【白话译文】

陆机诗风，源于曹植。他的诗才气过人，文辞丰茂，篇章华美。风骨不及刘桢，文采逊于王粲。重规矩，而不看重文辞错落绮丽，损害了诗文的文辞直率美感。可是他博览群书，吸取了历代文学的精髓，（所创骈比对偶文体）成为后世文章的源泉。张华赞叹他的才气，真是不虚呀！

【解读赏析】

太康十年（289），陆机与弟弟陆云一同来到京师洛阳，得到张华的推荐，名气大振。时有“二陆入洛，三张减价”之说（“三张”指张载、张协和张亢）。陆机天才秀逸，辞藻宏丽，被誉为“太康之英”。陆机文章词藻华丽，音律谐美，讲求对偶，多用典故，首开骈文的先河。

萧统《文选》：“盖踵其事而增华，变其本而加厉，物既有之，文亦宜然。”陆机承袭了曹植“辞采华茂”，促进了后来诗歌声律、对仗技巧的成熟。《文心雕龙·杂文》:“唯士衡运思，理新文敏，而裁章置句，广于旧篇……可称珠耳。”而将扬雄以下众多模仿之作称为“欲穿明珠，多贯鱼目”。

张华曾对陆机说：“别人作文，常遗憾才气少，而你更担心才气太多。”《晋书·陆机传》:“后葛洪著书，称机文犹玄圃之积玉，无非夜光焉，五河之吐流，泉源如一焉。其弘丽妍赡，英锐漂逸，亦一代之绝乎！”王夫之《古诗评选》:“如此作者（陆机），风骨自拔，固不许两潘（潘岳、潘尼）腐气所染。”王夫之是认为陆机风骨胜过潘岳，这和《世说新语·文学》《翰林论》所谓“潘轻陆深”是一致的。这样看来，钟嵘置陆机于潘岳之先，并无不妥。

晋黄门郎潘岳[1] 第九

【原文】

其源出于仲宣。《翰林》叹其翩翩然如翔禽之有羽毛[2]，衣服之有绡縠[3]，犹浅于陆机。谢混云："潘诗烂若舒锦，无处不佳；陆文如披沙简金[4]，往往见宝。"嵘谓益寿轻华，故以潘为胜；《翰林》笃论，故叹陆为深。余常言："陆才如海，潘才如江。"

【注释】

① 潘岳（247—300）：字安仁，西晋荥阳中牟（河南省中牟县）人，官至给事黄门侍郎。八王之乱后，被赵王司马伦夷三族。

②《翰林》：即李充《翰林论》。

③ 绡縠（xiāo hú）：轻纱有纹彩的丝织品。

④ 谢混：字叔源，小字益寿。陆文如披沙简金：陆机的诗文如同泥沙淘金。陆：陆机。

【白话译文】

潘岳诗风，源于王粲。《翰林论》称赞他的诗轻盈潇洒如飞鸟翔游，清新飘逸如绢绸衣服上晃动的纹彩，比陆机的诗还清浅。谢混说："潘岳的诗华美如舒展的织锦，没有一处不是好的；陆机的诗文如同泥沙淘金，往往看到宝贝。"钟嵘认为，谢混的诗轻绮华美，所以他认为潘岳胜过陆机。《翰林论》所言是为定论，故赞同陆机才大文深。我（钟嵘）常说："陆机才气文章犹如大海，潘岳才气文章如同江河。"

【解读赏析】

陆机与潘岳，孰更优胜，争论由来已久，在钟嵘生年就已然存在了。江淹《杂体诗三十首序》中就说："陆机、潘岳的评定，人人都有不同意见。"谢混就认为"以潘为胜"。持有与谢混同样观点的，还有孙绰。《世说新语·文学》："孙兴公云：潘文烂若披锦，无处不善；陆文如排沙简金，往往见宝。"孙绰此言，实际是抑潘扬陆。孙绰去世时，刘义庆已然十岁有余，且刘义庆延揽文士，他们对《世说新语》所记孙绰的话并无异议，可见潘岳胜于陆机在当时也有不少人认可。

钟嵘《诗品》采用李充的《翰林论》，评定陆机胜于潘岳。曹旭《诗品集注》引黄侃《文论讲疏》："《翰林》以禽羽绡縠况潘之文，其于作风之体认，虽与兴公（孙绰）、益寿（谢混）无殊，然优劣之见恰与孙、谢相反。"曹旭认为，说陆机烦文博采、词富文深，恰恰是在说明陆机的"大才"，才大才能驾驭文辞繁杂，《翰林论》说陆机为深，实际也是赞其有大才之意。故钟嵘《诗品》以陆机为上。

晋黄门郎张协[①] 第十

【原文】

其源出于王粲。文体华净，少病累[②]。又巧构形似之言，雄于潘岳，靡于太冲[③]。风流调达，实旷代之高才。调采葱蒨[④]，音韵铿锵，使人味之亹亹不倦[⑤]。

【注释】

①张协（？—307）：字景阳，安平（河北省衡水市安平县）人，

曾任中书侍郎，后征黄门侍郎，托病不就。

②病累：缺点，毛病。

③靡：美盛。太冲：即左思，字太冲。

④葱蒨（qiàn）：草木青翠茂盛貌，此指诗文词藻清新、丰富。

⑤亹亹（wěi wěi）：诗文或谈论动人，有吸引力，使人不知疲倦。

【白话译文】

张协的诗风，源于王粲。他的诗华美清净，少瑕疵。又言辞精巧，描述形象，比潘岳诗更雄壮，比左思诗更美盛。俊逸通达，实在是旷世高才。词藻清新丰富，音韵铿锵，使人乐于其中不知疲倦。

【解读赏析】

张协的诗，存世仅十余首，辑为《杂诗十首》载于《文选·杂诗》。《文心雕龙·明诗》："五言流调，则清丽居宗……茂先（张华）凝其清，景阳振其丽。"刘勰说，五言诗的风格，以清新艳丽为宗旨……就五言诗而论，张华成就了清新，张协发扬了艳丽。在《时序》和《才略》篇中，又分别说"结藻清英（文辞清新），流韵绮靡（韵律绮丽美盛）"，"孟阳（张载）、景阳（张协），才绮而相埒（文采绮丽相同）"。刘勰评价张协诗的着眼点，依旧是清新、艳丽。足见张协诗"绮丽"的鲜明特点。

巧构形似之言，是张协诗的另一特点，可以说诗歌作者追求遣词造句的文风，是从张协开始的。唐朝贾岛《题李凝幽居》："闲居少邻并，草径入荒园。鸟宿池边树，僧敲月下门。"贾岛低头苦思"推"门，还是"敲"门，结果迎头冲撞了韩愈而不自知。张协的巧构形似之言就是这个味道。何焯《义门读书记》说张协"诗家炼字琢句，始于景阳。”

至于张协诗“雄于潘岳，靡于太冲”，也趋同公论。陈延杰《诗品注》说：“风骨横绝，潘（潘岳）视之稍羸（弱）。”刘熙载《艺概·诗概》：“明远（鲍照）遒警绝人，然练不伤气，必推景阳独步。《苦雨》诸诗，尤为高作。”

晋记室左思① 第十一

【原文】

其源出于公干。文典以怨②，颇为清切③，得讽谕之致。虽浅于陆机，而深于潘岳。谢康乐尝言：“左太冲诗，潘安仁诗，古今难比。”

【注释】

① 左思（约 250—305）：字太冲，西晋临淄（山东淄博市）人，曾任秘书郎，后齐王司马冏召为记室督，不就。

② 文典以怨：文章用典籍史实的方式来讽怨现实。

③ 清切：诗文清亮急切。

【白话译文】

左思的诗风，源于刘桢。他的诗多用典籍史实的方式来讽怨现实，颇为清澈激越，深得讽喻的宗旨。虽然比陆机浅，但比潘岳深。谢灵运曾经说：“左思的诗，潘岳的诗，前无古人后无来者。”

【解读赏析】

左思最为人吟咏的是他的《三都赋》。《三都赋》也反映出左思的文学创作态度，《总论》中说：“美物者贵依其本，赞事者宜本其实。”

即强调征信求实。大概来说，左思的文章与现实结合密切，可以作为对当时社会现实了解的资料，类似于杜甫的诗。

左思的这一主张也体现在他的诗上，《艺概·诗概》说“左太冲《咏史》似论体”，指的就是这一点。因为过于对现实的反馈，左思的诗“愤”大于“悲”，如《诗概》所说“左太冲诗壮而不悲”。与潘岳“悲而不壮”相比，左思“壮而不悲”，左思诗更显沉稳厚重。

但并非左思的诗文采不好，否则钟嵘也不会将他列为上品。如《诗品》中说左思“虽浅于陆机，而深于潘岳”。刘熙载就说：“《诗品》中有“疏野”一品。若钟仲伟谓左太冲“野于陆机”，野乃不美之辞。然太冲是豪放，非野也，观《咏史》可见。”即使钟嵘将左思列为上品，刘熙载还是因为一个“野”字为左思抱不平，不信的话，你就看看左思的《咏史》诗，一副要吵架的姿态。

宋临川太守谢灵运[①] 第十二

【原文】

其源出于陈思，杂有景阳之体。故尚巧似，而逸荡过之，颇以繁芜为累。嵘谓：若人学多才博，寓目辄书[②]，内无乏思，外无遗物，其繁富，宜哉！然名章迥句[③]，处处间起；丽曲新声，络绎奔发。譬犹青松之拔灌木，白玉之映尘沙，未足贬其高洁也。初，钱塘杜明师夜梦东南有人来入其馆，是夕，即灵运生于会稽。旬日，而谢安亡。其家以子孙难得，送灵运于杜治养之。十五方还都，故名“客儿”。

【注释】

① 谢灵运（385—433）：小名客儿，南朝刘宋阳夏（河南太康县）人，官至永嘉、临川太守。后被以“叛逆”罪处死于流放地广州。

② 寓目辄书：眼睛所见，即可成诗。寓目，观看。

③ 名章迥句：名篇佳句。

【白话译文】

谢灵运诗风，源于曹植，又杂有张协诗的形体。所以他的诗喜欢用精巧的构思来描写风物，言辞放荡而不知收敛，很受繁杂毛病的伤害。钟嵘认为：若是此人好学渊博，所见即可成诗，内心不缺少才思，外物都可以入诗，那么他的文章繁杂富丽，那就是当然的了。他的名篇佳句，到处被吟诵；像清新艳丽的新曲，不断涌现。犹如青松从灌

木中挺拔，白玉在尘沙中映照出来，不足以贬低它的高洁。先前，钱塘人杜明师夜里梦到东南方有人进入他的馆内，这天夜里，谢灵运就出生在会稽。十天后，谢安死去。谢家认为子孙难得，于是送谢灵运到杜明师的静室寄养。谢灵运十五岁的时候才回到都城建康，因此叫他“客儿”。

【解读赏析】

谢灵运开足火力，死磕山水诗。山水诗在东晋至南朝刘宋间陡然兴起，谢灵运是立下了绝对大功的。《文心雕龙·明诗》说：“宋初文咏，体有因革。庄老告退，而山水方滋。”说的就是东晋以来的玄言诗和郭璞的《游仙诗》，到了南朝刘宋时开始衰落，取而代之的则是以谢灵运诗歌为代表的山水诗。

谢灵运的诗“雕琢”的味道明显，《诗品》说他“杂有景阳之体”即是这个意思。张协诗的一个特点就是，形体上“巧构形似之言”。当然谢灵运的“雕琢”不是像东汉初期及以前的大赋，采用那种极为夸张的华而不实之辞，而是力求言与物的形似，《文心雕龙·物色》所说“体物为妙，功在密附”。所以，汤惠休说谢灵运的诗“如芙蓉出水”。

中品（三十九人）

汉上计秦嘉[①] 嘉妻徐淑[②] 第十三

【原文】

夫妻事既可伤[③]，文亦凄怨。二汉为五言者，不过数家，而妇人居二[④]。徐淑叙别之作[⑤]，亚于《团扇》矣。

【注释】

① 秦嘉：字士会，陇西（今甘肃陇西县）人。东汉诗人，生活时间大约在顺帝至桓帝年间。桓帝时曾为陇西郡上计吏，故称汉上计。

② 徐淑：秦嘉妻子，东汉女诗人。

③ 夫妻事既可伤：秦嘉、徐淑夫妻恩爱，琴瑟和鸣，秦嘉却早逝，令人悲伤叹息。

④ 妇人居二：此指前有班婕妤，为五言诗女作者第一。

⑤ 叙别之作：徐淑《答秦嘉》诗。

【白话译文】

秦嘉、徐淑夫妻的往事，令人悲伤叹息，他们夫妇诗文凄清哀婉。两汉作五言诗的，不过几个人而已，而徐淑在女性五言诗作者中居于第二位。徐淑的叙别作品，稍差于班婕妤的《团扇》。

【解读赏析】

钟嵘评诗，“深从六艺，溯流别”。秦嘉、徐淑夫妇是个例外，而以夫妇同品，这也算是古代文学评论的首创。

秦嘉诗文语言朴素自然，情感真挚动人。他的《赠妇诗》三首，堪称东汉五言抒情诗难得的佳作。如第一首写自己即将赴洛阳，而妻子生病不能同行，离愁别绪，锥心难免，“人生譬朝露，居世多屯蹇。忧艰常早至，欢会常苦晚。”第二首写自己想与妻子见面，却因路途遥远，思绪如山，东风如堑，“河广无舟梁，道近隔丘陆。临路怀惆怅，中驾正踯躅。”

徐淑《答秦嘉诗》:“妾身兮不令，婴疾兮来归。沉滞兮家门，历时兮不差。”先写自己生病，不得已回到娘家。“悠悠兮离别，无因兮叙怀。瞻望兮踊跃，伫立兮徘徊。”又写对夫君的思念难抑，也只能遥远眺望远方京城而已。“恨无兮羽翼，高飞兮相追。长吟兮永叹，泪下兮沾衣。”最后写道思念夫君肝肠郁结，只恨不得双翅与夫君随行，唯有吟咏叹息，任凭泪水打湿了衣襟。不要说秦嘉，旁人读来都一咏三叹，宛若易安《蝶恋花·晚止昌乐馆寄姊妹》“泪湿罗衣脂粉满。四叠阳关，唱到千千遍”。《文心雕龙·明诗》说秦嘉、徐淑诗“直而不野，婉转附物，怊怅切情，实五言之冠冕。”

魏文帝[1]　第十四

【原文】

其源出于李陵，颇有仲宣之体则。新歌百许篇，率皆鄙直如偶语[2]。

唯“西北有浮云”十余首[3]，殊美赡可玩，始见其工矣。不然，何以铨衡群彦[4]，对扬厥弟者邪[5]？

【注释】

① 魏文帝：曹丕（187—226），三国时文学家、文学批评家，代汉称帝，是为魏文帝。著有文学评论《典论》及《燕歌行》等诗赋。

② 新歌：按照乐府曲调，新填词的乐府诗。鄙直如偶语：曹丕新歌，文辞粗鄙直如两人对话一般。

③ 西北有浮云：曹丕《杂诗》二首之一。

④ 铨衡群彦：指曹丕著作《典论》来品评文人及文章。铨衡，品鉴衡量。

⑤ 对扬厥弟：和他的弟弟（曹植）进行对比。对扬，对比。

【白话译文】

曹丕的诗风，源于李陵，文体形式则颇与王粲相似。他写作的新歌一百多篇，都文辞粗鄙直如两人对话一般。唯有“西北有浮云”等十多首诗，美盛丰艳可供欣赏，显示他的功力。否则，他如何能品评俊才及文章，又如何与其弟来比较呢？

【解读赏析】

曹丕诗、赋、文皆擅长，尤擅五言诗。曹丕著有《典论》，这是中国文学史上第一部系统的文学批评专论作品。其后，陆机《文赋》，挚虞《文章流别论》，李充《翰林论》，刘勰《文心雕龙》等，大都可以追溯到《典论》。

王夫之《姜斋诗话》：“实则子桓天才骏发，岂子建所能压倒耶？”力挺曹丕。《文心雕龙·才略》说曹丕“魏文之才，洋洋清绮。旧谈抑之，谓去植千里；然子建思捷而才俊，诗丽而表逸，子桓虑详而力缓，故不竞于先鸣。”刘勰说曹丕的文采，才力充沛而文采清丽。以前的说法都在贬低他，说他比照曹植差远了；虽然曹植文思敏捷，才华横溢，诗文清丽飘逸，曹丕思虑周详，才力迟钝，所以没有先发优势。后面刘勰用《典论》和曹丕的乐府诗来证明曹丕也不差，但毕竟还是承认了曹丕文采是不及曹植的。钟嵘《诗品》是论诗，曹植上品，曹丕中品，没什么异议。

晋中散嵇康① 第十五

【原文】

其源出于魏文。过为峻切②，讦直露才③，伤渊雅之致。然托喻清远，良有鉴裁，亦未失高流矣。

【注释】

① 嵇康（223—262）：字叔夜，谯郡铚县（今安徽省濉溪县临涣镇）人。拜郎中，授中散大夫，世称“嵇中散”。景元四年（263），为司马昭处死，时年四十岁。

② 峻切：文辞挺峻急切。

③ 讦直：指亢直敢言。

【白话译文】

嵇康诗风，源于曹丕。文辞过于挺峻急切，亢直敢言，才华外露，有伤敦厚雅正的宗旨。然而托物讽喻清新高远，确有论文品人的见识，也算是不失名流了。

【解读赏析】

曹旭说嵇康“有双重性格，是非分明。峻切、讦直之外，未尝不温文尔雅、自赏风流”，可谓对嵇康人品与文品的诠释。

嵇康与阮籍等倡玄学新风，是为“竹林七贤”的精神领袖。他的文章风格清峻，一如他的性格。《晋书·嵇康传》记载隐士孙登说嵇康“君性烈而才隽，其能免乎！”你性情刚烈而才气俊杰，不收敛些，如何能免祸呢？魏晋南北朝时期，名士多无好下场。司马昭想用他，他跑到了河东；钟会前去拜访，他闭门谢客；山涛举荐他出仕，他与山涛绝交，还公开发表《与山巨源绝交书》；最后终因钟会构陷，被司马昭所杀。

嵇康的诗以四言成就较高。何焯《文选评》说：“四言不为《风》《雅》所羁，直写胸中语，此叔夜高于潘、陆也。”至于他的诗风，《幽愤诗》一诗表现淋漓，“采薇山阿，散发岩岫。永啸长吟，颐性养寿。”词锋爽利，语气清峻，跃然纸上。《文心雕龙·明诗》说他“嵇志清峻”，钟嵘《诗品》评其诗为“峻切”，无一言是虚。

晋司空张华[①] 第十六

【原文】

其源出于王粲。其体华艳，兴托多奇，巧用文字，务为妍冶[②]。虽名高曩代[③]，而疏亮之士，犹恨其儿女情多，风云气少。谢康乐云：“张公虽复千篇，犹一体耳。”今置之甲科疑弱，抑之中品恨少，在季孟之间矣。

【注释】

① 张华（232—300）：字茂先，西晋范阳方城（今河北固安县）人，官至司空。八王之乱后，为赵王司马伦所杀，夷三族。

② 务为妍冶：追求文辞艳丽。

③ 曩（nǎng）代：前代。

【白话译文】

张华诗风，源于王粲。诗风华丽，托物言志多奇警之语，善于运用文词，追求文辞艳丽。虽高过前代，但有识之士说他的诗儿女情多，风云气少。谢灵运说：“张华的诗即便是一千篇，也是一种风格。”如果放到上品怕是不够格，放到中品又嫌有些抑贬，比上品不足比中品有余吧。

【解读赏析】

张华提携后进不遗余力，陆机、陆云、王粲、左思、陈寿、挚虞等，均出其门下。张华诗词藻华丽，清丽美艳，多用托物言志，其中《情诗》备受赞美。《文心雕龙·才略》赞曰："张华短章，奕奕清畅，其《鷦鹩》寓意，即韩非之《说难》也。"

张华《情诗》："佳人不在兹，取此欲谁与？巢居知风寒，穴处识阴雨。不曾远离别，安知慕俦侣？"《永怀赋》："美淑人之妖艳，因盼睐而倾城。扬绰约之丽姿，怀婉娩之柔情。"钟嵘说他儿女情多，风云气少。当然张华也并非全然是儿女情多的诗，如《壮士篇》"濯鳞沧海畔，驰骋大漠中。独步圣明世，四海称英雄"。至于元好问所说"风云若恨张华少，温（庭筠）李（商隐）新声奈尔何"，这就与钟嵘诗评的标准不同了。

魏尚书何晏[①] 晋冯翊太守孙楚[②] 晋著作郎王赞[③] 晋司徒掾张翰[④] 晋中书令潘尼[⑤] 第十七

【原文】

平叔"鸿鹄"之篇[⑥]，风规见矣。子荆"零雨"之外，正长"朔风"之后[⑦]，虽有累札，良亦无闻。季鹰"黄华"之唱，正叔"绿蘩"之章[⑧]，虽不具美，而文彩高丽。并得虬龙片甲，凤凰一毛。事同驳圣，宜居中品。

【注释】

① 何晏（190—249）：字平叔，曹魏宛城（今河南南阳）人，官至

礼部尚书。依附大司马曹爽，被司马懿所杀，夷三族。

②孙楚（？—293）：字子荆，西晋太原中都（今山西平遥）人，曾任冯翊（今陕西大荔县）太守。

③王赞：字正长，曾任著作郎等职。

④张翰：字季鹰，西晋吴郡吴县（今江苏苏州）人，曾辟为大司马东曹掾（yuàn）。

⑤潘尼：字正叔，西晋荥阳中牟（在今河南省中牟县）人，官至中书令。

⑥平叔“鸿鹄”之篇：即何晏的《拟古》诗，诗中有“鸿鹄比翼游”。

⑦子荆“零雨”：即孙楚的《征西官属送于陟阳侯作》诗，诗中有“零雨被秋草”。正长“朔风”：王赞的《杂诗》，诗中有“朔风动秋草”。

⑧季鹰“黄华”：即张瀚的《杂诗》，诗中有“黄华如散金”。正叔“绿蘩”：即潘尼的《迎大驾》，诗中有“绿蘩被广隰”。

【白话译文】

何晏的“鸿鹄”诗篇，彰显讽喻之意。孙楚自“零雨”诗以外，王赞从“朔风”诗以后，虽然又写作很多诗篇，但实在再无名作。张翰“黄华”诗篇，潘尼“绿蘩”诗篇，虽然不能尽善尽美，却也文采高远华美。（前面五人）的诗作均得龙之片甲，凤凰之一羽。是为贤才，适于中品。

【解读赏析】

何晏的《拟古》：“鸿鹄比翼游，群飞戏太清。常恐夭网罗，忧祸一旦并。岂若集五湖，顺流唼浮萍。逍遥放志意，何为怵惕惊？”诗文运用比兴手法，抒写忧生畏祸之嗟叹，却最终被夷三族，令人嗟叹。孙楚《征西官属送于陟阳侯作诗》：“晨风飘歧路，零雨被秋草。倾城远追送，饯我千里道。三命皆有极，咄嗟安可保？”孙楚这首诗脍炙人口，在当时就被推崇。王赞《杂诗》：“朔风动秋草，边马有归心。胡宁久分析，靡靡忽至今？王事离我志，殊隔过商参。昔往鸧鹒鸣，今来蟋蟀吟。人情怀旧乡，客鸟思故林。师涓久不奏，谁能宣我心？”沈德潜《古诗源》称赞说：“起得雄杰。隐侯谓正长‘朔风’之句，指此。”张翰的《杂诗》：“暮春和气应，白日照园林。青条若总翠，黄华如散金。嘉卉亮有观，顾此难久耽。延颈无良涂，顿足托幽深。”沈德潜《古诗源》注曰：“唐人以黄花如散金命题试士，士多以黄花为菊，合式者不满其数。”张翰在诗中表现出舍弃富贵，宁赴贫困，最终也算得以避祸。潘尼《迎大驾》：“南山郁岑崟，洛川迅且急。青松荫修岭，绿蘩被广隰。……归云乘幰浮，凄风寻帷入。世故尚未夷，崤函

方崄涩。狐狸夹两辕，豺狼当路立。……且少停君驾，徐待干戈戢。”潘尼在诗中描绘了八王之乱造成的田园荒芜的悲凄惨象，诗句含蓄哀婉而又透彻深刻。

魏侍中应璩① 第十八

【原文】

祖袭魏文。善为古语，指事殷勤，雅意深笃，得诗人激刺之旨。至于“济济今日所”，华靡可讽味焉。

【注释】

① 应璩（qú）（190—252）：字休琏，三国曹魏南顿（今河南项城）人，官至侍中、大将军长史。

【白话译文】

应璩诗风，源出曹丕。他的诗善于使用古朴的语言，指事陈理很是恳切，情高意深，深得《诗经》讽喻的宗旨。至于“济济今日所”诗，华茂美盛可堪玩味。

【解读赏析】

应璩诗，讽喻味道足。曹丕死后，曹芳登基，当时大将军曹爽擅权，举措失当，应璩作《百一诗》讽劝：“公今闻周公巍巍之称，安知百虑有一失乎？”言辞恳切，切中时弊，一时广为流传。《百一诗》共有一百多篇，均是讽喻“在其位谋其政”的宗旨。《文心雕龙·明诗》说：“若乃应璩《百一》，独立不惧，辞谲义贞，亦魏之遗直也。”刘勰称赞说应璩《百一诗》，无所畏惧，敢于直言，用词诡异却立意正直，乃曹魏一代的质直之作。

晋清河太守陆云[1] 晋侍中石崇[2] 晋襄城太守曹摅[3] 晋朗陵公何劭[4] 第十九

【原文】

清河之方平原，殆如陈思之匹白马。于其哲昆，故称二陆。季伦、颜远，并有英篇。笃而论之，朗陵为最。

【注释】

①陆云（262—303）：字士龙，西晋吴郡华亭（今江苏松江县）人，曾任清河内使。后与其兄陆机一同被害。

②石崇（249—300）：字季伦，西晋渤海南皮（今河北南皮东北）人，官至侍中等职。因与潘岳等图谋赵王司马伦失败，被夷三族。

③曹摅（shū）（？—308）：字颜远，谯国谯县（今安徽亳州）人，官至襄城太守等职。后死于兵战。

④何劭（236—301）：字敬祖，陈郡阳夏（今河南太康县）人，官至尚书左仆射等职，承袭父爵朗陵公爵位。

【白话译文】

陆云比于陆机，大约是曹彪比于曹植。陆云因其兄陆机素有贤名，得以与陆机并称二陆。曹摅、何劭，两人都有名篇佳作。公平而论，何劭为上。

【解读赏析】

陆云与兄长陆机并称“太康之英”，是得益于陆机的贤名。《文心雕龙·才略》说陆机“才欲窥深，辞务索广，故思能入巧而不制繁”，说陆云“以识检乱，故能布采鲜净，敏于短篇”。即是说陆机才力雄厚，文辞博广，所以能够文思经天而不必害怕文辞繁杂；陆云则是文思灵巧，以识力来约束文思的杂乱，才能保持文章的清丽，只能善于短篇之作。所以比于曹植、曹彪，当然无有不当。陆机兄弟，死于被夷族；曹植抑郁而亡，曹彪被赐死。两对兄弟的凄惨下场，这也是一比。

石崇，以斗富闻名，其文采不论，其见识颇为粗鄙。他的《明君辞》：“我本汉家子，将适单于庭……父子见凌辱，对之惭且惊。杀身良不易，默默以苟生……传语后世人，远嫁难为情。”用第一人称代王昭君说话，我是汉家女，奈何远嫁匈奴。先是嫁与父亲随后又嫁与儿子（昭君出塞是嫁给呼韩邪单于，呼韩邪单于死后，按照匈奴习俗，王昭君又嫁与呼韩邪单于长子复株累单于），我对此羞愧而

惊恐。想自杀下不了手，只好苟且偷生了。还用王昭君的口吻自我批评：你们后世的人要记住了，嫁给匈奴人真的是难为情。司马光气狠狠地说："石崇以奢靡夸人，卒以此死东市。"王世贞《艺苑卮言·卷三》中说："《思归引》《明君辞》情质未离，不在潘陆下，刘司空亦其俦也。"也算一说吧。

曹摅以《感旧诗》最为著名，"富贵他人合，贫贱亲戚离……今我唯困蒙，群士所背驰。乡人敦懿义，济济荫光仪。对宾颂有客，举觞咏露斯。临乐何所叹，素丝与路歧。"沈谦说他的诗"词句清新而流靡"。

钟嵘本节所论四人，以何劭为最。何劭《赠张华》："既贵不忘俭，处有能存无。镇俗在简约，树塞焉足摹。在昔同班司，今者并园墟。私愿偕黄发，逍遥综琴书。"词简意明，情理并茂。何劭是那个时代少有的寿终正寝的文士，他劝说张华退隐，见识不俗。

晋太尉刘琨[1]　晋中郎卢谌[2]　第二十

【原文】

其源出于王粲。善为凄戾之词，自有清拔之气。琨既体良才，又罹厄运，故善叙丧乱，多感恨之词。中郎仰之，微不逮者矣。

【注释】

①刘琨（271—318）：字越石，西晋中山魏昌（今河北无极县）人，拜司空、大将军、都督并冀幽诸军事，兵败后投奔幽州刺史段匹磾，遭杀害。太兴三年（320），追赠侍中、太尉。

②卢谌：(284—351)，字子谅，范阳涿郡（今河北涿州市）人，为刘琨主簿，刘琨遇害后投靠石季龙，为冉闵所害。

【白话译文】

刘琨诗风，源于王粲。擅作凄美悲凉的诗文，自然有一股清新峭拔的气势。刘琨既具有卓越的才气，又遭遇厄运，所以擅长叙述伤亡祸乱之事，诗中多有感慨愤恨之词。卢谌仰慕刘琨，但他的才气文章略微不及刘琨。

【解读赏析】

刘琨并州兵败，投段匹磾反被拘，作诗一首《重赠卢谌》，诗中有“白登幸曲逆，鸿门赖留侯”。这两句诗讲了两个典故，白登之围和鸿门宴，讲了两个人物，陈平和张良。刘邦白登被匈奴围困，有陈平挺身献计，得以解困；范增鸿门宴上要害刘邦，张良奔走相救，得以解脱。刘熙载《艺概·诗概》赞扬刘琨诗说：“兼悲壮者，其惟刘越石乎？”

刘琨的意思是希望卢谌能救自己，可是卢谌给刘琨的诗中回复说：“前篇帝王大志，非人臣所言矣。”风马牛不相及，足见卢谌才质。

晋弘农太守郭璞① 第二十一

【原文】

宪章潘岳，文体相辉，彪炳可玩。始变永嘉平淡之体，故称中兴第一。《翰林》以为诗首。但《游仙》之作，词多慷慨，乖远玄宗。而云“奈何虎豹姿”，又云“戢翼栖榛梗”，乃是坎壈咏怀，非列仙之趣也。

【注释】

① 郭璞（276—304）：字景纯，晋代河东闻喜（今山西闻喜）人，后为大将军王敦记室参军，以卜筮不吉劝阻王敦谋反而遇害。王敦之乱平定后，追赠弘农太守。

【白话译文】

郭璞作诗效仿潘岳，诗风与潘岳风格相映成辉，文采绚丽值得欣赏。永嘉年间平淡无味的玄言诗风气的改变，是从郭璞开始的，所以他被称为东晋诗歌中兴第一人。《翰林论》以郭璞的诗为首魁。但郭璞的《游仙诗》，文词多慷慨激昂，这已远离道家玄理的宗旨。而且他说"奈何虎豹姿"，又说"戢翼栖榛梗"，这都是不得意的咏怀诗，并非游仙诗的志趣。

【解读赏析】

李延寿《南史·江淹传》："（江淹）梦一丈夫自称郭璞，谓淹曰：'吾有笔在卿处多年，可以见还。'淹乃探怀中得五色笔一以授之。尔后为诗绝无美句，时人谓之才尽。"江淹并非无才的人，而他为避祸，不惜说自身的才气竟然尽数来于郭璞，也足见郭璞的才气之盛。

与钟嵘所评"坎壈咏怀，非列仙之趣"不同，《文心雕龙·明诗》则说："景纯仙篇，挺拔而为俊矣。"沈德潜也为刘勰张目，反驳钟嵘说"钟嵘贬其（郭璞）少列仙之趣，谬矣"。

《文心雕龙·才略》则说："景纯艳逸，足冠中兴。"就是说郭璞文采艳丽，才华横溢，够得上中兴第一的称谓。这与钟嵘相一致。

晋吏部郎袁宏① 第二十二

【原文】

彦伯《咏史》，虽文体未遒，而鲜明紧健，去凡俗远矣。

【注释】

① 袁宏（328—376）：字彦伯，小字虎，晋代阳夏（今河南太康）人，官至吏部郎、东阳太守。

【白话译文】

袁宏的《咏史诗》，虽没有那么遒劲老辣，但文采鲜明情感充沛，已经是远离凡俗了。

【解读赏析】

袁宏诗虽入中品，但他的主要成就不在文学，而在编史。

袁宏才思敏捷，《世说新语·文学》说他“手不辍笔，俄得七纸，殊可观”，桓温北伐，袁宏奉命作露布，倚马疾书，顷刻间即成七纸。《文心雕龙·才略》：“袁宏发轸以高骧，故卓出而多偏。”刘勰说他发端高昂，文辞杰出。

晋处士郭泰机① 晋常侍顾恺之② 宋谢世基③ 宋参军顾迈④ 宋参军戴凯⑤ 第二十三

【原文】

泰机"寒女"之制，孤怨宜恨。长康能以二韵答四首之美。世基"横海"，顾迈"鸿飞"。戴凯人实贫羸，而才章富健。观此五子，文虽不多，气调警拔。吾许其进，则鲍照、江淹未足逮止。越居中品，佥曰宜哉。

【注释】

① 郭泰机：西晋寒门诗人。与傅咸同时期，曾作《答傅咸诗》，求傅咸为他引荐，无果。

② 顾恺之：字长康，小字虎头，晋代无锡人，官至大司马参军、散骑常侍等职，书、画、诗三绝。

③ 谢世基（？—426）：陈郡阳夏（今河南太康）人。后因叔父谢晦谋反，被杀。临死为连句诗云："伟哉横海鳞，壮矣垂天翼，一旦失风水，翻为蝼蚁食。"即钟嵘所说"鸿海"诗。

④ 顾迈：南朝刘宋吴郡（今苏州一带）人。曾被征北将军刘浚征为北府行参军，后因泄密被发配广州，南海太守萧简据广州造反，顾迈追从，被杀。其诗今俱不存。

⑤ 戴凯：字庆豫，或名戴凯之，南朝宋或南齐初武昌（今湖北鄂州）人，曾任参军。

【白话译文】

郭泰机“寒女”诗，孤寂哀怨，深切愤恨。顾恺之能够以二韵诗表达四季之美。谢世基有“横海”诗，顾迈有“鸿飞”诗。戴凯家境贫寒，但文章富瞻雄健。看这五个人，所作诗文虽不多，但诗韵奇警峻拔。我允许他们进入中品，他们的诗风直追鲍照、江淹不在话下。提升他们居于中品，怎么都是合适的。

【解读赏析】

郭泰机《答傅咸诗》：“皦皦白素丝，织为寒女衣。寒女虽妙巧，不得秉杼机。天寒知运速，况复雁南飞。衣工秉刀尺，弃我忽若遗。人不取诸身，世事焉所希。况复已朝餐，曷由知我饥。”以寒女自喻，虽有技术却不能上机织布，秋冷雁南飞，天寒无衣食。文思巧妙，令人惊叹。寒门不易，自古如此。

顾恺之《神情诗》：“春水满四泽，夏云多奇峰。秋月扬明辉，冬岭秀寒松。”全诗两韵而言四时，钟嵘所说“二韵答四首”。

《宋书·谢晦传》载，谢世基刑场上连句诗：“伟哉横海鳞，壮矣垂天翼。一旦失风水，翻为蝼蚁食。”颇有些罗隐“时来天地皆同力，运去英雄不自由”之叹，却又多了些成王败寇的江湖气。

顾迈、戴凯，两人诗作不传。

宋征士陶潜① 第二十四

【原文】

其源出于应璩，又协左思风力。文体省静，殆无长语。笃意真古，辞兴婉惬。每观其文，想其人德。世叹其质直。至如“欢言醉春酒”“日暮天无云”，风华清靡，岂直为田家语耶？古今隐逸诗人之宗也。

【注释】

① 陶潜（365—427）：字渊明（另一说，名潜，字元亮），私谥“靖节”，浔阳（今江西九江）人，曾为彭泽令，后退隐。再征著作郎，不就。

【白话译文】

陶潜诗风，源于应璩，又兼有左思的风格。诗文简洁明净，绝无多余之语。诗意浑厚质朴，文辞婉约舒展。每看到他的诗，就会想到他的人品。时人都叹息陶潜诗过于质朴率直（当时风气重视诗文的声律与词藻文采华丽，而不以陶潜的清淡自然诗风为美）。（可实际并非如此）陶潜“欢言醉春酒”“日暮天无云”两首诗，风采清丽美盛，难道是率直的乡下话吗？陶潜是古今隐逸诗人的宗主。

【解读赏析】

陶潜诗以白描勾勒景物，以写意渲染神似，文辞朴素率直而又韵深意远，笔调疏淡而又浑融奇趣，一派飘逸悠远、自然冲淡之气。自唐代以来，李白、王维、孟浩然、杜甫、白居易、韩愈等纷纷效仿，可是在魏晋南北朝时期，陶潜诗的风格并不是主流。这也是后世对钟嵘《诗品》评定陶潜不满意的原因，后世之人忘却了一点，钟嵘不可能完全脱离他所在的那个社会美学观的影响。就如同张若虚的《春江花月夜》，清代王闿运在《论唐诗诸家源流（答陈完夫问）》称赞说它是“孤篇横绝，竟为大家”（有好事者引申为“孤篇横绝全唐”），近代闻一多认为它给宫体诗带来了新生，称其为“这是诗中的诗，顶峰上的顶峰（注意，此处的诗、顶峰，都是特指宫体诗，而不是泛指所有古代诗歌）”。可是张若虚《春江花月夜》成篇四百年，竟无一本唐诗选本收录它，以至于现在对张若虚的生平所知都少之又少，难道要跟唐朝诗论家去吵架？无他，世异时移而已。多说几句，只是表明一个观点，认识不到魏晋至南北朝那段文士动辄身死族灭的社会背景，就难以理解玄言诗的兴起，也就无从理解钟嵘对陶潜品评的由来。

宋光禄大夫颜延之[1]　第二十五

【原文】

其源出于陆机。故尚巧似。体裁绮密。然情喻渊深，动无虚散，一句一字，皆致意焉。又喜用古事，弥见拘束。虽乖秀逸，固是经纶文雅。才减若人，则蹈于困踬矣[2]。汤惠休曰：“谢诗如芙蓉出水，颜诗如错彩镂金[3]。”颜终身病之[4]。

【注释】

① 颜延之（384—456）：字延年，南朝宋临沂（今山东临沂）人，官至金紫光禄大夫。

② 困踬：颠沛窘迫。踬，跌倒。

③ 错彩镂金：形容诗文的词藻十分华丽。错，涂饰。镂，雕刻。

④ 病：以之为病，即不满。

【白话译文】

颜延之诗风，源于陆机。所以崇尚用精巧的构思来描写风物。诗风绮丽繁密。虽然抒情深切、托喻阔远，却能凝练不散漫，一句一字，都合乎诗意。另外，他作诗喜欢用典，文理便拘束难以自然。虽背离秀丽俊逸，但也确有雍容雅正的风范。如果才力不及颜延之的人，（按照他这种方法作诗）就陷入困顿中了。汤惠休说："谢灵运的诗清新自然，如出水芙蓉；颜延之的诗绮丽繁密，如雕纹涂彩。"颜延之对这个评价，一生耿耿于怀。

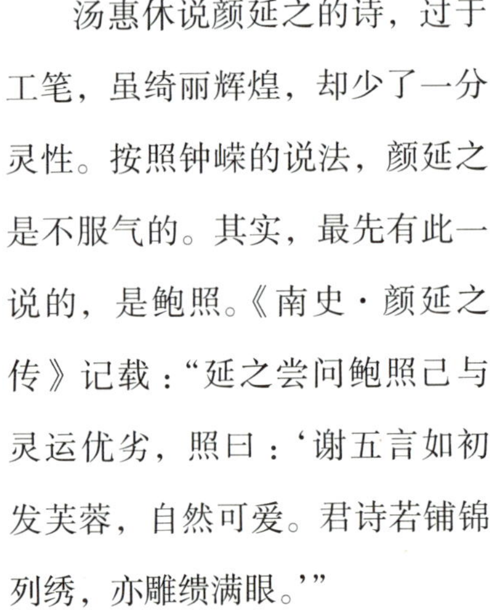

【解读赏析】

汤惠休说颜延之的诗，过于工笔，虽绮丽辉煌，却少了一分灵性。按照钟嵘的说法，颜延之是不服气的。其实，最先有此一说的，是鲍照。《南史·颜延之传》记载："延之尝问鲍照己与灵运优劣，照曰：'谢五言如初发芙蓉，自然可爱。君诗若铺锦列绣，亦雕缋满眼。'"

当时颜延之与谢灵运两人以辞采齐名，但颜延之挥笔立就，谢灵运却要慢得多。文帝（刘义隆，南朝宋武帝刘裕三子）让颜延之和谢灵运写命题作文——《北上篇》。颜延之很快完成，谢灵运却用了许久。颜延之曾问鲍照自己与谢灵运孰优孰劣，鲍照说：“谢的五言诗如初开的芙蓉，自然可爱。您的诗像铺展的锦绣，也是彩绘满眼。”汤惠休之说，当是时之公论。

有意思的是，颜延之也看不上汤惠休的诗，经常到处嚷嚷说：“惠休的诗，只是里巷中的俗词罢了，看来要贻误后生。”

宋豫章太守谢瞻① 宋仆射谢混② 宋太尉袁淑③ 宋征君王微④ 宋征虏将军王僧达⑤ 第二十六

【原文】

其源出于张华。才力苦弱，故务其清浅，殊得风流媚趣。课其实录⑥，则豫章、仆射，宜分庭抗礼。征君、太尉，可托乘后车。征虏卓卓⑦，殆欲度骅骝前⑧。

【注释】

① 谢瞻（383—421）：字宣远，南朝宋陈郡阳夏（今河南太康县）人，官至豫章太守。

② 谢混（？—412）：字叔源，小字益寿，晋宋陈郡阳夏（今河南太康）人，官至尚书左仆射。后因党同刘毅，被刘裕赐死。

③ 袁淑（408—453）：字阳源，南朝宋陈郡阳夏（今河南太康）人。后被刘劭杀死，追赠袁淑为侍中、太尉，追谥忠宪。

④ 王微（415—453）：字景玄，南朝宋琅琊临沂（今山东临沂）人，曾任参军、太子中舍人等职，王微无意做官，后屡次征他出仕不从。

⑤ 王僧达（423—458）：南朝宋琅琊郡临沂县（今山东临沂）人，累官至宣城太守、征虏将军、中书令。后被刘骏借故赐死，时年36岁。

⑥ 课其实录：考察他们的实际情况。

⑦ 卓卓：卓立不凡。

⑧ 骅骝（huá liú）：骏马，此指代谢瞻、谢混、袁淑、王微四人。

【白话译文】

这五位诗人诗风，源于张华。他们苦于才力贫弱，故专攻张华清朗浅净的风格，很有风逸柔媚的气象。考察他们的诗作，谢瞻、谢混两人，应是不分伯仲。王微、袁淑比谢瞻、谢混稍弱。王僧达卓立不凡，几乎要超越前面四人。

【解读赏析】

钟嵘说这五人“才力苦弱”，是什么意思呢？才力就是才华和笔力，就是说诗人富有才华（文思），同时笔杆子功夫（遣词造句）又了得，写诗就敢旁征博引，九天纵横，巨幅长篇。才力弱，控制力就弱，就只能在清浅、凝练、精短上下功夫。张华作诗追求文采渲染，华美艳丽，但风云气少（骨力不足），儿女情多（清新）。谢瞻等五人才力又弱于张华，就只能在张华清新一途上下用功了。

《宋书·谢瞻传》称：“谢瞻辞采之美，与族叔混（谢混）、弟灵运（族弟谢灵运）相抗。”说谢瞻诗文采清丽，与族叔谢混、族弟谢灵运（才高词盛）的诗相埒。陈延杰《诗品注》说王微诗“清怨有味”，即说他的诗清新怨雅；说谢混诗“清新”。许文雨《钟嵘诗品讲疏》说袁淑“时寓古悲”，说王僧达“未乖秀逸”“不徒恃闲趣”。

宋法曹参军谢惠连[1]　第二十七

【原文】

小谢才思富捷，恨其兰玉夙凋[2]，故长辔未骋[3]。《秋怀》《捣衣》之作，虽复灵运锐思，亦何以加焉。又工为绮丽歌谣，风人第一。《谢氏家录》云："康乐每对惠连，辄得佳语。后在永嘉西堂，思诗竟日不就。寤寐间忽见惠连，即成'池塘生春草'。故尝云：'此语有神助，非吾语也。'"

【注释】

① 谢惠连（407—433）：南朝宋陈郡阳夏（今河南太康县）人，曾任彭城王刘义康法曹行参军。少小有才，与谢灵运被称为小谢、大谢。

② 兰玉夙凋：英才早夭。兰玉，即芝兰玉树，用以指家族才俊子弟。夙，早。

③ 长辔未骋：比喻拥有卓越才能未来得及施展。长辔，长的缰绳。

【白话译文】

谢惠连词采富赡、文思敏捷，只恨英才早夭，以至于虽才华卓越却未得施展。《秋怀》《捣衣》是谢惠连的代表作，即便谢灵运潜心苦思，也不能超越它们。又擅长写词采绮丽的乐府诗歌，在"风人体"诗中堪称第一。《谢氏家录》说："谢灵运每与谢惠连谈话，往往会悟到传神的诗句。后来一次，谢灵运在永嘉西堂构思诗句，一整天也没有想出来。夜间忽然梦到了谢惠连，醒来就写下了'池塘生春草'。所以他曾说：'这句诗有神灵相助，不是我自己所写。'"

【解读赏析】

李白《春夜宴桃李园序》中说："群季俊秀，皆为惠连；吾人咏歌，独惭康乐。"李白希望弟弟们拥有谢惠连那样才智卓越的才情，可见这个被称为谪仙人的诗人对谢惠连的推崇，当然亦见他对谢灵运的敬服。《秋怀》《捣衣》两首，是谢灵运的代表作。张溥《谢法曹集题辞》说："诗则《秋怀》《捣衣》居最。"

宋参军鲍照[1]　第二十八

【原文】

其源出于二张。善制形状写物之词，得景阳之諔诡，含茂先之靡嫚[2]。骨节强于谢混，驱迈疾于颜延[3]。总四家而擅美，跨两代而孤出。嗟其才秀人微，故取湮当代。然贵尚巧似，不避危仄，颇伤清雅之调。故言险俗者，多以附照。

【注释】

①鲍照（414—466）：字明远，南朝宋东海（今山东郯城，有争议）人，鲍照曾任临海王刘子顼前军参军，刘子顼因起兵反宋明帝刘彧失败被杀时，鲍照于乱军中遇害，时年约 51 岁。

②靡嫚：亦作靡曼，华丽之意。

③驱迈：奔放，此指诗歌的节奏。

【白话译文】

鲍照诗风，源于张协、张华。擅于写作描写风物的诗歌，得到了张协的奇异，含有张华的华丽。骨力气势比谢混强，节奏感比颜延之稳健。综合四家的长处而独有其美，跨越宋齐两代而独自秀出。惜叹他才华秀逸而家世贱微，以至当时不为人知。鲍照过于看重风物描写的真实，不惜用险僻字眼，破坏了诗歌清丽雅正的格调。所以喜欢险僻俗艳的诗人，大多追捧鲍照。

【解读赏析】

鲍照大约出身于小地主家庭，小时候家境虽不至于读不起书，但他依然要下地务农。《南史》卷十三记载，鲍照想去拜访刘义庆，估计是想通过刘义庆推荐自己，但没有见到。于是他又想给刘义庆献诗言志，有人对他说："你位份卑下，不能对大王（刘义庆为临川王）无礼。"张溥《鲍参军集题辞》说："鲍明远（鲍照）才秀人微，史不立传。"士族在隋唐后逐步瓦解，实在是解除了一道围困人才的枷锁。

南北朝萧子显《南齐书·文学传论》："次则发唱惊挺，操调险急，雕藻淫艳，倾炫心魂，亦犹五色之有红紫，八音之有郑卫，斯鲍照之遗烈也。"萧子显说，南朝梁陈以来，艳情宫体诗，源于鲍照。后来的不少名家也秉持这一说法。

齐吏部谢朓[1] 第二十九

【原文】

其源出于谢混。微伤细密，颇在不伦。一章之中，自有玉石[2]。然奇章秀句，往往警遒，足使叔源失步，明远变色。善自发诗端[3]，而末篇多踬，此意锐而才弱也。至为后进士子之所嗟慕。朓极与余论诗，感激顿挫过其文。

【注释】

① 谢朓（464—499）：字玄晖，南朝齐陈郡阳夏（今河南太康附近）人，与"大谢"谢灵运同族，世称"小谢"。曾任宣城太守，后迁尚书吏部郎。后遭构陷，死于狱中，时年36岁。

② 玉石：名言佳句和败笔。

③ 诗端：诗文的开始几句。

【白话译文】

谢朓诗风，源于谢混。他的诗重声律、尚繁密，很是良莠参杂。即便是同一首诗中，妙语与败笔也都在其中。他的名篇佳句，往往精警遒劲，足以使谢混搁笔羡慕，鲍照黯然惊奇。谢朓写诗，擅于开端，末端却困顿难伸，这是文思敏捷而才力不足的表现。（总之）谢朓诗极

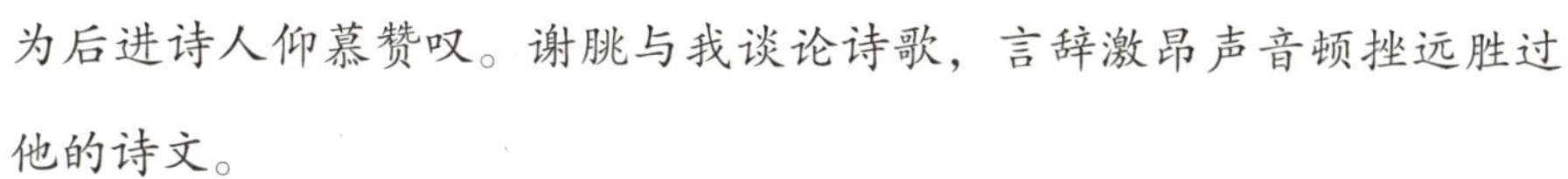
为后进诗人仰慕赞叹。谢朓与我谈论诗歌，言辞激昂声音顿挫远胜过他的诗文。

【解读赏析】

谢朓在世时，已被誉为当世最出色的诗人。《南齐书·谢朓传》中沈约说："（谢）朓长五言诗，二百年来无此诗也。"

谢朓诗歌的主要成就是山水诗创作，以清、艳、新著称。他主张写诗应该圆融流转，重视声韵和叠字，诗文朗朗上口，铿锵如金石。如他的"漠漠轻云晚，飒飒高树秋"（五言长诗《侍筵西堂落日望乡》），沈约《伤谢朓》说他："吏部信才杰，文锋振奇响。调与金石谐，思逐风云上。"

"夕殿下珠帘，流萤飞复息。长夜缝罗衣，思君此何极"（《玉阶怨》），"余霞散成绮，澄江静如练"（《晚登三山还望京邑》），"天际识归舟，云中辨江树"（《之宣城郡出新林浦向板桥》），"朔风吹飞雨，萧条江上来"（《观朝雨》）等，则是体现出谢朓诗清新和美的特点。刘熙载《艺概·诗概》说："谢玄晖诗以情韵胜，虽才力不及明远，而语皆自然流出，同时亦未有其比。"即是说谢朓诗，论才分虽比不上鲍照，可是清新自然，在南朝齐代，无出其右。

李白对谢朓极为推崇，《宣州谢朓楼饯别校书叔云》："蓬莱文章建安骨，中间小谢又清发。"《秋登宣城谢朓北楼》："谁念北楼上，临风怀谢公。"

梁光禄江淹[1] 第三十

【原文】

文通诗体总杂，善于摹拟。筋力于王微，成就于谢朓。初，淹罢宣城郡，遂宿冶亭，梦一美丈夫，自称郭璞，谓淹曰："吾有笔在卿处多年矣，可以见还。"淹探怀中，得五色笔以授之。尔后为诗，不复成语，故世传江淹才尽。

【注释】

① 江淹（444—505）：字文通，宋州济阳考城（今河南省民权县）人。历经南朝宋、齐、梁三朝，梁时官至光禄大夫。另有版本误作"齐光禄"。

【白话译文】

江淹的诗风格不一，擅于模仿前人。江淹诗论筋骨与王微相仿，论成就不下于谢朓。当初，江淹被罢免宣城太守时，晚间宿于冶亭，梦到一个美男子，他自称是郭璞，对江淹说："我的笔在你这里已经好多年了，现在可以归还我了。"江淹伸手从怀里抓出一支五色笔，递给了郭璞。从此以后，江淹再写诗，便不再有名篇佳句，以至于世人都说江淹的才华没有了。

【解读赏析】

江淹在62岁时，寿终正寝。这在魏晋南北朝，是不多见的，其余名士，要么身遭横死，要么破家灭族，善终者稀少。钟嵘本节品评江淹，却以大半文字讲述“江郎才尽”，意味深远。如若江淹没有“才尽”，又当如何？才气峥嵘，而岁月险恶，江淹此举，难说不是保身之策。

江淹是辞赋名家，他的《恨赋》《别赋》一展辞赋悲情本色。诗歌也是多产，有一百四十多首，不求繁密，不求艳丽。南宋诗论家严羽《沧浪诗话·诗评》说：“拟古惟江文通最长，拟渊明似渊明，拟康乐似康乐，拟左思似左思，拟郭璞似郭璞。”就是说江淹擅长模仿，学谁像谁。钟嵘说他“诗体总杂，善于摹拟”，也算中肯。

梁卫将军范云[1]　梁中书郎丘迟[2]　第三十一

【原文】

范诗清便宛转，如流风回雪。丘诗点缀映媚，似落花依草。故当浅于江淹，而秀于任昉。

【注释】

① 范云（451—503）：字彦龙，南朝梁舞阴县（今河南泌阳县）人，范缜从弟。梁武帝时，官至右仆射，去世后追赠侍中、卫将军。

② 丘迟（464—508）：字希范，南朝梁吴兴乌程（今浙江湖州）人，历任中书侍郎，为永嘉太守，后迁为中书郎。

【白话译文】

范云的诗清新秀逸、声韵玩转，犹如随风飘雪。丘迟的诗连缀词藻映衬媚趣，犹如落花依草。是故，两人的诗比江淹诗浅显，而秀丽则超过任昉。

【解读赏析】

范云八岁能诗，稍长又善辞赋，与沈约、谢朓等交厚，一时为文坛领袖之一。《闺思》“春草醉春烟，深闺人独眠。积恨颜将老，相思心欲燃。几回明月夜，飞梦到郎边。”《别诗》其二：“草低金城雾，木下玉门风。”已经有明显的后来诗歌的韵美了。丘迟诗文传世者不多，所作《与陈伯之书》中的“暮春三月，江南草长，杂花生树，群莺乱飞”，是千古名咏。

梁太常任昉① 第三十二

【原文】

彦昇少年为诗不工，故世称“沈诗任笔②”，昉深恨之。晚节爱好既笃，文亦遒变。善铨事理，拓体渊雅，得国士之风，故擢居中品。但昉既博物，动辄用事，所以诗不得奇。少年士子，效其如此，弊矣。

【注释】

①任昉（460—508）：字彦昇，南朝梁博昌（今山东寿光）人，官至新安太守，卒后追赠太常。

②沈诗任笔：诗和笔是时人评诗的用语。《艺概·文概》：“笔对诗言者，盖言志之谓诗，述事之谓笔也。”当时人作诗强调声律，有韵就为诗，无韵则称笔。“任笔”则是说任昉写诗毫无文采声律美感，根本不像诗，倒像是叙事的公文那样无味。

【白话译文】

任昉年少时写诗不够精巧，所以世人说“沈约擅长写诗，任昉擅长叙事（沈约有文采，任昉无文采）”，任昉深以为耻。任昉老年后，笃好写诗，诗风也变得遒劲。擅于权衡事理，文体也浑厚雅正，颇有国士风度，故拔擢他的诗位于中品。可是任昉自恃博闻，作诗动辄用典，所以他的诗难以精警。后进诗人如果效仿他动辄用典，就麻烦了。

【解读赏析】

任昉博闻，作诗追求用典，而不在意声律。失去声韵美感，典故又阻碍诗文文理的自然流转，所以任昉的诗算不得上乘，只能说有个性。钟嵘说他“诗不得奇”也算中肯，而将他的诗列入中品，实际上也真是“拔擢”了。古直《诗品笺》说：“当时倾慕任昉的人多，钟嵘不得已才把任昉诗列为中品。”虽是为钟嵘开脱，却也表明了对任昉诗的不看好。

梁左光禄沈约①　第三十三

【原文】

观休文众制，五言最优。详其文体，察其余论②，固知宪章鲍明远也。所以不闲于经纶，而长于清怨。齐永明中，相王爱文③，王元长、约等皆宗附之。于时，谢朓未遒，江淹才尽，范云名级又微，故约称独步。虽文不至，其工丽亦一时之选也④。见重闾里，诵咏成音。嵘谓：约所著既多，今翦除淫杂，收其精要，允为中品之第矣。故当词密于范，意浅于江也。

【注释】

①沈约（441—513）：字休文，吴兴郡武康县（今浙江省德清县）

人。梁武帝萧衍即位，授尚书仆射，历任左仆射、中书令、尚书令、左光禄大夫、侍中等职。南朝文坛领袖，著有《晋书》《宋书》《齐纪》等史书。

② 余论：高明的理论。

③ 相王：竟陵王萧子良，萧子良曾任司徒、侍中，职务约同丞相，故称“相王”。

④“虽文不至”一句：钟嵘此处为局部肯定，整体否定。故译文时，次序颠倒。

【白话译文】

审视沈约的各类文作，五言诗为最优。考究他的诗体风格，考察他的高明理论，当知他的诗风是效仿鲍照。所以，沈约不擅长作应制诗，而擅长写清雅哀怨的诗歌。齐代永明年间，竟陵王萧子良爱好文学，王融、沈约等人竞相攀附。当时，谢朓诗还未像后来那样遒劲老成，江淹已经才华用尽，范云名气、职位卑微，这才导致当时无人比得上沈约。沈约诗的精巧华丽虽然独领风骚，但整体没有达到完美的境界。乡间坊里，沈约的诗颇受欢迎。钟嵘认为：沈约著作很多，现在剪除杂乱的部分，收录精要部分，就允许列入中品等级吧。他的诗本来也就是比范云缜密，文词意境却不及江淹。

【解读赏析】

沈约为南朝文坛领袖，著有《晋书》《宋书》《齐纪》《梁武帝本纪》等史书，《宋书》还被列入“二十四史”。可见，沈约的文作，首推史学，而非诗作。钟嵘“观休文众制，五言最优”，已然不确。

沈约不仅辞赋、诗都有建树，而且他关于诗歌声律的“四声八病”也见识不俗。但钟嵘《诗品序》中说到沈约的声律理论时说“蜂腰鹤膝，闾里已具”，言辞中满是不屑。而本节又说，“剪除淫杂，收其精要，允为中品之第”，“故当词密于范，意浅于江也”，本来就只是比范云稍强，比江淹不足。钟嵘列沈约为中品之末，所费文字却不相称，想来应有隐情。

相传，刘勰拜访沈约，沈约推荐刘勰，刘勰随即声名鹊起。而钟嵘拜访沈约，沈约却给他闭门羹。于是，钟嵘极力诋毁沈约。《南史·钟嵘传》就说：“嵘尝求誉于沈约，约拒之。及约卒，嵘品古今诗为评，言其优劣……盖追宿憾，以此报约也。”追宿愿，就是说钟嵘计较昔日的怨恨，故意贬低沈约来泄私愤。范文澜《文心雕龙注》则反驳说：“《南史》喜杂采小说家言，恐不足据以疑二贤也。”就是说，《南史》喜欢采用当时小说家的说法，大家不要当真。

但从沈约重声律，而钟嵘排斥声律，重文、情、性自然流露的不同标准看，钟嵘将沈约列为中品，已经算不得“报复”之举了，且不论沈约的诗优劣，毕竟沈约的诗是不符合钟嵘的品诗美学观感标准的。

下品（七十二人）

汉令史班固[1]　汉孝廉郦炎[2]　汉上计赵壹[3]　第三十四

【原文】

孟坚才流，而老于掌故。观其《咏史》，有感叹之词[4]。文胜托咏“灵芝”，怀寄不浅。元叔散愤“兰蕙”，指斥“囊钱”。苦言切句，良亦勤矣。斯人也，而有斯困，悲夫！

【注释】

① 班固（32—92）：字孟坚，东汉扶风安陵（今陕西咸阳）人，曾任兰台令史，后因窦宪连累，被害。著有《汉书》。

② 郦炎（150—177）：字文胜，东汉范阳人（今河北省定兴县）人，曾为郡吏，州郡察举孝廉。

③ 赵壹（122—196）：本名赵懿，字元叔，东汉阳郡西县（今甘肃省陇南礼县）人，光和十年授郡上计。

④ 感叹之词：班固受窦宪牵连入狱，又因儿子们不法，得罪了洛阳令种兢，遭到他的网罗构陷。班固在《咏史》中感叹“百男何愦愦，不如一缇萦。”哀叹自己的几个儿子浑浑噩噩，比不上救父于危难的缇萦。

【白话译文】

班固素有文采，且熟悉历史史实。读他的《咏史》诗，有感叹（儿子不肖）的话。郦炎作“灵芝”诗，寄托情怀。赵壹作“兰蕙”诗抒发愤慨之情，指斥“学问不如钱袋”的社会现实。苦楚之言、急切之句，实在令人感同身受。这样人，却有这样的命运，悲痛呀！

【解读赏析】

班固满腹才学，教子无方，先是受到窦宪的牵连入狱，最终却因为儿子得罪了洛阳令种兢，遭其构陷而死于非命。郦炎有才而善辩，却因母丧而发风病，惊吓死正产子的妻子，而自身又死于狱中。赵壹史、赋、诗都有所成，秉性耿直，却遭遇党锢之祸，几次三番遭遇厄运，性命不保。钟嵘感慨：“斯人也，而有斯困，悲夫！”

班固《咏史》讲述西汉文帝时，缇萦救父的故事。当时班固身在狱中，借缇萦感叹自己诸子不肖，诗文情感真挚，但缺少文采，故钟嵘将其列为《诗品》下品。郦炎一生怀才不遇，他的《见志诗》其二中哀叹“哀哉二芳草，不植泰山阿”。临了疾呼“安得孔仲尼，为世陈四科”，令人唏嘘。赵壹命运多舛，几次游走死生一际，他的《疾邪诗》其一抨击这个不重才华只重钱的社会“文籍虽满腹，不如一囊钱”。

魏武帝① 魏明帝② 第三十五

【原文】

曹公古直，甚有悲凉之句。叡不如丕，亦称三祖。

【注释】

① 魏武帝：曹操（155—220），字孟德，沛国谯县（今安徽亳州）人。曹丕代汉献帝后，尊曹操为太祖武皇帝。

② 魏明帝：曹叡（205—239），字元仲，曹丕卒后，继位称帝，庙号明皇帝。

【白话译文】

曹操诗古朴质直，多有悲凉的句子。曹叡作诗不如曹丕，与曹操、曹丕合称三祖。

【解读赏析】

明代杨慎《升庵诗话》中载有“魏武帝如幽燕老将，气韵沉雄”之语，可与“悲凉”相照应。古直《诗品笺》说到曹操的《蒿里行》，陈延杰《诗品注》谈及曹操的《苦寒行》，都用“悲凉”。

曹叡仿曹操所作《苦寒行》：“奈何我皇祖，潜德隐圣形。虽没而不朽，书贵垂伐名。”已难有曹操的味道了，比曹丕更是不及。

魏白马王彪[1] 魏文学徐干[2] 第三十六

【原文】

白马与陈思答赠，伟长与公干往复，虽曰“以莛叩钟[3]”，亦能闲雅矣。

【注释】

① 白马王彪：即白马王曹彪，曹丕、曹植的异母弟，字朱虎，魏明帝即位，徙封地在白马，称白马王。

② 徐干（170—217）：字伟长，三国魏北海（今山东寿光）人，曾任司空（曹操）军谋祭酒掾属，转任五官中郎将（曹丕）文学。

③ 以莛（tíng）叩钟：用草茎、树枝敲钟。莛，草茎，小树枝，此指代曹彪与徐干。钟，指代曹植、刘桢。译文采用意译：曹彪、徐干与曹植、刘桢相比，相去甚远。

【白话译文】

白马王曹彪与陈思王曹植作诗赠答，徐干与刘桢诗文答复，虽说与曹植、刘桢相比，相去甚远，也能算是从容典雅了。

【解读赏析】

胡应麟《诗薮》：“诗未有三世传者，既传而且煊赫，仅曹氏操、丕、睿耳。然白马名存钟《品》，则彪当亦能诗。又任城武力绝人，仓舒智慧出众。阿瞒何德，挺育多才？生子如此，孙仲谋辈讵足道哉！”胡应麟说到曹氏祖孙作诗，也仅仅以曹操、曹丕、曹叡为煊赫。说到曹彪，则说“亦能诗”，即不过也能写诗罢了。

徐干为草茎，刘桢为洪钟，就有歧义了。胡应麟《诗薮》说：“以刘桢为巨钟，而徐干为小莛，抑徐扬刘有些过分了吧！”《文心雕龙·明诗》：“王粲、徐干、应璩、刘桢，这四个人并驾齐驱。”

魏仓曹属阮瑀① 晋顿丘太守欧阳建② 魏文学应玚③ 晋中书令嵇含④ 晋河内太守阮侃⑤ 晋侍中嵇绍⑥ 晋黄门枣据⑦ 第三十七

【原文】

元瑜、坚石七君诗，并平典不失古体，大检似，而二嵇微优矣。

【注释】

①阮瑀（yǔ）（约165—212）：字元瑜，汉魏陈留尉氏（今河南尉氏县）人，建安七子之一，初为曹操司空军谋祭酒，后为丞相仓曹掾属。

②欧阳建（？—300）：字坚石，晋代渤海郡（今山东乐陵）人，曾任冯翊太守、顿丘太守，后被赵王司马伦杀死，并夷三族。

③应玚（yáng）（177—217）：字德琏，东汉汝南南顿（今河南项城）人，“建安七子”之一。初被曹操任命为丞相掾属，曹丕任五官中郎将时，应玚为将军府文学。应玚擅辞赋，能工诗，与其弟应璩齐名。

④嵇含（263—306）：字君道，晋代谯郡铚县（今安徽濉溪县）

人。历任中书郎、襄城太守。后遭到荆州司马郭劢杀害，时年44岁。

⑤阮侃：字德如，西晋陈留郡尉氏（今河南尉氏县）人。曾任河内郡太守、南阳郡太守。

⑥嵇绍（253—304）：字延祖，晋代谯郡铚县（今安徽濉溪县）人，嵇康之子。历任汝阴太守、豫章太守、徐州刺史等职，赵王司马伦篡位时，出任侍中。后为保护晋惠帝，最终遇害。

⑦枣据（约232—284）：字道彦，西晋颍川长社（今河南长葛）人，官至冀州刺史、太子中庶子。

【白话译文】

阮瑀、欧阳建七人的诗，虽平实无奇却不失古诗风貌，七人诗风大致相似，嵇含、嵇绍的诗稍稍胜出其他五人。

【解读赏析】

阮瑀诗以《驾出北郭门行》为最，诗中“上冢察故处，存亡永别离。亲母何可见，泪下声正嘶。弃我于此间，穷厄岂有赀。”文辞质朴，清真意沉。欧阳建临刑前作《临终诗》，诗中“上负慈母恩，痛酷摧心肝。下顾所怜女，恻恻心中酸。”无论叙事还是抒情，都是质直、词真、情切。应玚长于辞赋，诗以《侍五官中郎将建章台集诗》为最，曹丕《典论》说他的诗“和而不壮”，意即风骨不够。嵇含五言诗不多，以《登高》为例，“七月有七日，蠢动思登高。显首稀乾精，方类自相招。”方正有余，清峻则无。阮侃诗，今存《答嵇康》二首，被《先秦汉魏晋南北朝诗》收录。嵇绍有诗《赠石季伦诗》，嵇康隐，嵇绍却为了一个荒诞的皇帝送了命，其见识如同其诗。枣据有《杂诗》：“天子命上宰，作藩于汉阳。开国建元士，玉帛聘贤良。”平实朴直，

"于"作实字用于诗中，也见其才力弱。

晋中书张载① 晋司隶傅玄② 晋太仆傅咸③ 晋侍中缪袭④ 晋散骑常侍夏侯湛⑤ 第三十八

【原文】

孟阳诗，乃远惭厥弟，而近超两傅。长虞父子，繁富可嘉。孝若虽曰后进，见重安仁。熙伯《挽歌》，唯以造哀尔。

【注释】

① 张载：字孟阳，西晋安平观津（今河北武邑）人，官至中书侍郎。

② 傅玄（217—278）：字休奕，西晋北地灵川（今宁夏灵武县）人，官至司隶校尉。

③ 傅咸（239—294）：字长虞，西晋北地灵川（今宁夏灵武县）人，司隶校尉傅玄之子。曾任太子洗马、尚书右丞、御史中丞等职。《晋书·傅咸传》并无记载曾任职太仆。

④ 缪袭（186—245）：字熙伯，三国魏东海兰陵（今山东苍山）人，官至尚书、侍中光禄勋。

⑤ 夏侯湛（243—291）：字孝若，西晋谯国谯郡（今安徽亳州）人，晋惠帝时任散骑常侍。

【白话译文】

张载的诗，远不及其弟张协，但略胜过傅玄、傅咸。傅玄、傅咸父子，文作很多，值得嘉许。夏侯湛虽是后进，得到了潘岳的赏识。

缪袭的《挽歌》，只是用它来表达哀伤之情罢了。

【解读赏析】

《晋书·张载传》说："载、协飞芳，棣华增映。"亦即说张载、张协相互映衬，旗鼓相当。《文心雕龙·才略》亦说："孟阳、景阳才绮而相埒。"也是持两人相当之见。与钟嵘张载"远减"张协相违。《才略》又说："傅玄的文章，语多殷鉴，傅咸的文章中正刚直，他俩都是栋梁，而不是陪衬。"按照刘勰的看法，似乎两傅非但不那么不堪，反而很是厉害。而夏侯湛的评价则与钟嵘相仿，"规模稍欠"。缪袭性直敢言，他的《挽歌诗》"自古皆有然，谁能离此者"，是如其人。

晋骠骑王济[①] 晋征南将军杜预[②] 晋廷尉孙绰[③] 晋征士许询[④] 第三十九

【原文】

永嘉以来，清虚在俗。王武子辈诗，贵道家之言。爰泊江表，玄风尚备。真长、仲祖、桓、庾诸公犹相袭[⑤]。世称孙、许，弥善恬淡之词。

【注释】

① 王济：字武子，西晋太原晋阳（今山西太原）人，官至侍中，卒后追赠骠骑将军。

② 杜预（222—285）：字元凯，魏晋京兆郡杜陵县（今陕西西安）人，初仕曹魏，授尚书郎，西晋建立后，历任镇南大将军，卒后追赠

征南大将军。

③ 孙绰（314—371）：字兴公，东晋太原中都（今山西平遥县）人，历任尚书郎、永嘉太守，迁廷尉卿。

④ 许询：字玄度，小字阿讷，东晋会稽山阴（今浙江绍兴市）人，东晋征士，终身不仕。

⑤ 真长、仲祖、桓、庾：即刘惔、王濛、桓温、庾亮。

【白话译文】

晋怀帝永嘉年间以来，社会就流行清谈的风气。王济一班诗人作诗，偏好道家玄理清谈之言。以至于到了东晋，玄谈之风仍在流传。刘惔、王濛、桓温、庾亮等人继承沿袭。世人都称许孙绰、许询，更善于写作淡然的玄言诗。

【解读赏析】

本节四人，皆是擅长玄言诗。玄言诗，就

是将《周易》《道德经》《庄子》的玄之又玄的谁也说不清的道理，融纳入诗中，又与现实完全脱节。是以，玄言诗枯燥无味，读来如同嚼蜡。王济少有才华，文辞秀逸，备受司马炎喜爱，选为女婿，生活骄奢，一生并无什么作为。王济的五言诗只留下两句残句："计终收遐致，发轫将先起。"

杜预是一个文武全开挂的生猛角色，军事、政治、文学、律制无一不通，而且富于传奇，虽连马都骑不好，却灭掉了东吴。杜预作《晋律》《春秋左氏经传集解》，但诗并未传下来。孙绰与许询当时名望高，备受追捧，两人并称一时文宗。两人相较，孙绰胜在词藻富赡，许询胜在情致高远。孙绰诗《碧玉歌》："碧玉小家女，不敢攀贵德。感郎千金意，惭无倾城色。"清新雅致，断非玄言诗可比。许询《农里诗》："亹亹玄思得，濯濯情累除。"

晋征士戴逵[1]　晋东阳太守殷仲文[2]　第四十

【原文】

安道诗虽嫩弱，有清工之句。裁长补短[3]，袁彦伯之亚乎[4]？逵子颙[5]，亦有一时之誉。晋、宋之际，殆无诗乎！义熙中[6]，以谢益寿、殷仲文为华绮之冠，殷不竞矣。

【注释】

①戴逵（约 329—396）：字安道，东晋谯郡铚县（今安徽省濉溪县）人，终身不仕。

②殷仲文（？—407）：字仲文，东晋陈郡长平（今河南西华）人，

曾担任会稽王司马道子的骠骑参军，后因谋反而被处死。

③ 裁长补短：长短相抵，意为“总体而言”。

④ 袁彦伯：即袁弘（见中品）。

⑤ 逵子颙：即戴颙（378—441），字仲若，征士，著有《逍遥论》《中庸注》等，诗文不详。

⑥ 义熙：晋安帝司马德宗年号（405—418）。

【白话译文】

戴逵的诗虽然不够老练，但也有清新自然的诗句。整体来说，应该稍差于袁宏吧。戴颙，也有一时的好名声。晋、宋年间，几乎没什么真正的诗作。义熙年间，以谢混、殷仲文为诗风华美绮丽的诗人之最，但殷仲文不能与谢混争胜。

【解读赏析】

曹旭说戴逵条目，原脱。陈延杰《诗品注》说自己所藏明抄本《诗品》是载有“晋征士戴逵”的。黄丕烈《士礼居藏书题跋记再续》说《吟窗杂录》旧抄本增补。

殷仲文《南州桓公九井作》：“景气多明远，风物自凄紧。爽籁惊幽律，哀壑叩虚牝。”谢混词采绮丽，斐然继作，显然殷仲文不及。陈延杰《诗品注》：“气象迫促（气势拘谨）。”显然认为殷仲文不及谢混。殷仲文大势不清，见识不明，且又颇贪财，最后造反，事败身死。

宋尚书令傅亮[1] 第四十一

【原文】

季友文，余常忽而不察。今沈特进撰诗[2]，载其数首，亦复平矣。

【注释】

①傅亮（374—426）：字季友，南朝宋北地郡灵州县（今陕西省耀县）人，西晋司隶校尉傅咸玄孙。历任中书监、尚书令。元嘉三年（426），被刘义隆所杀，时年五十三岁。

②沈特进：即沈约，沈约于梁天监十一年（512）加特进。特进，官名，授予列侯中有特殊地位的人，位在三公下。

【白话译文】

傅亮的诗，我以前常轻视而不能细察。而今沈约编纂诗集，载有傅亮诗数首，依然是平常无奇。

【解读赏析】

宋武帝刘裕时，傅亮已官至中书令，后迁尚书左仆射。刘裕卒后，授顾命大臣，任尚书令、领护军将军，参与废少帝刘义符，迎接刘义隆继位，三年后又被刘义隆所杀。傅亮的五言诗两首，收入沈约的《集钞》，其一为《冬至》："星昴殷仲冬，短晷穷南陆。柔荔迎时萋，芳芸应节馥。"

宋记室何长瑜① 羊曜璠② 宋詹事范晔③ 第四十二

【原文】

才难，信矣！以康乐与羊、何若此，而二人文辞，殆不足奇。蔚宗诗，乃不称其才，亦为鲜举矣④！

【注释】

① 何长瑜（？—443）：南朝宋东海郡（今山东郯城）人，与谢灵运、谢惠连、荀雍、羊璿之号称灵运“四友”。曾为临川王刘义庆记室参军。

② 羊曜璠（？—459）：名璿之，字曜璠，南朝宋泰山南城（今山东费县）人，曾任临川内史，后司空竟陵王刘诞造反兵败，羊曜璠受牵连被杀。羊曜璠诗今已不存。

③ 范晔（398—445）：字蔚宗，南朝宋郡顺阳县（今河南省淅川县）人。历任徐州长史、南下邳太守、左卫将军、太子詹事。后，拥戴彭城王刘义康即位，事败被杀，时年四十八岁。著有《后汉书》，与《史记》《汉书》《三国志》合称“前四史”。

④ 鲜举：曹旭认为“鲜举”疑为误字，《诗品集注》引古直《诗品笺》说“鲜举”当作“轩举”，但无实据。此处按字面意思解为“鲜明高峻”。

【白话译文】

人才难得，的确如此啊！谢灵运与羊曜璠、何长瑜以文相交，号称灵运四友，而两人的文采却平淡无奇。范晔诗，与他的才华不相称，也算鲜明高峻了。

【解读赏析】

从谢灵运《登临海峤初发疆中作与从弟惠连见羊何共和之》诗题看，所谓四友不假。谢灵运虽也说何长瑜、羊曜璠为当世的刘桢，怕是友情使然吧。何、羊、范三人，钟嵘统一以“不称其才”论之，大概也就是说三人的诗文“也就那么回事”的意思了。

宋孝武帝[①] 宋南平王铄[②] 宋建平王宏[③] 第四十三

【原文】

孝武诗，雕文织彩，过为精密，为二藩希慕[④]，见称轻巧矣。

【注释】

① 宋孝武帝：刘骏（430—464），字休龙，小字道民，文帝三子。

② 宋南平王铄：刘铄，字休玄，宋文帝刘义隆第四子。

③ 宋建平王宏：刘宏，字休度，文帝七子。

④ 二藩：即刘铄、刘宏两个藩王。

【白话译文】

刘骏的诗风，精雕词藻，粉饰辞彩，过于繁密，为刘铄、刘宏所仰慕。（刘骏诗）被认为是轻巧之作。

【解读赏析】

刘骏用诗文好坏来作为用人优劣的标准，帝王格局已然拉低。于文采而言，《南史·王俭传》说他“好文，天下悉以文采相尚”，《文心雕龙·时序》说“孝武多才，英采云构”，说他多才多艺，词采富瞻。刘铄有五言诗《拟行行重行行诗》，刘宏诗不存。

宋光禄谢庄[①] 第四十四

【原文】

希逸诗，气候清雅，不逮于王、袁[②]。然兴属闲长，良无鄙促也。

【注释】

① 谢庄（421—466）：字希逸，南朝宋陈郡阳夏（今河南太康）人，谢灵运族侄，官至中书令，加金紫光禄大夫。以《月赋》闻名。

② 王、袁：即王微、袁淑。

【白话译文】

谢庄诗，气韵清新雅致，不及王微、袁淑。但（谢庄诗）意味绵长，确实没有鄙陋局促的弊病。

【解读赏析】

谢庄多才善辩，刘骏曾让颜延之点评谢庄的代表作《月赋》。颜延之说："好是好，不过谢庄也就是刚刚知道'隔千里兮共明月'。"谢庄听闻，反驳说："看颜延之的《秋胡诗》，他也就是刚刚知道'生为久离别，没为长不归'。"

谢庄诗清新幽雅，重声律，颇有唐七言诗的味道。王士祯《渔洋诗话》说："谢庄诗宜在'中品'。"

宋御史苏宝生[1]　宋中书令史陵修之[2]　宋典祠令任昙绪[3]　宋越骑戴法兴[4]　第四十五

【原文】

苏、陵、任、戴，并著篇章，亦为缙绅之所嗟咏。人非文是[5]，愈有可嘉焉。

【注释】

① 苏宝生（？—458）：名宝，字宝生，南朝宋诗人，官至南台御

史、江宁令。

② 陵修之：南朝宋诗人，生平不详，诗文不传。

③ 任昙绪：南朝宋诗人，生平不详，诗文不传。

④ 戴法兴（414—465）：南朝宋会稽山阴（今江苏绍兴）人，官至越骑校尉，被刘骏赐死。

⑤ 人非文是：人品不好，文采却足可称道。将人品私德与作品分开，不因人品而否定作品，这是钟嵘评诗论人的高远见识。

【白话译文】

苏宝生、陵修之、任昙绪、戴兴，都有著作诗篇，并且也为当时官员所吟咏。这四个人虽然人品不佳，但其作品可圈可点，这就更值得嘉许了。

【解读赏析】

本节四人的诗，均已不存。钟嵘著《诗品》评诗论人，不因位高而阿谀，不因位卑而抑黜，而以“人非文是”，单就作品说话，实在是格局高远。钟嵘的这种品评标准，不仅限于上面四人，全篇都是如此，如在“中品”的王僧达。

《宋书》卷七五说王僧达少有文采，长于属文，支持宋孝武帝刘骏。可是因为没有能够得到宰相而心怀不满，便又贪财胡为，而且还敢向刘骏瞪眼，最后刘骏实在忍受不了，借着高阇造反，就给王僧达编织了罪名给杀了。

王僧达造反是冤枉了他，但苏宝生却不冤枉。高阇造反，苏宝生当时是南台御史、江陵令，但他却骑墙，秘而不宣。后被人揭发，同高阇一同被杀。

《南史》卷七七记载，宋孝武帝刘骏登基后，戴法兴深受重用，刘骏要治罪的，他求情就能保下来；他举荐的人就能做官。于是戴法兴深通人事关系，广收贿赂。天下人云集而来，家门热闹如同集市，家产积千金之巨。刘骏卒后，废帝刘义恭做了皇帝，戴法兴升迁越骑校尉。此时，朝廷政令都取决于戴法兴，尚书省大小事务均由他说了算。刘义恭成了空头皇帝。刘义恭性情凶狠残暴，每当任性行事时，戴法兴就问他一句："你是想当营阳王吗？"营阳王，即少帝刘义符，皇帝没做到头就被废了。最后刘义恭找了因由杀死戴法兴连同他的两个儿子。

从《南史》记载看，戴法兴的确有受贿、公权力私用的不良行迹。但他能顶撞刘义恭那样的混蛋皇帝，也不失其钢骨。《南史》将他归为

《恩幸传》,《旧唐书 · 萧至忠传》为恩幸做解说 :“恩幸者，私惠也，只可金帛富之，粱肉食之，以存私泽也。”就是因为与皇帝的私人关系而被重用的人。

陵修之、任昙绪两人的生平事迹，以及诗文已经无考。

宋监典事区惠恭[①] 第四十六

【原文】

惠恭本胡人，为颜师伯干。颜为诗笔，辄偷定之[②]。后造《独乐赋》[③]，语侵给主[④]，被斥。及大将军修北第[⑤]，差充作长。时谢惠连兼记室参军，惠恭时往共安陵嘲调[⑥]。末作《双枕诗》以示谢。谢曰 :“君诚能，恐人未重，且可以为谢法曹造，遗大将军。”见之赏叹，以锦二端赐谢。谢辞曰 :“此诗，公作长所制，请以锦赐之。”

【注释】

① 区惠恭 : 南朝宋诗人，生平不详，诗作不传。

② 辄偷定之 : 往往私下改定。

③《独乐赋》: 惠恭本辞赋 (已亡佚)。

④ 语侵给主 : 指《独乐赋》在言语上冒犯了主人。侵，冒犯。给主 : 所供给之主。

⑤ 大将军 : 即当时司徒、彭城王刘义康。

⑥ 共安陵嘲调 : 此指惠恭与谢惠连的短袖之癖。共，一起。安陵，即楚国安陵君，是楚宣王的男宠，颇为得势，楚宣王设坛封他为安陵君。

【白话译文】

区惠恭本是胡人，曾是颜师伯的属吏。颜作所作诗文，区惠恭往往私下改定。后来创作《独乐赋》(已亡佚)，文辞上冒犯了主人，被驱赶。大将军、司徒彭城王刘义康修筑北面的府第时，选用区惠恭作监工工头。当时，谢惠连在刘义康那里作法曹参军，区惠恭与谢惠连有断袖之癖。后来区惠恭作《双枕诗》给谢惠连看。谢惠连说："你的确有才能，但恐怕不能得到重视，暂且算是我谢法曹所作，拿给大将军看看。"(刘义康看到区惠恭的《双枕诗》)欣赏赞叹谢惠连，赏赐他锦缎两端。谢惠连推辞说："这首诗，是您的监工工头所作，请您把锦缎赐给他吧。"

【解读赏析】

区惠恭的生平事迹和诗文都已不详，幸有《诗品》这段公案的记载，似乎他理论上存在跟随谢惠连学诗的可能。

阮籍《咏怀》诗："昔日繁华子，安陵与龙阳…… 携手等欢爱，宿昔同衣裳。 愿为双飞鸟，比翼共翱翔。 丹青着明誓，永世不相忘。"阮籍诗中所说安陵与龙阳，指的是楚宣王的男宠安陵君和魏安釐王的男宠龙阳君。像女子一样婉转媚人，得宠于魏王，因此被封为龙阳君。关于谢惠连断袖之癖，《宋书》卷五一也说："德灵雅有姿色，为义宗所爱宠……惠连爱幸之，为之赋诗十余首，《乘流遵归渚》篇是也。"其实，在晋及南北朝时期，这并不算十分罕见。只是后人提及此事，往往以为不堪。

齐惠休上人① 齐道猷上人② 齐释宝月③ 第四十七

【原文】

惠休淫靡，情过其才。世遂匹之鲍照，恐商、周矣④。羊曜璠云："是颜公忌照之文，故立休、鲍之论。"康、帛二胡，亦有清句。《行路难》是东阳柴廓所造。宝月尝憩其家，会廓亡，因窃而有之。廓子赍手本出都⑤，欲讼此事，乃厚赂止之。

【注释】

① 惠休上人：即汤惠休，字茂远，南朝宋齐间诗人僧侣，宋武帝时还俗，官至扬州从事史。上人，对和尚的尊称。"齐惠休上人"之"齐"，有版本为"宋"。

② 道猷上人：本姓冯，改姓帛，南朝宋山阴（今浙江绍兴）诗人僧侣。

③ 释宝月：本姓康，宝月是其发名，南朝宋齐诗人僧侣。

④ 恐商、周矣：商不敌周。语出《左传·桓公十一年》传部："师克在和，不在众。商、周之不敌，君之所闻也。"即是说，军队克敌，在于自己内部的团结，而不在于自己的人数。所以，商纣王的军队不敌周武王的军队。以此用来说明汤惠休难以与鲍照匹敌。

⑤ 赍：携带。手本：手稿。出都：到都城（建康）去。

【白话译文】

汤惠休的诗过于绮丽，以情入诗却又不能恰当驾驭。世人把他比于鲍照，恐怕汤惠休难以与鲍照匹敌。羊曜璠说："颜延之忌惮鲍照的诗文文采，故意制造了汤惠休和鲍照相匹敌的舆论。"康（释宝月）、帛（道猷上人）两人都是胡僧，他俩的诗也有清秀的诗句。《行路难》是东阳柴廓所作。释宝月曾经在柴廓家小住，正赶上柴廓过世，就偷窃了柴廓的诗据为己有。柴廓的儿子带着柴廓的手稿到都城建康，要控告释宝月。释宝月便给了柴廓儿子一大笔钱，这件事情才算平息了下去。

【解读赏析】

汤惠休善辞赋，诗则走清新自然风格，文辞以绮丽取胜。《怨诗行》是他的代表作，当时名气很响，时人有"休鲍"之称谓。所以，将汤惠休与鲍照相提并论，未必就是颜延之的一家之言。《怨诗行》："明月照高楼，含君（君主）千里光。巷中情思满，断绝孤妾肠。悲风荡帷帐，瑶翠（美玉和翡翠）坐自伤。妾心依

天末（天边），思（思念）与浮云长。啸歌视秋草，幽叶岂再扬（哪里还能张扬）？暮兰不待岁，篱华能几芳？愿作张女引（张女引，悲伤的曲调名），流悲绕君堂。君堂严且秘（君主的高堂严密），绝调（绝妙诗文）徒飞扬。"《怨诗行》词采绮丽，从"明月照高楼"，结以"绝调徒飞扬"，紧扣一个"悲"字，读来一气呵成荡气回肠，"休鲍"之论，也算有因。

柴廓所作乐府诗《行路难》："君不见孤雁关外发，酸嘶度扬越。空城客子心肠断，幽闺思妇气欲绝。凝霜夜下拂罗衣，浮云中断开明月。夜夜遥遥徒相思，年年望望情不歇。寄我匣中青铜镜，倩人为君除白发。行路难，行路难！夜闻南城汉使度，使我流泪忆长安。"难怪释宝月要据为己有。只是没想到柴廓的儿子维权动作太快，释宝月为自己的偷窃付出了代价。但负面影响还是产生了，徐陵《玉台新咏》收录此诗时，作者依然是释宝月。

齐高帝[①]　宋征北将军张永[②]　齐太尉王文宪[③]　第四十八

【原文】

齐高帝诗，词藻意深，无所云少[④]。张景云虽谢文体[⑤]，颇有古意。至如王师文宪，既经国图远，或忽是雕虫[⑥]。

【注释】

①齐高帝：萧道成（427—482），字伯少，南朝齐开国皇帝（479—482在位）兰陵（今江苏常州）人。

②张永（410—475）：字景云，南朝宋吴郡（今江苏苏州）人，官

至金紫光禄大夫，领征北将军。

③ 王文宪：即王俭（452—489），字仲宝，南朝宋齐琅琊临沂（今山东临沂）人，东晋王导五世孙。齐永明年间，王俭时为国子监祭酒（校长），钟嵘则是国子监学生。钟嵘很受王俭赏识，有师生之谊。故称王俭为“王师”。

④ 无所云少：即为无所不足之意，萧道成的诗可圈可点。

⑤ 谢文体：诗体上有不足。谢，不足。

⑥ 忽是雕虫：不把写诗这类雕虫小技放在心上。忽，忽视，不放在心上。是，这（诗）。

【白话译文】

齐高帝萧道成诗，词藻有文采，意味深长，不可小觑。张永的诗体虽有不足，但颇有古诗的意味。至于我的老师王文宪，他一心治理国家，图谋长远大计，或许根本不把写诗这类雕虫小技放在心上。

【解读赏析】

萧道成出身贫寒，废宋自立后，奉行节俭，减轻百姓负担，颇有作为。少年学习《礼》《春秋》，多才多艺，诗文、书法、棋弈均有所成。现存五言诗一首，《群鹤咏》：“八风（八面之风）儛（飞舞）遥翮（羽翅），九野（九州）弄清音（清亮激越的声音）。一摧（摧折）云间志（远大抱负），为君苑（园囿）中禽。”宋明帝时常猜忌萧道成，偏偏萧道成战功卓著。后来宋明帝将萧道成调入都城，以便监督。萧道成感触在心，写下了《群鹤咏》，说自己曾经翱翔八方，天地纵横，而今却像折断搏击凌云志向的鹤一样，在宋明帝的园囿中成为了别人的玩物。《南齐书》说萧道成“雄异”，这首小诗就可见一斑。《群鹤咏》

短短四行五言诗，读来却一咏三叹，钟嵘说他的诗“意远”，确然。

王俭早年丧父，为叔父所养。自幼勤学，手不释卷。王俭迁任右仆射，领吏部时，年仅 28 岁。萧道成曾从容对王俭说：“我要以青溪为鸿沟。”萧道成已经在准备取代刘宋自立了，只不过他着意营造自己代宋是天应民从，而非自己强取的舆论。王俭回答说：“天应民从，但愿不要有楚、汉争斗之事。”王俭的回答则是表明不希望有杀戮，也不希望有战乱。年仅 28 岁，就有这番定力与见识，难怪萧道成倚重他。《南齐书》说他没什么嗜欲，心思全在政务上，车马服装都很朴素，家里也没积攒下钱财，年仅 38 岁就病逝。钟嵘说他“既经国图远，或忽是雕虫”，并非虚言。

齐黄门谢超宗① 齐浔阳太守丘灵鞠② 齐给事中郎刘祥③ 齐司徒长史檀超④ 齐正员郎钟宪⑤ 齐诸暨令颜测⑥ 齐秀才顾则心⑦ 第四十九

【原文】

檀、谢七君，并祖袭颜延。欣欣不倦，得士大夫之雅致乎！余从祖正员常云："大明、泰始中，鲍、休美文⑧，殊已动俗。惟此诸人，傅颜、陆体。用固执不移。颜诸暨最荷家声⑨。"

【注释】

① 谢超宗（？—483）：字几卿，南朝宋齐陈郡阳夏（今河南太康）人，谢灵运之孙，官至黄门郎，掌国史。后被齐武帝赐死。

② 丘灵鞠：南朝宋齐吴兴乌程（今浙江湖州）人，齐代时曾任镇南长史、浔阳相。

③ 刘祥：字显微，南朝宋齐东莞莒（今山东莒县）人，齐代时曾任临川王骠骑从事中郎。

④ 檀超（？—480）：字悦祖，南朝宋齐高平金乡（今山东金乡县）人，齐代官至司徒右长史，后与江淹共掌国史。

⑤ 钟宪：钟嵘从祖父，曾任齐正员郎。

⑥ 颜测：颜延之次子，南朝宋齐琅琊临沂（今山东临沂）人，宋代曾任江夏王刘义恭大司马录事参军，诸暨县令。

⑦ 顾则心：南朝齐秀才。

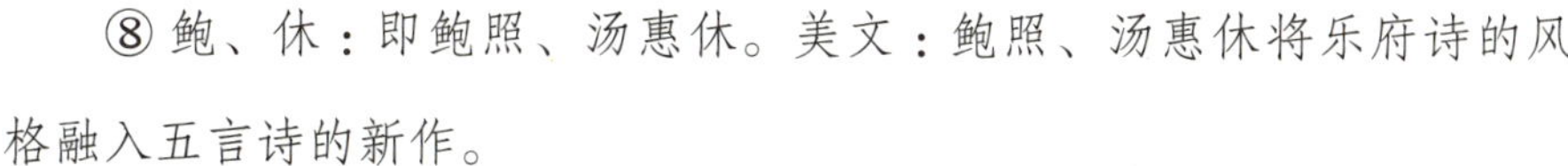
⑧ 鲍、休：即鲍照、汤惠休。美文：鲍照、汤惠休将乐府诗的风格融入五言诗的新作。

⑨ 荷：担负，负荷。家声：家族传下来的名声。

【白话译文】

谢超宗、丘灵鞠、刘祥、檀超、钟宪、颜测、顾则心七人的诗，都是效法、承袭颜延之。七人都乐此不疲，深得文士、大夫之雅风。我的从祖父钟宪常说："大明、泰始年间，鲍照、汤惠休的诗绮丽美艳，风行世俗。只有这七人继承颜延之、陆机的诗歌体例和风格，并以此贯彻到底。（其中）诸暨令颜测最能担负起家传的声誉。"

【解读赏析】

谢超宗继承了谢灵运的灵气，宋孝武帝刘骏宠妃殷淑仪卒后，谢超宗为她写诔文。古人有"贱不诔贵，幼不诔长"的说法，可见当时谢超宗的名气已不全来自身份。刘骏看了谢超宗的诔文，大为赞叹："谢超宗的确是有才华（超宗殊有凤毛），这是谢灵运附体了呀。"可是谢超宗继承了谢灵运的才华，也继承了他的任性孤傲（谢灵运就是死在这点上了）。谢超宗傲到什么程度呢？一次司徒褚彦回掉进河里了，湿漉漉的，刚上来，谢超宗慷慨激昂说："真是有天理呀，你这样的人，天不容你，地不受你，就是掉进河里，河伯也不要你。"这话就有点毒了。脾气上来，连皇帝的面子也不照顾，一次北魏来攻，齐高帝萧道成询问他的意见，他说："南北对峙都二十多年了，就是佛来了也没办法。"直接把天给聊死了。后来，齐武帝萧赜就想收拾他。正巧有个叫王俊之的人告发谢超宗谋反，这下好了，萧赜立即就把谢超宗判了流刑。后来觉得不解恨，又赐他自尽。谢超宗的诗没有流传下来。

丘灵鞠也属于少小聪慧型，可是率性而为。宋孝武帝时，他作国子监祭酒。他到处嚷嚷："人家做官都是不断升迁，难道要让我作一辈子祭酒吗？"后来在沈渊家里聊天，沈渊看王俭的诗说："王俭的诗又精进了不少啊。"丘灵鞠立即反问："跟我没有精进时候的诗相比如何？"这就太侮辱人了。王俭听闻后，很不痛快，说："丘灵鞠做官没有长进，学问怎么也开始倒退了。"

刘祥从小好文，傲慢不经，还轻言肆行。司徒褚渊上朝的路上用扇子遮阳，刘祥在旁边问了一句："你这是羞于见人吗？"褚渊大怒。褚渊娶了宋文帝刘义隆的女儿，后来却帮助萧道成代宋自立。刘祥后来又撰《宋书》，对萧道成建齐代宋过程中搞什么禅让的形式指指点点。被尚书令王俭告发了，齐武帝萧赜虽然没有处分他，但这笔账是记下了。后来跟尚书仆射王奂的儿子王融同车上朝，恰巧有一头驴车经过。刘祥开口就说："这头驴前途无量啊，才能还不如这头驴的人都已经做了尚书令和仆射了。”就这样，刘祥在见谁骂谁的路上奔跑时，又写了《连珠》诗十五首，《南齐书》本传记载，刘祥“著《连珠》十五首以寄其怀。辞曰：……盖闻百仞之台，不挺陵霜之木；盈尺之泉，时降夜光之宝。故理有大而乖权，物有微而至道”。虽是愤愤不平的寒士心声，但讽刺的意味还是足的。齐武帝萧赜趁机把他流放至广州。刘祥最后郁郁而终，时年39岁。

檀超好文学，爱喝酒，然后就挥斥方遒。他自比东晋的郗超，甚至到处说：“高平有两个名字为超的厉害角色，一个是郗超，一个就是我。我觉得，似乎我还更厉害些。”郗超是什么人呢？被人赞誉为“盛德绝伦”。最后也是因言获罪，流放途中被杀。

颜测、顾则心两人生平不详。

钟嵘此处所列七人，除去钟宪和颜测、顾则心两人生平不详外，其余四人都有一个共性，过于任性。有句话说，性格决定命运，有时还真是如此。

齐参军毛伯成[①] 宋朝请吴迈远[②] 齐朝请许瑶之[③] 第五十

【原文】

伯成文不全佳，亦多惆怅。吴善于风人答赠[④]。许长于短句咏物[⑤]。汤休谓远云：“我诗可为汝诗父[⑥]。”以访谢光禄，云：“不然尔，汤可为庶兄[⑦]。”

【注释】

① 毛伯成：即毛玄，字伯成，东晋颍川（今河南许昌市）人，官

至征西行军参军。

② 吴迈远（？—474）：南朝宋齐诗人，曾任朝请、江州从事。

③ 许瑶之：又作许瑶。据王发国《诗品考索》，为高阳北新城（今河北徐水县）人。

④ 风人：诗人。

⑤ 短句：此指四句诗体的五言诗。

⑥ 我诗可为汝诗父：吴迈远的诗婉转摇曳，情思体艳，风格与汤惠休极似。故汤惠休有此言，亦有调侃之意。

⑦ 庶兄：不是正室所生的兄长。谢庄此言也是调侃语，但同时也的确认为吴迈远的诗风与汤惠休极似。

【白话译文】

毛伯成的诗并不是全都好，不过也多有惆怅感伤的篇句。吴迈远擅于与人写诗赠答。许瑶之长于五言短诗吟咏风物。汤惠休曾对吴迈远说："我的诗可以作你的诗的父亲。"吴迈远以汤惠休的话询问谢庄，谢庄说："不是这样啊，汤惠休的诗可以作庶兄。"

【解读赏析】

《世说新语·言语》："毛伯成对自己的才气极为自负，常说：'宁可香兰被摧、美玉断折，也不做艾蒿茂盛。'"毛伯成诗文，已散佚，也有说魏晋南北朝杂诗中，有其作品。

吴迈远性高而意急，《南史》卷七二记载：宋明帝刘彧听说吴迈远善于作文，就召见他。等见完了，说："这个人除了会写文章外，别无可取。"吴迈远自己不这么认为，他经常自夸，同时贬低他人。每当作诗有了得意的句子，就把诗作扔在地上，昂着脖子喊："纵然是曹子建来了，又何足道哉！”（迈远好自夸而蚩鄙他人，每作诗，得称意语，辄掷地呼曰：“曹子建何足数哉！”）檀超听闻笑着说：“当年刘季绪（东汉末刘表的儿子）才力比不过别人，却好批评、诋毁别人的文章。刘季绪格局小，不足为道。至于吴迈远，他又有什么呢？”后来，吴迈远因参与谋反，兵败被杀。吴迈远诗《棹歌行》：“十三为汉使，孤剑出皋兰（皋兰山，在甘肃兰州南）。西南穷（穷尽）天险，东北毕（完毕）地关（关隘）。岷山（在四川与甘肃交界）高以峻，燕水（燕地的河流）清且寒。一去千里孤，边马何时还？遥望烟嶂（烟雾笼绕的山峰）外，瘴气郁（堆积）云端。始知身死处，平生从此残。”

许瑶之生平不详，他的五言诗现存三首，都是四句咏物短诗。《咏柟榴枕诗》：“端木生河侧，因病遂成妍。朝将云髻别，夜与蛾眉连。”《拟自君之出矣》“自君之出矣，金翠暗无精。思君如日月，回环昼夜生。”《闺妇答邻人》：“昔如影与形，今如胡与越。不知行远近，忘却离年月。”钟嵘说他“长于短句咏物”是也。

至于汤惠休对吴迈远所说“我诗可以做你诗的爹”，以及谢庄所说“可以做妾室所生的兄长”，这都是调侃之语。

齐鲍令晖[①] 齐韩兰英[②] 第五十一

【原文】

令晖歌诗，往往崭绝清巧[③]，拟古尤胜。唯《百韵》淫杂矣[④]。照尝答孝武云："臣妹才自亚于左芬[⑤]，臣才不及太冲尔[⑥]。"兰英绮密，甚有名篇。又善谈笑，齐武以为韩公。借使二媛生于上叶，则"玉阶"之赋[⑦]，"纨素"之辞[⑧]，未讵多也[⑨]。

【注释】

① 鲍令晖：鲍照妹，南朝宋东海（今山东郯城）人。

② 韩兰英：南朝宋齐女诗人，与鲍令晖齐名。因才气入宫担任司仪。

③ 崭绝：形容山势陡然高耸，此指文章高峻。

④《百韵》：另有版本作《百愿》。当是鲍令晖所作诗篇，今亡佚。淫杂：繁密臃杂，指诗文冗长且缺乏文理。

⑤ 左芬（？—300）：左思之妹，晋武帝的贵嫔，善于作诗。

⑥ 太冲：即左思。

⑦"玉阶"之赋：即班婕妤的《自悼赋》，赋中有"华殿尘兮玉阶苔"，此处以"玉阶"指代全赋。

⑧"纨素"之辞：即班婕妤《怨歌行》，诗中有"新裂齐纨素"，此处以"纨素"指代全诗。

⑨ 未讵多也：不能立马就显示出来胜过。讵，通"遽"，匆忙。

【白话译文】

鲍令晖的诗，往往高峻清新，细致精巧，尤其擅长作拟古诗。只不过《百韵》冗长且缺乏文理。鲍照曾经答复宋孝武帝刘骏说："臣妹的才华自是不及左芬，臣的才华也不及左思。"韩兰英诗绮丽细密，有很多名篇。她又善于谈笑，齐武帝敬重称呼"韩公"。假如鲍令晖、韩兰英两人生于汉代，则班婕妤"华殿尘兮玉阶苔"这样的辞赋，"新裂齐纨素"这样的诗，也不能胜过她们。

【解读赏析】

鲍照、鲍令晖兄妹一族应该是从山东迁居到江南的，鲍照说自己"身地孤贱"，又说"束菜负薪"，总之未必有那么拮据，但在江南豪门大族的社会里立足，也的确不易。鲍令晖与鲍照兄妹关系非常好，鲍照《代东门行》中提及"涕零心断绝，将去复还诀。一息不相知，何况异乡别"，兄妹亲情溢于其中。又作《登大雷岸与妹书》，将只身途旅中见闻一一告知鲍令晖，并嘱托妹妹："寒暑难适，汝专自慎，夙夜戒护，勿我为念。"鲍令晖作《自君之出矣》："自君之出矣，临轩（窗）不解颜（开心）。砧杵夜不发（夜里捣衣不发出声音），高门（大门）昼常关。帐中流熠耀，庭前华紫兰。物枯识节异，鸿来知客寒。游用暮冬尽，除春待君还。"最后三句先说物是人非思念兄长，又写惦记兄长只身在外要自己照顾自己，最后希望能在开春后见到兄长归来。后来鲍照并未如期归来，鲍令晖又作《寄行人》："桂吐两三枝，兰开四五叶。是时君不归，春风徒笑妾。"清新明快，自然淡雅，浑朴情切。鲍令晖的其他诗篇，如《拟青青河畔草》《客从远方来》《古意赠今人》等，无不是清新古朴、崭绝精巧之作。古代女子的视野无法跃出家门，诗词多以闺中或离愁别恨为主，包括后来的李清照。

韩兰英的生平事迹及诗文也散佚，据《隋书·经籍志》载原有《后宫司仪韩兰英集》四卷，可惜已经失传。今存她所作《为颜氏妇诗》："丝竹犹在御，愁人独向隅。弃置将已矣，谁怜微薄躯？"她以女性的视角，表达了对颜氏妇的同情，以及对女子由人"弃、置"的反诘。这首短诗，构思精巧。班婕妤在《怨歌行》中说，新制作的团扇，如同圆圆明月那般凉快。可是也经常害怕秋天一来，凉风就把它从手中夺走了（常恐秋节至，凉飙夺炎热）。陶渊明《闲情赋》中说："愿在莞而为席，安弱体于三秋；悲文茵之代御，方经年而见求。"愿意伴在心爱女子身边，像凉席一样能够给她夏日中的凉爽，可是就怕入秋以后，凉席就会被虎皮坐垫所取代。而韩兰英则说，现在还是在夏天呢，丝竹还在用着呢，就已经被忽视了（丝竹犹在御，愁人独向隅）。这种反差格外动人心魂，比班婕妤、陶渊明更添悲情。

钟嵘说，如两人与班婕妤同代，班婕妤诗未必就能胜过她们，当是不虚。

齐司徒长史张融[1]　齐詹事孔稚珪[2]　第五十二

【原文】

思光诗缓诞放纵，有乖文体。然亦捷疾丰饶，差不局促[3]。德璋生于封溪[4]，而文为雕饰，青于蓝矣[5]。

【注释】

①张融（444—497）：字思光，南朝宋齐吴郡（今江苏苏州）人，

曾任司徒右长史、黄门郎、太子中庶子等职。

② 孔稚珪（447—501）：字德璋，南朝宋齐会稽山阴（今浙江绍兴）人，曾任宋尚书殿中郎，齐御史中丞、太子詹事。

③ 差不局促：一点也不局促。差，很。

④ 德璋生于封溪：孔稚珪诗源于张融。生于，“宪章”“祖袭”的另一种说法。封溪，地名，今在越南河内市。东汉时，曾设置封溪县。张融曾在封溪做过县令，古人以任职地名、出生地名指代人名，是一种尊称。

⑤ 青于蓝：即后来居上的意思。语出《荀子·劝学》篇：“青，取之于蓝，而青于蓝；冰，水为之，而寒于水。”此指孔稚珪作诗学习于张融，然在雕琢润饰的诗风表现力上，孔稚珪已经胜过了老师张融。

【白话译文】

张融的诗舒缓怪诞，放任不羁，有违背当时诗歌的体例、风格。但张融才思敏捷、著作颇丰，毫不局促。孔稚珪诗源于张融，可说到雕琢润饰的本领，孔稚珪已经胜过张融了。

【解读赏析】

张融身材矮小，相貌不佳，却精神清明，善于思辨，多有惊人之举。这样的性格也影响到了他诗歌的创作，《南齐书·张融传》说：“融文辞诡激（怪异偏激，异于常情），独与众异。”《门律自序》中，他自己也说：“吾文章之体，多为世人所惊。汝可师耳以心，不可使耳为心师也。夫文岂有常体？但以有体为常。”看来，张融是知道别人认为他文辞诡激这个说法的，但他不以为意，反而认为世上本无路，走的人多了也就成了路。的确有个性。他的《忧旦吟》：“鸣琴当春夜，春夜当鸣琴。羁人不及乐，何似千里心。”

孔稚珪善于属文，富有盛名。曾和江淹同在萧道成幕中“对掌辞笔”。豫章王萧嶷卒后，其子请沈约、孔稚珪为父写碑文。足见其名已入沈约、江淹一列。孔稚珪的《北山移文》文笔尖刻辛辣，传播甚广。诗存五首，但有人质疑《白马篇》为隋炀帝所作。

齐宁朔将军王融① 齐中庶子刘绘② 第五十三

【原文】

元长、士章，并有盛才，词美英净。至于五言之作，几乎尺有所短③。譬应变将略④，非武侯所长，未足以贬卧龙⑤。

【注释】

① 王融（467—493）：字元长，南朝宋齐琅琊临沂（今山东临沂）人，竟陵王萧子良擢其为宁朔将军。后因拥立萧子良，被孔稚珪弹劾，死于狱中，年仅27岁。

② 刘绘（458—502）：字士章，南朝宋齐彭城（今江苏徐州）人，曾任宋太尉萧道成行参军，齐太子中庶子、宁朔将军等职。

③ 尺有所短：是说王融、刘绘虽然“并有盛才，词美英净”，但是五言诗却是他们的短板。尺有所短，在此是没有贬义。

④ 譬：譬如。应变将略：兵事上临阵应变。

⑤ 未足以贬卧龙：《三国志·蜀书·诸葛亮传》：“评曰：诸葛亮之为相国也，抚百姓，示仪轨，约官职，从权制，开诚心，布公道。尽忠益时者虽仇必赏，犯法怠慢者虽亲必罚，服罪输情者虽重必释，游

辞巧饰者虽轻必戮。善无微而不赏，恶无纤而不贬。庶事精炼，物理其本，循名责实，虚伪不齿。终于邦域之内，咸畏而爱之，刑政虽峻而无怨者，以其用心平而劝戒明也。可谓识治之良才，管、萧之亚匹矣。然连年动众，未能成功，盖应变将略，非其所长欤！”即是说，诸葛亮是治世名相，是与汉刘邦的萧何，战国齐桓公的管仲同样才能的人才。虽然后来几次攻伐曹魏无果，但这并不会贬低诸葛亮。此处用来比喻王融、刘绘，二人诗文华美绮丽、清新明净，虽不擅长五言诗创作，但也不会掩盖他们才华的光芒。

【白话译文】

王融、刘绘，都很有文采，所作诗文华美绮丽、清新明净。至于五言诗作，不是他们俩的长项。就像临阵应变，本就非诸葛武侯所长，（征伐曹魏未能成功）不足以贬低他。

【解读赏析】

《南齐书·王融传》说他“博涉有文采”，即王融博学且才华横溢。《南史·刘绘传》说他“丽雅有风”。故本节说他们两人“并有盛才”，当是实言。王融与萧衍、沈约、谢朓、萧琛、范云、任昉、陆倕八人，并称“竟陵八友”。曾作《曲水诗序》，文传天下。他的诗，如“林断山更续，洲尽江复开”（《江皋曲》），“坐销芳草气，空度明月辉。嚬容入朝镜，思泪点春衣”（《古意》），词韵和美，清新明净。后世唐代皎然作诗赞叹王融的诗，“诗名比元长，赋体凌延寿”。

王融在名利上比较急切，自恃才华，认为自己30岁即可拜相入主中枢。《南史》说他“元长躁竞不止（急于进取而不择手段）”。后来他拥立竟陵王萧子良，被孔稚珪弹劾，死于狱中，年仅27岁，距离他设定的30岁入主中枢，还差三年。

《唐诗纪要》载，唐陈子昂初入长安，为求扬名，以百万钱购得胡琴，然后当众粉碎。陈子昂破财扬名，得偿所愿，“一日之内，声华溢郡”。可是最终破财却不能消灾，被害死狱中。诗有和美，人有中和，得其一以属不易，得其二则可谓二难并了。钟嵘对王融的品评，足见其心胸宽和。传言钟嵘与沈约不和而抑贬其文，多不可信。

刘绘《送别诗》：“春蒲方解箨，弱柳向低风。相思将安寄，怅望南飞鸿。”手法细腻，情感饱满，却朴质无华。钟嵘说他的诗“词美英净”，确然。

齐仆射江祏① 祏弟祀② 第五十四

【原文】

祏诗猗猗清润③。弟祀，明靡可怀。

【注释】

① 江祏（shí）（？—499）：字弘业，南朝齐济阳考城（今河南兰考县）人。齐明帝即位，拜右卫将军、中书令，封安陆县侯。齐明帝去世后，接受遗诏辅政，领太子詹事，为朝中“六贵”之一。后因谋立始安王萧遥光为帝，事泄伏诛。

② 祏弟祀（？—499）：字景昌，江祏之弟，与江祏同为齐明帝亲信。

③ 猗猗：美盛茂。语出《诗经·卫风·淇奥》：“瞻彼淇奥，绿竹猗猗。”

【白话译文】

江祏的诗，盛美而清新温润。江祏弟弟江祀的诗，明快华美，值得玩味。

【解读赏析】

江祏与王融形势、命运极似。当初，王融位高权重，兵权在握，拥立竟陵王萧子良，事败被杀。江祏也是掌有实权，因为萧宝卷昏聩失德，欲废掉萧宝卷，改立江夏王萧宝玄。可是因为内部意见不统一，最终泄密，江祏与其弟江祀一同被杀。《南史》评说：江祏立辟非时，竟蹈龙逄之血，“人之多僻”，盖诗人所深惧也。

江祏的诗已经不传，他的事迹多见于《南史》《南齐书》。

齐记室王屮[1]　齐绥建太守卞彬[2]　齐端溪令卞铄[3]　第五十五

【原文】

王屮、二卞诗，并爱奇崭绝。慕袁彦伯之风[4]。虽不弘绰[5]，而文体剿净[6]，去平美远矣[7]。

【注释】

① 王屮（chè）（？—505）：字简楼，南朝齐琅琊临沂（今山东临沂）人，历任郢州从事、征南记室等职。

② 卞彬（？—500）：字士蔚，南朝宋齐济阴冤句（今山东定陶县）人，曾任宋员外郎、齐绥建太守等职。

③ 卞铄：曾任南朝齐丹阳主簿。

④ 袁彦伯：即袁宏，字彦伯。

⑤ 弘绰：宏大宽和。弘，宏大。绰，宽和，不局促。

⑥ 剿净：除去疵累而归于净洁。此谓诗文利落干净之意。

⑦ 去平美远矣：已经胜过平平之作很多了。平美，寻常，此指艺术性一般般的诗。钟嵘评袁宏“鲜明紧健，去凡俗远矣”，句式与本句同。

【白话译文】

王屮和卞彬、卞铄的诗，都爱用奇特、峭拔的风格。他们都艳慕袁宏诗文风格。三人的诗虽然不能宏大宽和，但诗文体例和风格利落干净，已经胜过平平之作很多了。

【解读赏析】

本节三人，其诗文均已亡佚。卞彬，是个特立独行的人，似乎这还不算奇异，奇异的是他竟然是卒于任上，而非被杀。《南史》卷七二说卞彬“险拔有才，而与物多忤”。就是有才华，但人际关系不太好。怎么个不好呢？萧道成还没有夺取刘宋政权的时候，袁粲、刘彦节、王蕴、沈攸之等人不附和萧道成。卞彬也认为萧道成难以成事，后来袁粲、王蕴被杀，他对萧道成说：“你可听说一首歌呀？歌里唱道‘可怜可念尸着服，孝子不在日代哭，列管暂鸣死灭族’。你听说过吗？”王蕴被杀的时候，正在为他父亲守孝，即“尸着服”。孝子不在日代哭，也是个拼字游戏，是个“褚”字，即指褚渊（前面刘祥也嘲笑过他，说他“羞于见人”）。褚渊是萧道成的铁杆，但萧道成的敌人沈攸之正在鼓捣着造反，卞彬认为沈攸之一旦成功，褚渊就只剩下痛哭流涕了。说萧道成就更狠了，“列管”是个蕭（萧）字，就是说别看萧道成现在活灵活现，最终会身死族灭。不要说萧道成那种狠角色，就是寻常人，你这样骂人家，人家也会跟你玩命。要知道，魏晋南北朝时期，“名士少有全者（名士大多被杀、灭族）”。可是不知道是萧道成大度，还是卞彬运气好，反正他还是安安稳稳地做官，直到死在任上。

卞彬的刚猛可能是遗传。他爹卞延之做上虞县令时，顶头上司会稽太守孟青像对待下属那样对待他。卞延之把官帽一把扔到地上，说：“我之所以受你的气，就是因为我戴了这顶帽子，今天我不要了。你算个什么东西，靠着祖宗门第，就看轻国士！”

可能卞彬的见识未必算得上高明，可是他的骨头的确够硬，特别是在那个年代里。所以，欣赏古人的文章时，最好要弄明白当时的社会环境。明白了文章的背景，才能更清楚地明白文章主旨，及意旨所在。

齐诸暨令袁嘏[1] 第五十六

【原文】

嘏诗平平耳，多自谓能。尝语徐太尉云[2]："我诗有生气，须人捉著[3]。不尔，便飞去。"

【注释】

① 袁嘏（？—498）：南朝宋齐陈郡人，曾任诸暨令。

② 徐太尉（？—499）：即徐孝嗣，历任侍中、中军大将军，后被东昏侯萧宝卷所杀。

③ 捉著：即捉着，意为捕捉到。

【白话译文】

袁嘏的诗很一般，但他自己却以为很厉害。曾经对徐太尉说："我的诗有生气，但需要读诗的人去捕捉。否则，就飞走了。"

【解读赏析】

前有汤惠休说自己的诗可以做吴迈远诗的爹，谢庄说顶多算小娘所生的兄长，还算不得爹。（汤休谓远云："我诗可为汝诗父。"以访谢光禄，云："不然尔，汤可为庶兄。"）今有袁嘏，说自己诗的生气需要别人捕捉，否则就飞走了。汤惠休与谢庄之言，均是调侃。袁嘏之言，却是仰着脖子拍胸脯，铿锵然一副豪迈气派。读《诗品》，如果汤、谢所言引人会心莞尔，那么袁嘏之语则让人忍俊不禁，扑哧作乐，却又丝毫没有讥讽之意。日本汉学家近藤元粹《萤雪轩丛书》说袁嘏这句话为“得意过实，而语则有味”。

别人都认为袁嘏的诗一般般，袁嘏也知道别人认为他的诗一般般这个情况，他既不认账，也不就具体而辩，而是笼统说，我诗里的生气，那是得需要捕捉的，你捕捉不到，那不是我的诗不好，是你不会捕捉。读来，没有一丝强词夺理的味道，反而一派童性稚趣，憨实可爱。如果诗人是这个人一部分技能的标签，那么这个标签也永远只能说明这个人的一部分而已。

齐雍州刺史张欣泰① 梁中书郎范缜② 第五十七

【原文】

欣泰、子真，并希古胜文，鄙薄俗制③，赏心流亮④，不失雅宗。

【注释】

① 张欣泰（456—501）：字义亨，南朝宋齐竟陵（今潜江县）人，曾任宁朔将军、步兵校尉、督雍、凉、秦诸州兵事。后因密谋废弃萧宝卷不成，反被杀。

② 范缜（约 450—510）：字子真，南朝齐梁南乡舞阴（今河南泌阳）人，范云（见中品第三十一）从兄。官至中书郎。

③ 鄙薄：看不起。俗制：曹旭《诗品集注》：“当时流行的趋新之作。当指沈约、谢朓、王融等人为代表的新体诗。”由此看来，范缜是希慕汉代那种质木无文的风格。

④ 流亮：流畅明白。

【白话译文】

张欣泰、范缜，两人都美慕古人那种质朴胜过文采的诗风，看不起新体诗。他们俩诗流畅明白，令人心悦，不失雅正的宗旨。

【解读赏析】

张欣泰诗文，今已不存。《南史》卷二五记载：张欣泰出身将门，十多岁的时候，一次去拜见吏部尚书褚渊。褚渊问他："小伙子，你骑射如何啊？"张欣泰回答说："我天生怕马，也没有力气拉弓。"褚渊甚是诧异。世袭有个好处，就是不用担心能力，因为总会有你的位置。后来张欣泰升为直阁将军（值勤于皇宫殿阁），又升为武陵内史。在武陵内史任上，张欣泰因为营私贪污杀人，被控告。但很快又复职。后代总说隋唐一直到宋，打破了士族门伐，是社会进步，的确如此。

范缜是坚持神灭论的，他认为因果报应和轮回都是扯淡。《南史》卷五七记载：永明七年（489），竟陵王萧子良等与范缜争辩因果报应。萧子良问："如果不是因果报应，何来的贫富贵贱呢？"范缜说："人如同树上的花，花开花落随风而走，有的落入茵席之上，有的落入粪坑当中。殿下就如同落在茵席上的花瓣，我就是落入粪坑中的。贵贱是有的，但与因果报应没有一毛钱的关系。"萧子良无以应答。

范缜是理论型学者，长于辩论理论，短于文采铺张。他的诗作也大都散佚，今存杂诗一首，非五言诗。

齐秀才陆厥[1]　第五十八

【原文】

观厥文纬[2]，具识丈夫之情状[3]。自制未优[4]，非言之失也[5]。

【注释】

① 陆厥（472—499）：字韩卿，南朝宋齐吴郡（今江苏苏州）人。

② 文纬：理论。

③ 具：通俱，全，尽之意。丈夫：应指沈约等坚持平上去入四声入诗的声韵理论家。情状：即情形，此指前面"丈夫"的理论。

④ 自制：自己创作的诗文。

⑤ 言：理论，即前面所说的"文纬"。

【白话译文】

看陆厥的理论著作，他是完全明了文论家之理论的。陆厥诗文算不得上乘，但这并非是他的理论错了导致的。

【解读赏析】

陆厥《南郡歌》：“江南可采莲，莲生荷已大。旅雁向南飞，浮云复如盖（车盖）。望美积风露，疏麻成襟带。双珠惑汉皋，蛾眉迷下蔡。玉齿徒粲然，谁与启含贝。”全诗去声韵，稍显单调。在声韵美感上，上不及“关关雎鸠，在河之洲。窈窕淑女，君子好逑”（《关雎》），下不及“老夫聊发少年狂，左牵黄，右擎苍，锦帽貂裘，千骑卷平冈”（苏轼《江城子·密州出猎》）。但这也是陆厥所秉持的诗歌创作理念，不重视声律。这一点上，和钟嵘可谓同道中人。

本节所涉陆厥与沈约的“约架”，记载于《南齐书》。永明（南朝齐武帝萧赜的年号 483—493）末年，永明体诗歌（亦称新体诗）盛兴，讲究四声、避免八病、强调声韵格律。沈约、谢朓、王融等就是此类诗人。陆厥不赞同新体诗，他给沈约写信说：“诗的声调和宫商平仄是两回事。您说自从屈原以后，懂得宫商清音浊音的再也没有了。可是从张衡、蔡邕到曹植，再到潘岳、谢灵运等，都没有使用宫商声调变化入诗，不是他们不懂得，而是不在意罢了。宫商声调只有五种，文字的差别却成千上万。数万文字的繁杂，用简约的五种声调来框入，这非人力所及。”最后，他还借用扬子云的话慷慨激昂地说，“这种雕虫小技，大丈夫是不屑于这么干的。”

应当说，陆厥坚持自然美有道理，如同沈约坚持声律美一样，但是必得责难对方毫无道理，则是偏激了。后来唐诗、宋词，几乎无不押韵，几乎无不用平上去入四声，可是唐诗、宋词焕发了无限张力的同时，又的确蕴含了无限美感。在这一点上，陆厥，乃至钟嵘还是狭隘了。

陆厥诗《邯郸行》：“赵女擫（yè，用手压）鸣琴，邯郸纷躧（xǐ）步（躧步，指舞步）。长袖曳三街，兼金轻一顾（宋祁“肯爱千金轻一笑”景异情同）。有美独临风，佳人在遐路。相思欲褰衽（qiān rèn，撩起衣襟），丛台（邯郸城内的几座高台）日已暮。”但以此诗而论，进入中品已足够。钟嵘说他“自制未优”，未必。

梁常侍虞羲① 梁建阳令江洪② 第五十九

【原文】

子阳诗奇句清拔③，谢朓常嗟颂之。洪虽无多，亦能自迥出④。

【注释】

① 虞羲：字子阳（另说士光），南朝齐梁会稽余姚（今浙江）人，曾任齐侍郎、记室参军，梁侍郎等职。

② 江洪：南朝齐梁济阴考城（今河南兰考）人，官至梁建阳令，后坐事被杀。

③ 奇句：精警。清拔：清新峭拔。

④ 迥出：高出常人，意为江洪的诗虽不多，但不是寻常之作。

【白话译文】

虞羲的诗精警而清新峭拔，谢朓经常赞叹称颂。江洪的诗虽然不多，但非寻常之作。

【解读赏析】

虞羲出身官宦，是钟嵘国子监时候的同窗，少小聪明，七岁便能属文。《南史·虞羲传》说他“盛有文藻”，可见他诗文创作才华。这与钟嵘所说，一致。

虞羲诗现存十三首，以《咏霍将军北伐》《橘诗》等最为可观。《咏霍将军北伐》景慕霍去病北伐匈奴的壮举，寄托自己怀才不遇、壮志难酬的感慨：

拥旄为汉将（霍去病），汗马（骑着汗血宝马）出长城。

长城地势险，万里与云平。

凉秋八九月，虏骑（匈奴骑兵）入幽并（幽州、并州，代指汉东北部燕赵故地）。

飞狐（要隘名，在今河北涞源县北蔚县南）白日晚，瀚海（泛指长城北、西的戈壁荒漠）愁云生。

羽书（军报）时断绝，刁斗（警报）昼夜惊。

乘墉（登上城墙）挥宝剑，蔽日引高旍（旗帜）。

云屯（云集）七萃士（军士），鱼丽（即“鱼丽阵”，古战阵名。）六郡（陇西等北部六郡）兵。

胡笳（匈奴乐器，指代匈奴兵）关下思，羌笛陇头鸣（匈奴兵在边塞叫嚣）。

骨都（匈奴官职）先自詟，日逐（匈奴官职）次亡精（失魂落魄）。

玉门罢斥候（意指匈奴败逃），甲第始修营（武帝为霍去病建府邸）。

位登万庾积（位高禄后，冠军侯），功立百行成（功成名就）。

天长地自久，人道有亏盈（此句引起转折，为下文霍去病猝逝铺垫）。

未穷激楚乐（还没来得及奏响凯歌），已见高台倾（高台倾，霍去病猝逝）。

当令麟阁（麒麟阁，画有霍去病画像）上，千载有雄名！

这首诗峭拔凌厉，铿锵作响，如悲秋中倔强之胡杨，如寒雪中屹立之松柏。清代陈祚明《采菽堂古诗选》评论这首诗，说："高壮！开唐人之先，已稍洗尔时纤卑习气矣。"《诗薮》："虞子阳《北伐》，大有建安风骨，何从得之？"胡应麟惊叹，这样苍劲遒健的诗，可谓天人之作。

《橘诗》："冲飚发陇首，朔雪度炎州。摧折江南桂，离披漠北楸。独有凌霜橘，荣丽在中州。从来自有节，岁暮将何忧！”这首诗风格与《咏霍将军北伐》一般无二，气势纵横，如日经天。前四句描写狂风苦寒肆虐，所到之处，漠北、江南无不如摧枯拉朽，势莫可御。然在这时，诗句陡转，“独有凌霜橘，荣丽在中州”！暴风骤雪中，橘不但一派凌然之势，且一副荣丽之姿，无视无畏且飘逸从容。

从今人的观感来看，这两首诗绝非下品，可为名篇。

江洪诗风其实与虞羲大相径庭。江洪的《咏荷》《胡笳曲》等，内容大多为歌姬舞女之类，绮丽美艳，与当时“纤卑习气”并无差异。曹旭说他的《秋风曲三首》“绝句妙法，皆一代迥出之作”，大概是说钟嵘对江洪的品评来于此诗？

江洪《秋风曲三首》其一：“先拂连云台，罢入迎风殿。已折池中荷，复驱檐里燕。”

梁步兵鲍行卿[①] 梁晋陵令孙察[②] 第六十

【原文】

行卿少年，甚擅风谣之美[③]。察最幽微[④]，而感赏至到耳[⑤]。

【注释】

① 鲍行卿：南朝齐梁东海郯县（今山东郯城）人，官至梁步兵校尉。

② 孙察：南朝齐梁东莞莒（今山东莒县）人，曾任晋陵太守。

③ 风谣：泛指古代指民谣或风俗歌谣。此指乐府体裁的诗歌。

④ 幽微：精深微妙。

⑤ 感赏：感悟。至到：程度上到达极点。

【白话译文】

鲍行卿年少，非常擅于写作乐府体裁的优美诗歌。孙察的诗最是精深微妙，而感悟深邃到极点。

【解读赏析】

鲍行卿、孙察二人，诗文均已不存。《南史》卷六二有一段关于鲍行卿的简单记载：时又有鲍行卿，以博学大才称，位后军临川王录事，兼中书舍人，迁步兵校尉。上《玉璧铭》，武帝发诏褒赏。好韵语，及拜步兵，面谢帝曰："作舍人，不免贫，得五校，实大校。"例皆如此（人、贫一韵，两个校字一韵）。

从这段记载看，鲍行卿应是沈约声律之说的拥趸，但钟嵘又说他"甚擅风谣"，资料太少，无从解释。乐府诗是几乎不重视平仄的，虽

然讲究押韵，也没有唐中期后那样严格的一韵到底，或几句一韵。如果《南史》所说鲍行卿“好韵语”是真，那么他不应不对周颙、沈约、谢朓、王融的平上去入声韵加以关注，并积极效仿。但从《南史》所记“例皆如此”也可以知道，鲍行卿“韵语”还很初级。

下篇 《二十四诗品》

一　雄浑

【原文】

大用外腓[①]，真体内充[②]。返虚入浑，积健为雄[③]。

具备万物，横绝太空。荒荒油云[④]，寥寥长风[⑤]。

超以象外[⑥]，得其环中[⑦]。持之匪强[⑧]，来之无穷。

【注释】

①腓：《虞侍书诗法》作“驯”。

②大用外腓，真体内充：这两句点明用与体的关系，外用依赖于本体而存在。作者认为诗歌表象与内涵、形式与内容之间的关系应该是内涵决定表象，内容决定形式，但诗歌外在表现形式要如高山流水合乎自然。从而达到内为体，外为用，结合统一。大用，《庄子·人间世》有“大用”“无用之用”语，庄子所谓大用，是与世俗功利相对立的用处，此喻指诗文的自然美。腓，本意为小腿肚，小腿肚上接膝盖下连脚踝，其肌肉发达，则腿的屈伸行走灵活姿态优美。此处用来喻指诗歌的健力。

③返虚入浑，积健为雄：健：即天体运行生生不息的遒劲有力。诗歌作者从心有所想到以文抒意时，诗文具有符合自然运行的遒劲雄壮，诗歌才有张力。虚与浑，此处是指道家宇宙观的两个概念，虚空，并非空无所有，而是已经蕴含了万物生长的因素。浑，则是道（规律）

运行的状态。

④ 荒荒：广漠，无边际。油云：流动的云。《孟子·梁惠王上》："天油然作云，沛然下雨。"

⑤ 寥寥：空旷之貌。

⑥ 超以象外：超越具象的境界。

⑦ 环中：圆环中心。门枢上下各置于门槛的洞中，门才能旋转自如。门槛上的洞形状若环。语出《庄子·齐物论》："枢始得其环中，以应无穷。"

⑧ 持之匪强（qiǎng）：即顺其自然之意。持，遵循。匪，不。强，勉强。

【白话译文】

诗文如要呈现恢弘气象于其外，则需意蕴充实于其内。返璞归真，积累天道自然之遒劲雄壮诗文才有张力。

虚空却又蕴含万物，才有横亘长空的雄浑。如无际云层之自然流淌，如空旷长风之顺势激荡。

具有超越具象的境界，掌握内在的关键。遵循自然而不勉强，则雄浑气势不可穷尽。

【解读赏析】

《二十四诗品》将雄浑列为开篇第一章，足见作者诗文创作与美学的倾向。雄浑，是指文学作品气势雄健浑厚，《新唐书·文艺传序》："崇雅黜浮，气益雄浑，则燕、许擅其宗。"例如陈子昂《登幽州台歌》："前不见古人，后不见来者。念天地之悠悠，独怆然而涕下！"诗文简短，气势雄浑恢弘。

重点在于，雄浑何处而来。在这里，作者提出了两个概念，一是虚，二是浑。

虚静一说，早在先秦就已普遍开来，并不为道家所独有。如《荀子·解蔽》说："虚壹而静"。《管子·心术》说："天之道虚，地之道静"。《韩非子·扬权》说："执一而静""虚以静后"。唐甄《潜书·思愤》："虚中者，道所居也；空外者，心所安也。美好盈于外，爱乐縻于中，则心佚而道亡。"但虚静的阐释，当属道家对后世影响最大。

老子所说的虚，并非空无所有，相反虚蕴含了万物创生的因子，是道之所在，就犹如"宇宙大爆炸"理论中宇宙产生之前的状态。既不能说空无所有，因为压根就没有有和无的概念；也不能说什么都没有，否则宇宙万物何以出现。就是说，虚是说没有万物，但道在其中。

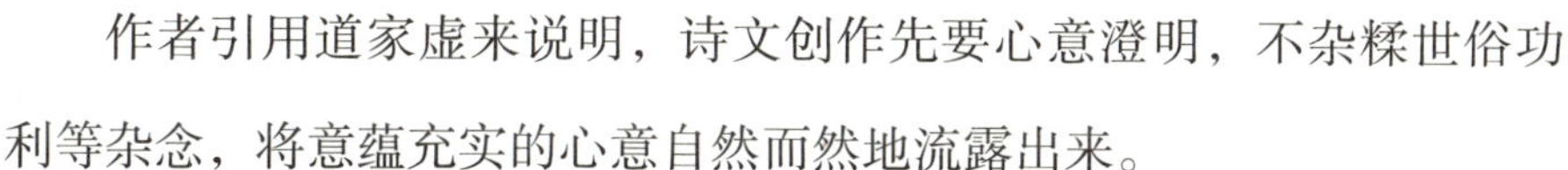

作者引用道家虚来说明，诗文创作先要心意澄明，不杂糅世俗功利等杂念，将意蕴充实的心意自然而然地流露出来。

浑，则是道的状态，老子说："有物混成，先天地生。"有人用天地混沌之初来解释此处的浑，恐有失偏颇。浑是原本如此一种存在，犹如佛家所说之不可思议，犹如儒家所说之本立道生。

作者提出"反虚入浑"，实则就是主张诗文创作要返璞归真，回归到天道自然、人性自然，以文抒意的道路上来。和《中庸》所说"天命之谓性，率性之谓道"，和大学所谓"诚意"意境相同。这一点，和钟嵘《诗品》的主张相同。

本节部分的六句，一直是围绕两点来说：一是内缊充实，如"真体内充""具备万物""超以象外，得其环中"；二是顺道自然，如"返虚入浑""荒荒油云，寥寥长风""持之匪强，来之无穷"。做到这两点，诗文雄浑气势自然喷薄而现。

二　冲淡①

【原文】

素处以默②，妙机其微③。饮之太和④，独鹤与飞。

犹之惠风⑤，荏苒在衣⑥。阅音修篁⑦，美曰载归⑧。

遇之匪深，即之愈希⑨。脱有形似，握手已违⑩。

【注释】

① 冲淡：字面意思为冲和澹泊。用于诗文的文风，则类似钟嵘《诗品》评陶潜诗“文体省静（诗文简洁明净）”“辞兴婉惬（自然舒展之美）”，意即重写意的简约，追求神似，而不求浓妆艳抹的厚笔，以图形似。

② 素处：平素自处。默：默言静谧，意为多思而少语。

③ 妙机：用心参悟。妙，灵透的心思。机，机要、关键，此处用为动词参悟之意。微：精深。

④ 太和：《周易·乾卦·彖传》：“保合大和，乃利贞。”此处大和即为太和，即为万物生长所需之阴阳之气。保合大和，就是要保持太和之气的汇集调和，这样才能大吉大利。饮之太和，也就是诗文的遣词造句等手段，要能够达到和谐、平衡的美感。

⑤ 惠风：和风。语出王羲之《兰亭集序》：“天朗气清，惠风和畅。”

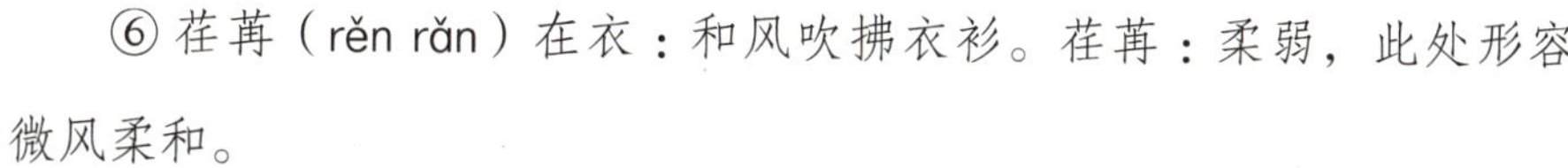

⑥ 荏苒（rěn rǎn）在衣：和风吹拂衣衫。荏苒：柔弱，此处形容微风柔和。

⑦ 阅：经历，此指聆听。修篁（huáng）：高高的竹林。修，长。

⑧ 美曰载归：诗中有了上述的境界，那就是美了。曰：助词，无实意，类于“哉”。载归，装到车上拉回来，此为将上述境界载入到诗中。《史记·陈涉世家》说陈胜对待后来被他杀死的同乡，《战国策·秦策》范雎说周文王与姜尚通车而归，都用了“载与俱归”，此处载归当是省略语。

⑨ 遇之匪深，即之愈希：不刻意遇到，不刻意接近。匪：不。愈：更。

⑩ 脱：假如。违：违背，意为刻意求之，反而不得。

【白话译文】

平素自处要多思少语，用心参悟事物的精妙之处。如有充沛太和之气，方可超脱如仙鹤无拘无束，逍遥于天。

犹如和风吹拂衣衫那般惬意，如聆听风过竹林的清越之音那般清新，如能将这境界入诗，那该多美呀。

不刻意“巧遇”，不刻意接近。（因为）一旦追求形似，刚一出手就会发现事与愿违。

【解读赏析】

本节冲淡，与钟嵘《诗品》评诗的“自然清新”是相一致的。《诗品》说：“气之动物，物之感人，故摇荡性情，形诸舞咏。”并排斥诗中堆砌典故如同“书钞”，这也就是本节所说“遇之匪深，即之愈希”。刻意追求，失去真心实感，反而显得造作，难以达到“独鹤与飞”“犹之惠风，荏苒在衣”“阅音修篁”的境界。

“素处以默，妙机其微”，这样的描述带有浓厚的道家味道。这里的“默”字，有排空杂念，使心思归于平静之意，同时又有不妄动的意思。《老子》认为万物的本源就是静，“夫物芸芸，各复归其根。归根曰静，是谓复命”，就是说静是万物的自然态。而认识到了这点，就是认识了万物的规律。而要认识规律，那么人的内心也必须是要虚空的。

虚空，并非是内心一片死寂，而是类于西方的空杯心态，类于儒家所说的虚中。抛却杂念，调集周身精神归于平静，从而达到心神专注的状态，就是虚空。《礼记·祭义》:“孝子将祭，虑事不可以不豫，比时，具物不可以不备，虚中以治之。”郑玄《注》解说：“虚中，言不兼念余事（心无旁骛）。”唐甄在他的《潜书·思愤》说得更透彻些，“虚中者，道所居也；空外者，心所安也。”就是说，虚中好让道独居

其中，不受外物形色干扰，内心才能平静。

可以看出，本节所说的“默”，就是心无旁骛，聚精会神。准备好了这样的心态，就可以“妙机其微”了。认识到外物的内在精妙，这很重要。如同画画一样，诗对于风物的描写，无非也就是写意和写实，可无论是神似还是形似，都需要认识到风物的特质。所以，《文心雕龙·神思》也说：“陶钧文思，贵在虚静，疏瀹五藏，澡雪精神。”即是说，酝酿文思，着重在于虚心平静，抛却成见，纯净精神。

如果说“素处以默，妙机其微”，这是冲淡这一主题的核心观点，那么“遇之匪深，即之愈希”就是方法论。其余所说的美感境界，则是秉持这样的观点，依据这样的方法进行创作出来的诗歌的外在呈现。

“遇之匪深，即之愈希”，强调的是诗歌美感境界，意思可以通过两层来认识：一是欣赏诗歌时，名篇佳句可遇不可求，那种神来之笔百不一见；二是诗歌创作时，要出于自然，不要“为赋新词强说愁”，风物有感于心，而自然流露于诗文当中。越是过于急切，越容易陷入拘谨和造作。“遇之匪深，即之愈希”，所要产生的诗歌的外在美感的最大特点，就是清新自然、言淡意远。唐、宋后，对陶渊明诗文的愈发推崇，皆是因为陶诗的这一特点。

三　纤秾①

【原文】

采采流水②，蓬蓬远春③。窈窕深谷④，时见美人⑤。

碧桃满树⑥，风日水滨⑦。柳阴路曲，流莺比邻⑧。

乘之愈往，识之愈真⑨。如将不尽，与古为新⑩。

【注释】

①纤秾：纤是细、弱，此处是指纤巧秀逸；秾是密、丰，此处是指绮丽美盛。两字意思相对，看似难两全却溶于和谐。本节使用纤秾来形容纤巧秀逸和绮丽美盛相统一的风格。

②采采：采采有两个意思，一是多，如《诗经·秦风·蒹葭》："蒹葭采采，白露未已。"二是艳，如《诗经·曹风·蜉蝣》："蜉蝣之翼，采采衣服。"此处是第二个意思，意为流水潺潺，波纹明丽。语意上，与宋祁词句"縠皱波纹迎客棹"中的"縠皱波纹"类同。

③蓬蓬（péng péng）：茂盛，生命力旺盛之意。

④窈窕：幽深。

⑤美人：古诗中，常用美人入诗，以增强画面感。并无特指，美人甚至可以指代德行高尚之人。

⑥碧桃：传说中西王母给汉武帝的仙桃。许浑《登洛阳故城》："可怜缑岭登仙子，犹自吹笙醉碧桃。"碧桃、美人，都是增强诗文的

美感。

⑦ 风日：即风和日丽。意为水滨之上风和日丽。

⑧ 流莺：鸣叫的黄莺。流，形容黄莺轻快、清脆、婉转的叫声。碧桃满树，到流莺比邻，这是秾。

⑨ 乘之愈往，识之愈真：能够体悟到这样纤秾的境地越深，对诗文所要达到的纤秾境界也就理解越透彻。乘，趁。

⑩ 如将不尽，与古为新：虽说用纤秾风格描写风物很多，可是用心其中总能常写常新。

【白话译文】

流水潺潺波光粼粼，近黄远绿一派盎然。幽幽深谷，常见美人在前。

碧桃挂满枝头，水畔风和日丽。柳荫曲径通幽，黄雀清脆之声此起彼伏。

越是陶醉其中，越是体悟真切。前人描写风物虽多，纤秾总能常写常新。

【解读赏析】

纤、秾两字意思相对，看似难两全。本节实际是在论述雅与艳的和谐，曹植《洛神赋》中有"秾纤得中，修短合度"的句子，是说洛神的高矮肥瘦都恰到好处。元稹曾说："然而莫不好古者遗近，务华者去实；效齐、梁则不逮于魏、晋，工乐府则力屈于五言；律切则骨格不存，闲暇则纤浓莫备。"（《唐故工部员外郎杜君墓系铭并序》）元稹说南北朝后，直到唐代，文学创作都偏执一端，好古的就不顾当今，求华丽的就放弃质朴。仿效齐梁的绮丽繁密的，就没有了建安风骨；

转工乐府诗的又不得不屈从五言诗体例。一味讲究声韵格律的没有了纪事内容，不求声韵格律的连缀安排则失去了章法。可见，元稹所说的纤浓，也就是本节所说的纤秾。

上篇《诗品》中，钟嵘借用李充《翰林论》里的话说潘岳诗风“叹其翩翩然如翔禽之有羽毛，衣服之有绡縠”。就是说潘岳的诗文采绮丽、美盛。潘岳源于王粲，而王粲的诗“文秀而质羸”，也就是文辞华美但失于硬朗。潘岳下传郭璞，郭璞诗风也是文采绚丽。这些都是本节所说秾的概念。刘琨“仗清刚之气”，则是本节所说的纤。各执一端，就会陷入偏执，只有曹植“骨气奇高，词采华茂，情兼雅怨，体被文质”，这才是纤秾得宜。

本节六句短诗，在内容安排上，也遵循了纤秾的宗旨。采采流水，蓬蓬远春。窈窕深谷，时见美人。这两句是从远景写起，流水、远春、深谷、美人，这都是体现一个“纤”字，简约而适意。碧桃满树，流莺比邻，则是写近景，突出一个“秾”字。但就这六句短诗的意境，就已是疏中有密、密中有疏了。远近、疏密得宜，美轮美奂，毫无违和。

其实，纤秾的运用很多诗赋中常见。如曹植的《美女篇》(节选)：

美女妖且闲，采桑歧路间。

柔条纷冉冉，落叶何翩翩。

攘袖见素手，皓腕约金环。

头上金爵钗，腰佩翠琅玕。

明珠交玉体，珊瑚间木难。

罗衣何飘飘，轻裾随风还。

顾盼遗光彩，长啸气若兰。

美女如何漂亮呢？开篇三句并没有过多渲染，只是一个妖一个闲的意象概括，可是美女的格调就出来了。后面讲桑枝冉冉，桑叶翩翩，而后一句“攘袖见素手，皓腕约金环”，美女的超凡脱俗一下就立体了。从“头上金爵钗“到”长啸气若兰”四句，从发饰、服饰的点缀，到风姿，到双眸流盼、气息如兰，则是详细描写了。

四 沉著[①]

【原文】

绿杉野屋[②]，落日气清。脱巾独步[③]，时闻鸟声。

鸿雁不来，之子远行[④]。所思不远，若为平生[⑤]。

海风碧云，夜渚月明[⑥]。如有佳语，大河前横[⑦]。

【注释】

①沉著：意即沉著痛快。《法书要录》(《法书要录》由唐人张彦远编撰，共十卷，是一部书法学论专门论集)卷一引南朝宋羊欣《采古来能书人名》(为南朝宋羊欣录名，齐王僧虔纪事，献给齐太祖萧道成的书法家录事集，论述书法家的长短)：“吴人皇象，能草，世称‘沉著痛快’。”可见沉著意即书法至着力处故作停顿的顿笔，痛快则是酣畅流利。用于诗歌欣赏，沉著也就是文辞上的抑扬顿挫。严羽《沧浪诗话·诗辨》：“其大概有二：曰优游不迫(从容闲适)，曰沉著痛快(遒劲、流畅)。”施补华《岘佣说诗》评杜甫《登高》中“万里悲秋常作客，百年多病独登台”时，说：“万里悲秋”二句，有顿挫(跌宕转折)之神耳。施补华所说顿挫，亦即沉著之意。

②绿杉野屋：与“脱巾独步”相对应，隐士所居之所。

③脱巾：古人束发右衽，束发以巾、簪或冠。脱巾，则是任凭散发自然下垂，意为无拘无束的飘逸之态。

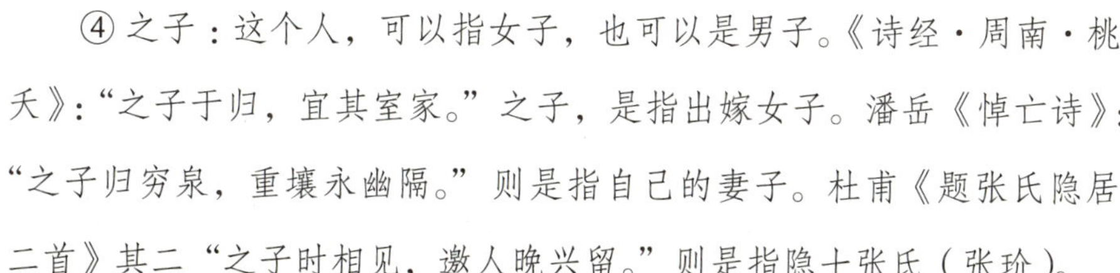

④ 之子：这个人，可以指女子，也可以是男子。《诗经·周南·桃夭》："之子于归，宜其室家。"之子，是指出嫁女子。潘岳《悼亡诗》："之子归穷泉，重壤永幽隔。"则是指自己的妻子。杜甫《题张氏隐居二首》其二"之子时相见，邀人晚兴留。"则是指隐士张氏（张玠）。

⑤ 所思不远，若为平生：所思之人虽在远方，可两人心意相通，宛若就像两人未曾分离。所思不远，意境如同王勃《送杜少府之任蜀州》所说"天涯若比邻"。若，宛若，犹如。平生，平时（两人相聚的日常）。

⑥ 渚：水中的小洲。

⑦ 如有佳语，大河前横：如心有佳句呼之欲出，却难以言明，如同大河横亘在前。大河前横，言语道断之意。就是有些情感或思想，难以用恰当的语言来准确地描绘出来，只可意会而难以言传，其中滋味只能凭读者自己揣摩。若是非要用言语来强行描绘，反而失去了意境和滋味。

【白话译文】

旷野之外，绿荫之中，一幢茅屋，夕阳霞光长铺而下，天空爽朗，空气清新。脱巾散发悠然踱步，鸟雀鸣叫之声不时入耳。

思念之人已然远行，未曾收到他的信息。所思之人虽在远方，可两人心意相通，宛若就像两人未曾分离。

（白日）海风吹拂白云苍狗，夜晚月光皎皎滋润水中的小洲。忽然心有佳句呼之欲出，却戛然而止，如同大河横亘在前。

【解读赏析】

本节沉著，是诗词文章的一种风格，一种美感。就风格而言，有轻松明快，如李清照《点绛唇·蹴罢秋千》“见客入来，袜刬金钗溜。和羞走，倚门回首，却把青梅嗅。”有沉著，如杜甫《登高》“万里悲秋常作客，百年多病独登台。”本节所言及的，就是后者这种沉郁顿挫之美。柳永《雨霖铃·寒蝉凄切》“执手相看泪眼，竟无语凝噎”，心有千千语，张口难一言，所有的一切尽化为泪眼之间，即是如此。

本节内容还在陈述一种创作手法和欣赏美感，那就是喷薄而出的风物描述，或情感铺陈，总需要一个锚点来停留，从而沉淀更为深沉的遐想。以白居易《琵琶行》为例：

转轴拨弦三两声，未成曲调先有情。

弦弦掩抑声声思，似诉平生不得志。

低眉信手续续弹，说尽心中无限事。

轻拢慢捻抹复挑，初为《霓裳》后《六幺》。

大弦嘈嘈如急雨，小弦切切如私语。

嘈嘈切切错杂弹，大珠小珠落玉盘。

间关莺语花底滑，幽咽泉流冰下难。

冰泉冷涩弦凝绝，凝绝不通声暂歇。

这一段诗句，琵琶女技艺娴熟，将自己的心事通过琵琶演绎得如泣如诉，可是心中郁结的千丝万缕的情愫，终究无法一马平川地完全道明。她拨弄着琵琶弦丝的手不觉沉重了下来，曲调也开始低沉缓慢，最后竟然悲不自抑而暂歇了下来。这既是琵琶女的情感导致，也是白居易的情感使然。正是这样的暂歇，铺陈出后面“别有幽愁暗恨生，此时无声胜有声”的高潮和全诗情感的低谷。曲调冷涩，诗文凝沉，可是无论听者还是读者，无不深入心肺触发各自不同的感受，引发自己的思绪纵横八荒。这也正是沉著所带来的酣畅淋漓的痛快，没有这个顿挫，痛快便失去了根源和力量。

王安石的《明妃曲二首》其二，则是将顿挫置于全诗结尾，如同千军万马激战于十面埋伏，正在铿锵作响之中戛然而止，虽已无余音却荡气回肠。这也就是文艺作品中所说的在高潮中结尾。

《明妃曲二首》其二

明妃初出汉宫时，泪湿春风鬓脚垂。

低徊顾影无颜色，尚得君王不自持。

归来却怪丹青手，入眼平生几曾有；

意态由来画不成，当时枉杀毛延寿。

一去心知更不归，可怜着尽汉宫衣；

寄声欲问塞南事，只有年年鸿雁飞。

家人万里传消息，好在毡城莫相忆；

君不见咫尺长门闭阿娇，人生失意无南北。

全诗从明妃离宫开始写起，那时泪湿脂粉鬓角低垂，宫墙失色，君王也难以自持。君王恼怒之下杀了曾经为明妃画像的毛延寿，可这哪里又是一个画师的过错呢？这一走怕是再也难回了，即便是思念家乡的亲人也无从打探了，只能仰空询问那天上的鸿雁了。家人偶尔传递来了消息，让我在塞北荒漠中好自珍重。可是即便近在君王咫尺的阿娇又如何？还不是幽幽高门锁进了一生的孤寂。失意中的人啊，哪里还分什么南北！咫尺长门闭阿娇，人生失意无南北，一时间万般情愫淤积心头，却难以再说出一个字。

五　高古[1]

【原文】

畸人乘真[2]，手把芙蓉[3]。泛彼浩劫，窅然空踪[4]。

月出东斗[5]，好风相从。太华夜碧[6]，人闻清钟。

虚伫神素，脱然畦封[7]。黄唐在独，落落玄宗[8]。

【注释】

①高古：即高雅古朴。白居易《与元九书》："以康乐之奥博，多溺于山水；以渊明之高古，偏放于田园。"白居易谈及谢灵运的诗，说他虽广博精深，多耽溺于山水；陶渊明的诗则峻拔古朴，多放情于田园。李东阳《明故中顺大夫太常寺少卿兼翰林院侍读陆公行状》："诗调高古，尽去浓艳。"李东阳所说诗调高古，即是诗风高雅古朴之意。高雅古朴的诗风，也就是上篇《诗品》中的《古诗》的风格。诗文内容来于现实，且采用不加粉饰的指陈风物的手法，或歌咏景物，或抒情寄思，或托物讽喻。这就是高古的风格。

②畸人：本为奇艺不流于俗的人，此指仙人。《庄子·大宗师》："子贡曰：'敢问畸人？'曰：'畸人者，畸（奇异）于人而侔（等，同）于天。'"乘，驾驭。真，真气。白居易《长恨歌》"排空驭气奔如电，升天入地求之遍"中，排空驭气即是"乘真"。

③芙蓉：荷花。"畸人乘真，手把芙蓉"一句，亦即李白《古风》

中所说“素手把芙蓉，虚步蹑太清”之意。

④浩劫：极长的时间。佛经谓天地从形成至毁灭为一大劫，此指尘世间的烦恼。窅（yǎo）然：幽深遥远的样子。

⑤斗：即斗宿，二十八宿之一。东斗：斗宿出现在东方夜空。

⑥太华：即西岳华山。

⑦虚：即虚空，虚中。伫：存积。神素：质朴无华的精神。虚伫神素，意即以虚静的心态来存积质朴无华的精神。脱然：超然脱俗。畦封：界限，此指约束。

⑧黄唐：即黄帝与唐尧。《文心雕龙·通变》“榷而论之（大概来说），则黄唐淳而质（黄帝、唐尧时期文学醇厚而质朴），虞夏质而辨（虞舜、夏禹时期的文学质朴而明辨）。”落落：孤独状，不合于俗。玄宗：指佛教的深奥旨意，或道家所谓道的玄妙旨意。落落玄宗，即是说内心孤傲超脱远离世俗，沉浸在玄妙高深的道旨之中。

【白话译文】

仙人排空驭使着真气，手把荷花。超越凡世的烦恼，升入遥远的太空渺然不见踪迹。

（这时）明月从东方的斗宿间升起，和煦之风从身边吹拂而过。在那华山之巅的上方，夜空如碧，清雅激越的钟声清晰可闻。

（在这样的境地中）内心虚空澄明，质朴无华的精神汇集于心，超然物外，无拘无束。如只身在那淳厚质朴的黄帝、唐尧的太古时代，内心孤傲超脱远离世俗，沉浸在玄妙高深的道旨之中。

【解读赏析】

本节所说高古，是诗歌突破空间与时间的束缚而呈现出的脱俗的

美感。杨廷芝《二十四诗品浅解》说："高则俯视一切，古则抗怀（坚守高尚情怀）千载。"也就是说，高就是要秉持超凡脱俗的理念，虽然身在尘世，内心高尚理想的趋向不能止步；古就是要坚守质朴高尚的情怀，纵然流俗千年，保持内心超然物外的毅然不能松懈。高与卑相对而存在，古与俗相对而流远。这种理念反映到文艺作品上，也就是作品给予人理想与现实的反思，使得处于喧嚣物欲中的芸芸众生，能够看见自己那颗向往站在高处的心灵。

刘禹锡《陋室铭》中说"谈笑有鸿儒，往来无白丁"，并非是歧视白丁，而是内心对于"雅"的向往，这份向往恰恰与金钱、权势通通无关。比如前几年有个诗词大会的节目，一经播出后，不少家长开始有意识地让自己的孩子接触诗词。于当下的社会而言，诗词并不能给自己带来物质上的收益，可是人们对文化的那种雅致的向往，已经深入骨髓，即便因为现实而难以坚持对文化的追逐。

高古，既是一种美境，又是一份情怀，它是对于人生自身价值的一种看法。它根植于人性，因而不受时间与空间约束而存在。人性不变，情怀不失，价值永恒。从这个意义上说，高古的风格，永远不会过时，只是只有等到人们重新认识到这一点时，它才得以于人的内心碰撞而闪耀绚烂。所以，无论是文艺作品中的书籍、影视，还是服饰中的衣服、鞋、包等，总会在内容上呈现出复古风格的周期。先秦时期文学，并没有追逐绮丽美盛的风姿，可是质朴古拙中透着一份本真的硬朗。魏晋后，至南北朝的文学，则一步步倾向于玄理或艳丽，但是内容多华而不实，便有了《文心雕龙》《诗品》的反思，便有了唐代韩愈和宋代欧阳修的复古。

高古的文风，来源于作者的情怀，而情怀来源于对价值观念的认识。这就要求创作者能够脱离物欲得失的羁绊，保持“不以物喜，不以己悲”的那份超然洒脱，要求欣赏者能够秉持对自身生存的反思觉悟。当然，在物质社会中，做到这点并不容易。也许这正是高古的意义所在，社会是物质的，可人还是应当有理想地活着，哪怕理想伫立在遥远的前方，渺茫的高处。

本节开头四句，意在描绘高古的意境，可实际是以“畸人”的存在为基础的。畸人，即为独特志行、不同流俗的人。只有这样的人的存在，才能创造高古的意境，才能品味高古的滋味。这也就点明了高古的意境，需要追溯本心才能体悟。陶渊明澹泊的特质非常突出，他纵然穷困也不为五斗米折腰。故而他的《闲情赋》里面说到高洁的女子时，便能用“淡柔情于俗内，负雅志于高云”这样的句子。《闲情赋》清峻脱俗的美感，无疑是来源于陶渊明不合流俗的个人境界。同

样，我们今天能够欣赏到这种美感，也是来源于我们内心不甘于俗的心理认知。

畸人乘真，手把芙蓉。泛彼浩劫，窅然空踪。月出东斗，好风相从。太华夜碧，人闻清钟。这四句话将高古的意象通过视觉、听觉，形象地展示出来，给读者直达内心的共鸣。这是作者诗文创作的高超技巧，也是因为有了“畸人”的存在，上面的四句话，才能顺理成章地铺陈出美感。

虚伫神素，脱然畦封。黄唐在独，落落玄宗。本节最后两句，看似是对“畸人”卓尔不群的描述，实际上也是对诗歌创作与欣赏应持有的心态的要求。如果不能超然物外，不能使内心虚静而充盈质朴的精神，难以忍受物欲横流中的独善其身，难以沉浸于物理朴素的本源当中而甘于简单，很难想象会创作出具有高古灵魂与风格的作品，难以想象能够应有欣赏并接受高古美感的心理承受。

格古调高，句平意远，并不是一味遣词造句所能企及，需要创作者纯朴高远的情愫志向。

君不见黄河之水天上来，奔流到海不复回。

君不见高堂明镜悲白发，朝如青丝暮成雪。

人生得意须尽欢，莫使金樽空对月。

天生我材必有用，千金散尽还复来。

……

六　典雅[1]

【原文】

玉壶买春[2]，赏雨茅屋。坐中佳士[3]，左右修竹。

白云初晴，幽鸟相逐[4]。眠琴绿阴[5]，上有飞瀑。

落花无言，人淡如菊[6]。书之岁华，其曰可读[7]。

【注释】

①典雅：本节所说典雅，是指清新脱俗，意境高远的一种风格，而不是文出有典、文貌雅正的典雅——如《文心雕龙·体性》："典雅者，熔式经诰（熔经书模式以为模板），方轨儒门（与儒家经典并行）者也。"典雅，首先体现为创作者或欣赏者不合流俗的高远意境，其次则是文学作品本身呈现出来的颀秀、清艳的美感。

②春：即酒。买春，即沽酒。例见，李白《寄韦南陵冰余江上乘兴访之遇寻颜尚书笑有此赠》："堂上三千珠履客，瓮中百斛金陵春。"刘禹锡《洛中送韩七中丞之吴兴口号五首》"骆驼桥上蘋风急，鹦鹉杯中箬下春。"其中的"春"字均指酒。春字还有一解，即春景。那么玉壶买春则是带上美酒游春之意。孔平仲《榆钱》诗"凭谁细与东君说，买住青春费几钱"，杨万里《从丁家洲避风行小港出荻港大江三首》其一"围蔬放荻不争地，种柳坚堤非买春"，两句中的春字即是春景之意。此处春字作酒、春景，都讲得通，译文中选取第一种释义。

③佳士：德行、才学俱佳的人，此指情趣高雅、洒脱不羁的才子。

④幽鸟：幽境中的鸟。幽为静，鸟为动，动静之间，交相辉映，意趣顿生。

⑤眠琴绿阴：抚琴人卧眠于绿荫下。

⑥落花无言，人淡如菊：这两句均是突出清新淡雅，隐逸恬淡的意境。落花，即如晏几道"落花人独立，微雨燕双飞"，清纯不染一丝尘埃的雅致。人淡如菊，即如陶渊明爱菊之不显、不群，周敦颐爱莲之不染、不妖。

⑦书之岁华，其曰可读：将"落花无言，人淡如菊"的光阴书写入诗，这样的诗句才是值得玩味品读的。书，书写，记录。之，即指代"落花无言，人淡如菊"。可读，即可读性，值得玩味品读。

【白话译文】

玉壶沽来新酒，茅屋中欣赏丝雨。志趣高雅的才子的周边，是猗猗绿竹环绕。

雨过天晴，白云飘飘，欢悦的小鸟，相互追逐。抚琴人卧枕琴案，眠于绿荫之中，飞瀑声音清脆一倾而下。

落花悄无声息，伊人飘逸淡远。书写下这般清雅的时光，诗篇方可值得玩味品读。

【解读赏析】

先秦的诗歌，《诗经》因担负教化功能，诗风重雅正；骚体诗（《楚辞》），则因屈原个人遭遇形成哀怨的风格。秦及两汉，文坛中诗歌并无高出前代的发展，偶尔的几首诗也不过是仿屈原骚体的楚辞体诗，如汉武帝的《秋风辞》。至于李陵、苏武等的五言诗，大多推断是后人杜撰。建安年间，以曹植“词采华茂，情兼雅怨”为代表的建安风骨算是诗歌的一次长足发展，或刚健遒劲，或低沉高昂，或哀怨别离。可是到了东晋至南北朝时，这股新风就消散了。

东晋时，盛行枯燥无味的玄言诗，一味围绕着《周易》《道德经》做文章。宋齐时，开始追逐词采华丽、放浪旷达，诗文格调和气概风骨，已经少见了，如游仙诗。虽然也有“池塘生春草，园柳变鸣禽（谢灵运《登池上楼》）”这样的名句，可是清新有余，算不得典雅。梁陈时，诗歌创作更加注重绮丽繁密、纤弱轻浮，先秦以来的古朴荡然无存。

唐朝初期，诗歌虽没有快速定型为格律诗，如五言、七言诗，但气度、清新，都超越了前代，如李白的《将进酒》《行路难》（三首），如陈子昂《登幽州台歌》等，要么体例不合，仍有乐府诗的味道；要么押韵并不严格；但却已如烟花绚烂于空，清泉匍匐于涧。可以说，本节所说的典雅的诗风，是唐代才形成的一种风格。

《文心雕龙·体性》：“典雅者，熔式经诰（熔经

书模式以为模板)，方轨儒门(与儒家经典并行)者也。”即是说，南北朝时期的刘勰所秉持的典雅，是合乎规范、向儒家价值观看齐的观念。刘勰关于典雅的观念，实际上是与先秦《诗经》到西汉时的文学创作相吻合，即文学担负了过多的教化功能。而本节所说的典雅，则是基于个性思想的解放、个性价值观念的追求，从而产生的独立于教化的纯文学创作和审美。

玉壶载酒，游览春色，细雨茅屋，名士翠竹。野屋体现出名士不合流俗的超脱与飘逸，修竹则体现了名士风雅的志趣。本节前四句点出了名士闲适的生活态度，没有更多物欲，唯求一壶浊酒、一幢茅屋、一片绿竹而已。玉壶、茅屋、名士、绿竹勾勒出了一整幅清新脱俗的画面，这并非是简单的名士风流的生活方式，而是志趣高雅的生活态度。其中蕴含了作者的主张：有这样的意境，才能创作出这种意境的诗歌。这同上节“高古”中的“畸人”起到的作用相同。

夏日雨后晴空，白云幽鸟。辍琴卧眠绿荫，飞瀑映虹而彻。中间四句，白云幽鸟，一上一下，一远一近，一静一动间旷远而不虚空(不同于游仙诗)，思绪悠长而不迷茫(不同于玄言诗)。素琴与瀑布对应，形成了高山流水的画面。

落花无言，人淡如菊。书之岁华，其曰可读。最后四句点出了典雅的特质，淡远，淡是雅淡，远是超俗。幽雅娴静的自然风物，闲适淡远的心理境界，峻拔脱俗的人物风姿，最终化为典雅的整体画幅。最后点题，只有这样境界的诗歌才能吟咏流传。

七 洗炼[1]

【原文】

犹矿出金，如铅出银[2]。超心炼冶[3]，绝爱缁磷[4]。

空潭泻春，古镜照神[5]。体素储洁，乘月返真[6]。

载瞻星辰，载歌幽人[7]。流水今日，明月前身。

【注释】

① 洗炼：亦即洗练，是指诗文等文艺作品经过反复锤炼，去除不必要的、繁冗的，留下必需的、简要的文词或结构，从而达到以文载意那种不偏不倚、不蔓不枝美感的艺术创作风格，“增之一分则太长，减之一分则太短；着粉则太白，施朱则太赤”。需要注意的是，就诗歌而言，洗炼本是针对遣词造句的锤炼与连缀成文的萃取，但本节则是更重于诗人自身心境的修炼与境界的磨炼，即创作者本身首先要有精益求精的态度与决心，磨而不磷（薄），涅（染）而不缁（黑）。

② 如铅出银：铅矿中多含有银，古人通过冶炼铅矿而提炼出白银，故说“如铅出银”。

③ 超心：精心。

④ 绝爱：有两说，一是舍弃之意，那么“缁磷”就应解为杂质（李白《古风》其五十：赵璧无缁磷，燕石非贞真），意为精心冶炼，毫不吝惜地去除杂质。二是极其喜爱之意，那么“缁磷”就应解为坚

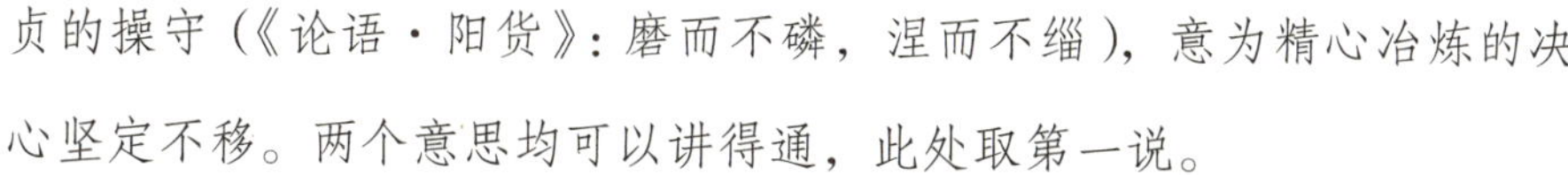

贞的操守（《论语·阳货》：磨而不磷，涅而不缁），意为精心冶炼的决心坚定不移。两个意思均可以讲得通，此处取第一说。

⑤ 空潭：潭水空明清澈。泻春：春水流泻而入。照神：照清楚神态。

⑥ 体、储：容纳，包含，引申为保持。素、洁：纯净无染。乘月返真：月圆之夜，返归仙境。此指超尘脱俗之意。《庄子·秋水》："故曰：无以人灭天，无以故灭命，无以得殉名。谨守而勿失，是谓反其真。"庄子认为，秉持自然的禀性而不丧失，就是返归本真。

⑦ 载：词缀，无实意。瞻：仰望。幽人：隐居之人。载瞻星辰，载歌幽人：仰望满天星辰，幽人歌咏怡然自乐。

【白话译文】

要像从矿石中提炼黄金、从铅矿中炼取白银那样洗炼自己的诗文。精心反复冶炼，毫不吝惜地摒弃一切杂质。

空明清澈的古潭流泻着无波春水，水面平静如镜清晰映照出人的五官神态。保持纯净无染的内心，秉持超凡脱俗的境界。

瞻望着漫天清澈的星辰，隐逸名士歌咏怡然自乐。流水清澈，明月皎洁，历经岁月而不改，都是因为洗炼之功。

【解读赏析】

诗文创作的遣词造句，已经是老生常谈了。本节在阐释洗炼的时候，强调一种由心而外的过程，是"吟安一个字，捻断数茎须"的锤炼，不是"爱上层楼，为赋新词强说愁"的无病呻吟。陆机《文赋》中说："要辞达（文词通畅）而理举（合乎文理），故无取乎冗长。"即是说文辞要通畅，文理要恰当，并且不能过于冗长。《文心雕龙·熔裁》:“趋时无方，辞或繁杂。蹊要所司，职在熔裁，檃括情理，矫揉文采也。规范本体谓之熔，剪截浮辞谓之裁。裁则芜秽不生，熔则纲领昭畅。”刘勰对文辞长短持有与陆机不同的看法，但刘勰也认为，浮辞不剪，就害繁冗的毛病。要纠正情理上的缺陷，更正文辞上的毛病。这一点上，刘勰、陆机以及本节内容观点一致。

“洗炼”是一种风格，“洗”指去除杂质的淘洗，“炼”指取用精华的淬炼。本节内容从三个层面对洗炼进行了阐释：

第一层，前四句提出了洗炼的概念，以矿石炼取黄金，铅矿中分离萃取白银为例，说明诗文洗炼的必要性。在这一过程中，创作者必须要持有选择恰当文辞显示精义美感的决心，即便局部呈现美感的字词，如果对整体美感有损害或冗余，也要毫不吝惜去除掉。从作者的意图看，与其说在讲诗文的洗炼，不如说是创作者自心的洗炼，“超心炼冶”。如果没有创作者的本心，那么诗文洗炼就无从进行，后面对洗炼所要达到的效果也无从谈起。

第二层，中间四句以

喻指的形体，提出了“洗炼”的最高要求和最终效果。简洁明净的诗文创作，要达到一种什么样的效果才算是洗炼呢？洗炼后的诗文，必须有如空明澄清的潭水那般清澈见底，如照清物象神态的镜面那般不染一毫。空（潭）、古（镜）两个字，字面上看是形容潭水和镜面，实际上是告诉诗文创作者，要有空静的心态才能对待诗文超心、绝爱，要有对洗炼境界的敏感与欣赏，才能使得诗文一尘不染。遵循这样的心态，才能使诗文在言辞、性情、体裁、风格、情意上达到新雨空山的洗炼意境。

第三层，最后四句点出了诗文洗炼后的美感境界，这样的美感境界才能让欣赏者为之神往。诗文如碧透夜空中明亮浩瀚的星辰，如歌咏自乐的隐士，如同清澈潺潺的流水，如同皎洁不染的明月。具备这样美感的诗文，足以荡涤欣赏者的心灵。

其实，文辞的洗炼，古人早就意识到了这点，如杜甫《望岳》：

岱宗夫如何？齐鲁青未了。

造化钟神秀，阴阳割昏晓。

荡胸生曾云，决眦入归鸟。

会当凌绝顶，一览众山小。

杜甫的这首诗，可谓千锤百炼的佳作。在其他体例的文学作品中，洗炼也体现得比较明显，如《史记·廉颇蔺相如列传》中记载廉颇留魏不能归齐的故事：

廉颇居梁（魏国都城）久之，魏不能信用。赵以数困于秦兵，赵王思复得廉颇，廉颇亦思复用于赵。赵王使使者视廉颇尚可用否。廉颇之仇郭开多与使者金，令毁之。赵使者既见廉颇，廉颇为之一饭斗米，肉十斤，被（披）甲上马，以示尚（还）可用。赵使还报王曰：“廉将军虽老，尚善饭，然与臣坐，顷之三遗矢（大便）矣。”赵王以为老，遂不召。

这段文字简短精炼，一个“然”字使廉颇个人的悲剧、赵国全国的悲剧便尽陷其中。廉颇思归的热切，使者的阴险诡诈，表现得惟妙惟肖。同样，还有《南亭笔记》中记载曾国藩被骗的故事：

曾文正在军中，礼贤下士，大得时望。一日，有客来谒（拜访），公立见之。其人衣冠古朴，而理论甚警（精妙犀利），公颇倾动（敬服动容）。与谈当世人物，客曰：“胡润芝（胡林翼）办事精明，人不能欺；左季高（左宗棠）执法如山，人不敢欺；公（曾国藩）虚怀若谷，爱才如命，而又待人以诚，感人以德，非二公可同日语，令人不忍欺。”公大悦，留之营中，款为上宾，旋授以巨金，托其代购军火。其人得金后，去同黄鹤。公顿足云：“令人不忍欺，令人不忍欺！”

李伯元在这个小故事中的用词，精炼传神。仅仅一百多字，曾国藩的好名，来客的神通人性，以及曾国藩上当后的反应，画面感透出纸面直扑眼前。

宋之问《渡汉江》：

岭外音书断，

经冬复历春。

近乡情更怯，

不敢问来人。

但需要注意的是，洗炼风格与简约风格并不相等。洗炼的目的在于恰当，不在于言辞的长与短，而是言辞凝练、恰如其分就好。简约，

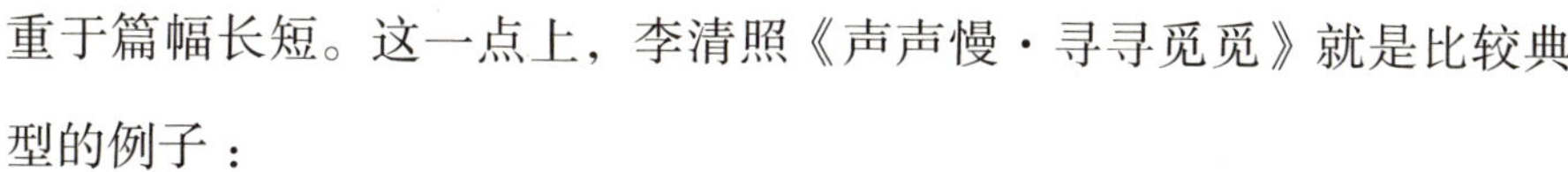

重于篇幅长短。这一点上，李清照《声声慢·寻寻觅觅》就是比较典型的例子：

寻寻觅觅，冷冷清清，凄凄惨惨戚戚。乍暖还寒时候，最难将息。三杯两盏淡酒，怎敌他、晚来风急！雁过也，正伤心，却是旧时相识。

满地黄花堆积，憔悴损，如今有谁堪摘？守着窗儿，独自怎生得黑！梧桐更兼细雨，到黄昏、点点滴滴。这次第，怎一个愁字了得！

在这阙词中，李清照硬是凭借自己对声律的高超造诣，上半阙连用十四个叠字音，不仅不显累赘，反而音韵出奇，如“公孙大娘舞剑”，足与“秦七（秦观）、黄九（黄庭坚）争雄”。两三字叠用，如吴融《秋树》诗“一声南雁已先红，槭槭凄凄叫叶同”，刘希夷《代悲白头翁》“年年岁岁花相似，岁岁年年人不同”，刘象《晓登迎春阁》“树树树梢啼晓莺”、《春夜二首》“夜夜夜深闻子规”，尚不算突兀，可是像李清照这样如此多的叠字连用，体例上看似穷俗，实际上却是以俗为雅的高明。

洗炼是用词恰当，而不是篇幅简约，需要注意。

八 劲健[1]

【原文】

行神如空[2]，行气如虹[3]。巫峡千寻，走云连风[4]。

饮真茹强[5]，蓄素守中[6]。喻彼行健，是谓存雄[7]。

天地与立，神化攸同[8]。期之以实，御之以终[9]。

【注释】

①劲健：遒劲雄健的文辞张力风格，是指文辞挺拔遒劲。有些类似钟嵘《诗品》中言及曹植的“骨气”。劲健的源头可以追溯到《周易·乾·文言》“大哉乾乎！刚健中正，纯粹精也”。意思是说，乾卦真是美呀，文辞风格坚强有力不偏不倚，纯正不杂精妙完美。后来劲健被引入了书法的风格，梁巘《承晋斋积闻录》说：“虞世南《东庙堂》《西庙堂》皆翻拓，而《东庙堂》腴润，《西庙堂》劲健。”“唐人劲健，书如烈士拔剑，雄视一世。”虞世南《笔髓论》说：“(王羲之云)每作点画，皆悬管掉之，令其锋开，自然劲健矣。”劲健成为备受推崇的书法艺术风格之一，唐代书法家柳公权有“柳骨”美誉。反映到诗词文艺作品中，劲健则更明确为文辞的张力。皎然《诗式》曰：“体裁劲健曰力”。

②行神如空：精神飞扬如日经空，毫无阻滞。行，运行(下句同)。

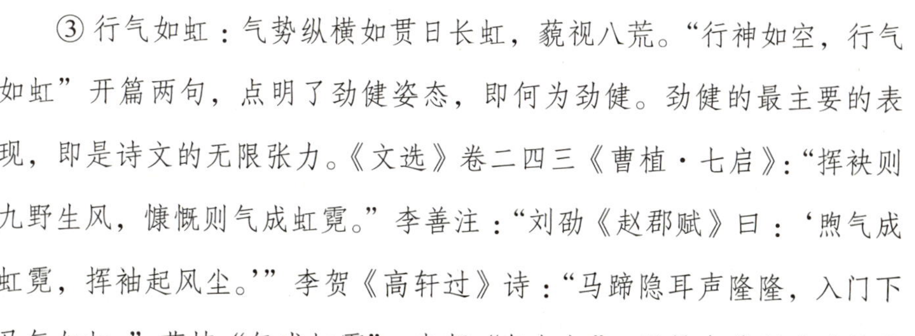

③ 行气如虹：气势纵横如贯日长虹，藐视八荒。“行神如空，行气如虹”开篇两句，点明了劲健姿态，即何为劲健。劲健的最主要的表现，即是诗文的无限张力。《文选》卷二四三《曹植·七启》：“挥袂则九野生风，慷慨则气成虹霓。”李善注：“刘劭《赵郡赋》曰：‘煦气成虹霓，挥袖起风尘。’”李贺《高轩过》诗：“马蹄隐耳声隆隆，入门下马气如虹。”曹植“气成虹霓”，李贺“气如虹”，即是本节所说劲健的形态。

④ 巫峡：今重庆巫山县至湖北巴东县间。寻：古时以八尺为一寻，千寻形容巫峡陡峭高耸。走云连风：风卷云涌，相激相荡。

⑤ 饮真茹强：饱饮真元之气，容纳强盛之力。饮、茹：动词性，摄取之意，如第二节“冲淡”中，“饮之太和”。

⑥ 蓄素守中：蓄积内心的纯真，保持内心的虚静。素，超越无欲的纯真，意即“无欲则刚”之意。守中：保持内心的虚无清静。

⑦ 喻彼行健，是谓存雄：理解了上述所说的运行健壮的道理，才能形成刚健的风格。喻，理解，明晓。行健，即天体运行生生不息的遒劲有力（见《周易·乾卦》：天行健，君子以自强不息），此处用以形容诗文的自然遒劲、无限生气的张力之美。存雄，即第一节“雄浑”中，“积健为雄”之意。《老子》（道经第五）：“多言数穷，不如守中。”《老子》（道经第二八）：“知其雄，守其雌，为天下谿。”《庄子·天下》：“天地其壮乎？施存雄而无术。”老子与庄子的这三段话，可以注解存雄的意思，即遒劲雄阔的文辞，需要以内在含蓄的意境为根基和依托。如卢纶《和张仆射塞下曲·其二》之“没在石棱中”，“箭没石棱”自然体现了李广引弓射箭的气势和力度，但却要比直面描述李广

能开几石强弓此类的描写，张力更要大得多，意境也更悠远得多。

⑧天地与立，神化攸同：如能积健为雄，则就能与天地并立，与造化并存。神化，此指遵循规律周而不息的自然变化。立、同，是指并列存在的状态。攸，放在动词之前，构成名词性词组，相当于"所"，如利害攸关。

⑨期之以实，御之以终：这两句是照应开篇"行神如空，行气如虹"。诗文的精神与气势必须始终充盈笃实，劲健的风格才能自始至终保持。期，期望，求取。实，充盈笃实。御，统帅。

【白话译文】

精神飞扬如日经空，毫无阻滞；气势纵横如贯日长虹，藐视八荒。巫峡高耸入云，风卷云涌，相激相荡。

饱饮真元之气，容纳强盛之力；蓄积内心的纯真，保持内心的虚静。理解了上述所说的运行健壮的道理，才能形成刚健的风格。

如能积健为雄，则就能与天地并立，与自然造化并存。诗文的精神与气势必须始终充盈笃实，劲健的风格才能自始至终保持。

【解读赏析】

《老子》说，"知其雄，守其雌。"又说"天道下济而光明，地道卑而上行。"老子的哲学思想认为，明晓了天道的强大，就应越发持有恭谨的态度，虽然自强不息是应有之意，但并非是与日月争辉的狂妄。比如，人遵循自然规律行事，看似处于弱者地位，其实已经是最强者的做法了。反之，一味逞强，说什么人定胜天，这样的人看似强大，实际却是背离自然规律的狂妄之徒，必定碰得头破血流一挫再挫。这也是学习本节内容所不能忽视的，作者虽然强调了劲健之美，亦即言辞的张力美感，但劲健的基础却是在意境含蓄的构建上。这也就是“饮真茹强，蓄素守中。喻彼行健，是谓存雄”这四句的要旨。

劲健不同于雄浑。本节所说的“劲健”，和第一节所说的“雄浑”还是不同的。劲健强调一种力量，如孙联奎在《诗品臆说》中所说，“劲健，总言横竖有力也。”“横竖有力”体现在书法上是横竖等笔画的骨干上，体现于诗文则是诗文指陈事理、情感的张力，浑然澎湃、呼之欲出透出纸背的阳刚之力。雄浑则是诗文整体所体现出来的波澜壮阔、博大厚重的境界，这种境界当然需要文辞来产生，但它更强调的是整体效果，而非文辞锤炼。可以这样理解，如果说雄浑之美主要以筋、肉为胜，达到浑然不群的效果，那么劲健之美则以刚骨为胜，达到健朗峭拔的气势。当然，雄浑与劲健在风格上有相近性，同时劲健也是

对雄浑的充实。“雄浑”一节中，作者提出“反虚入浑”后，随即就提出“积健为雄”，也就是通过劲健来充实雄浑的开阔与浑成，以避免雄浑的大而无当、徒有虚表。

刚劲挺利、遒健迅疾的审美观感，自唐代开始，一扫南朝梁陈以来的小巧萎靡，诗文的劲健之风开始成为创作和审美的重要取向。如《出塞二首》其一：“秦时明月汉时关，万里长征人未还。但使龙城飞将在，不教胡马度阴山。”王昌龄大笔勾勒，文辞硬朗，边塞的廖廓、萧索、孤寂、苍凉，如浪涛拍岸不期而至。杨慎《升庵诗话》中评说道：“此诗可入神品，‘秦时明月’四字，横空盘硬语也。”李贺《雁门太守行》中“黑云压城城欲摧，甲光向日金鳞开。”黑云压城城欲摧，一个“压”字，把两军阵前敌人兵精马壮气势汹汹的态势描写得淋漓尽致，更加凸显了守军将士岌岌可危的艰难处境，从而为后面惨烈的战场作了铺垫，同时也为守军的坚毅不屈打下了埋伏。甲光向日金鳞开，就在这阴霾沉重几欲窒息之际，一道金光射透云层，映照在将士的铠甲上，金光闪闪，熠熠生辉，体现了敌强我弱的态势下，守军慷慨激昂的斗志和保家卫国的决心。以景引事，以景传情，词壮而意坚。说到这里，还有个故事。据说王安石曾批评这句说：“方黑云压城，岂有向日之甲光？”杨慎不乐意了，他戏谑地说：“宋老头巾（这个迂腐的老儒）不知诗。”

劲健合乎中国传统文化中的阳刚美感。《周易·乾·文言》曰：“大哉乾乎！刚健中正，纯粹精也。”《周易·乾·象辞》说：“天行健，君子以自强不息。”古人认为，宇宙自然万物的运行，本身就是劲健的，原力无穷，势不可挡。人遵循宇宙运行的规律，就是自强，所谓“君子以自强不息”。精神与气势的遒劲刚健，正是来自于宇宙运行的宇宙运行的劲健。以《江南》和《大风歌》为例，《江南》：“江南可采莲，莲叶何田田。鱼戏莲叶间。鱼戏莲叶东，鱼戏莲叶西，鱼戏莲叶南，鱼戏莲叶北。”这首诗言辞欢愉，节奏轻快，一派欢欣的气象。荷叶田田，鱼戏莲叶间，忽而东西，忽而南北，整幅画面呈现出生机盎然，传递清新、恬静的美感。《大风歌》：“大风起兮云飞扬。威加海内兮归故乡。安得猛士兮守四方！”大风，威加海内，猛士，寥寥几笔，就把战胜强敌一统天下的踌躇满志，以及建设一个全新的国家的抱负全面展示。胆识、气度、胸襟、豪迈所形成的阳刚之美，也就呈现眼前。这两首乐府诗比较典型地体现了不同风格的诗文，是如何通过言词来体现各自美感的，这种体现方式也正是本节“劲健”所要阐释的。

劲健虽然强调的是诗文的张力，但又窄于张力的范畴，可以说是张力当中最为迅疾之力。中国艺术的审美是特别讲究“张力”的。所谓张力，也就是以最少的言词呈现出最为丰富的角度和内涵。如林逋的《山园小梅》中所说："疏影横斜水清浅，暗香浮动月黄昏。"这两句被称为咏梅千古绝唱，但这两句诗并非林逋原创，五代南唐江为有残句"竹影横斜水清浅，桂香浮动月黄昏"。可是分别一读，就明显品味出其中的差别，"竹""桂"两字，时常出现于古人诗句中，原本是清雅不俗的字眼，可是在这两句诗中，却造成了杂乱无序的感觉。而更改为"疏""暗"两字后，便将景物统一了，而且"疏"与后面的"清浅"，"暗香"与后面的"浮动"产生了极为深幽的境界。所以，这两句诗虽然不是林逋原创，但是这两句诗的意境却的确是林逋的独创，而这种意境的凸显，就在于文词所呈现的张力。静态景物的言词，如壁立千仞、霜重鼓寒、愁云惨淡等；迅疾锐猛的动态景物言辞，如怒马飞矢、石破天惊。本节所说"行神如空，行气如虹。巫峡千寻，走云连风"也是从这个角度来说的，通过言词所描绘而出的迅疾有力的形象，呈现迅疾之力的美感：

风劲角弓鸣，将军猎渭城。

草枯鹰眼疾，雪尽马蹄轻。

忽过新丰市，还归细柳营。

回看射雕处，千里暮云平。

（王维《观猎》）

九 绮丽①

【原文】

神存富贵，始轻黄金②。浓尽必枯，淡者屡深③。

雾余水畔，红杏在林④。月明华屋，画桥碧阴⑤。

金尊酒满，伴客弹琴⑥。取之自足，良殚美襟⑦。

【注释】

① 绮丽：本节所说的绮丽，是指通过言词的锤炼而达到一种清新、明艳的艺术风格。杨廷芝《二十四诗品浅解》说：“文绮光丽，本然之绮丽，非同外至之绮丽。”也就是说，绮丽只是对所描述的景物的如实观照而已，并非通过堆砌言不由衷、名不副实的华丽言词，来臆造虚幻的空中楼阁。同下节的“自然”相比，绮丽是风物自然具有外在美感，诗文创作时需要切入正确的角度；而自然则是风物的活泼灵动的内在呈现，诗文创作时需要体现风物的这一秉性。

② 神存富贵，始轻黄金：精神上充实富足，便看不上用黄金来装饰。此处是指，绮丽的风格并不是需要镂金错彩的言词堆积，而是要重视内涵和意境。

③ 浓尽必枯，淡者屡深：词藻堆砌艳丽繁密，用词到极致必然词穷意尽；浓情在内而外表以清新的言词烘托雅致的意境，则意味深远。苏轼说：“外枯而中膏，似淡而实浓。”可以相互参合。苏轼所说“外

枯”并不是说文词简陋，而是清新不艳丽的骨感美。

④雾余水畔，红杏在林：水上的迷雾慢慢散去，湖岸在雾气中渐渐清晰；翠绿的树林中，红色的杏花格外显眼。这两句意在说明烘托的创作手法，绮丽的诗风无需堆砌华丽的词藻，只要按照意境的构思进行连缀，通过相互映衬就可以达到绮丽的效果。就如同水畔、红杏，经过迷雾和山林的衬托，更显清新明艳。

⑤月明华屋，画桥碧阴：华丽的房屋在月光清辉下方显富丽堂皇，彩绘镂饰的桥廊在青树绿荫下方显雅致高远。这两句意在说明相称的创作手法，即主要景物的描写要与周围的环境相称，才能呈现出绮丽的美感。如“玉碗盛来琥珀光”，玉碗、美酒构成了晶莹剔透的美感，这里美酒必须要用玉碗来盛放，如果换做瓷碗，则就与琥珀光的美酒不相称，而意境美感也就不复存在了。

⑥金尊酒满，伴客弹琴：华美

的酒杯装满美酒，与友人弹琴相和。这两句是就诗文产生的意境而言的，是一种脱俗的雅致，如刘禹锡《陋室铭》中说："可以调素琴，阅金经。无丝竹之乱耳，无案牍之劳形。"如果说小资情调是一种生活方式的选择，那么这里所说的脱俗的雅致就是一种精神向往。金尊，华美的酒杯。

⑦取之自足，良殚美襟：语出陶渊明《诸人共游周家墓柏下》："今日天气佳，清吹（管乐器）与鸣弹（弦乐器）。感（有感于）彼柏下人（即墓中人），安得不为欢？清歌（清新激越的歌声）散新声，绿酒（古时刚酿出的酒呈浅绿色）开芳颜（笑逐颜开）。未知明日事（明日事，即将来生死之事），余襟（情怀）良（确实）已殚（尽）。"这里是说，领受这绮丽的美景，就已然足以慰藉自己的情怀了。

【白话译文】

精神上充实富足，便看不上用黄金来装饰。词藻堆砌艳丽繁密，用词到极致必然词穷意尽；浓情在内而外表以清新的言词烘托雅致的意境，则意味深远。

水上的迷雾慢慢散去，湖岸在雾气中渐渐清晰；翠绿的树林中，红色的杏花格外显眼。华丽的房屋在月光清辉下方显富丽堂皇，彩绘镂饰的桥廊在青树绿荫下方显雅致高远。

华美的酒杯装满美酒，与友人弹琴相和。领受这绮丽的美景，就已然足以慰藉自己的情怀了。

【解读赏析】

绮丽，是一种清新、明艳结合在一起的诗文风格。这种诗歌风格，在上篇《诗品》中也有多次提及。

如班婕妤“词旨清捷，怨深文绮”，就是说班婕妤的诗文词意凄清、文辞明快，哀怨深切、文辞绮丽。以她的《怨歌行》（团扇诗）为例，来了解绮丽的风格：

新裂（新织就）齐纨素（齐地的丝绢），皎洁如霜雪。

裁作合欢扇（合欢图案的团扇），团团（圆圆）似明月。

出入君怀袖（随身携带之意），动摇（摇动）微风发。

常恐秋节至，凉飙（凉风）夺炎热。

弃捐箧笥（竹箱）中，恩情中道绝（中道断绝）。

班婕妤素有文采，本来深受汉成帝宠爱。可是赵飞燕、赵合德姊妹入宫后，形势逆转，班婕妤从一个受宠的妃子落得个不得不退守深宫远离成帝以自我保全的下场。《怨歌行》除了构思巧妙外，绮丽清简的语言是非常值得欣赏的。全诗用词并没有求新立异，但开篇一个“新”字所引出的前四句诗文，看似是说新绢制新扇，新扇风光无限，实际却是“乐极哀来”，隐含了新人变旧人的酸楚与哀叹。皎洁、团团，本也是寻常语，用在这里却体现了曾经的新人柔媚、温婉的小鸟依人。出入、动摇更是寻常无奇，却是把女子与心上人相知相爱形影不离表达得自然舒展，为下文的“中道绝”更添悲情色彩。常恐、弃捐，则将团扇（曾为新人的旧人）昔日风光之盛、光彩旖旎，与当下（所恐惧的）凄入肝脾、哀感顽艳形成鲜明对比。短短十句五十字，将女子跌宕的一生、哀婉的情愫，表述得艳丽脱俗。

张协、谢惠连的诗，也是以绮丽著称的。《文心雕龙·明诗》：“五言流调，则清丽居宗……茂先（张华）凝其清，景阳振其丽。”刘勰在这里赞许张协诗说，五言诗的风格，以清新艳丽为宗旨……就五言诗而论，张华成就了清新，张协发扬了艳丽。刘勰在《时序》和《才略》篇中，又分别说“结藻清英（文辞清新），流韵绮靡（韵律绮丽美盛）”，“孟阳（张载）、景阳（张协），才绮而相埒（文采绮丽相同）”。谢惠连“工为绮丽歌谣，风人第一”，就连谢灵运“池塘生春草”的佳句，都是因为梦到了谢惠连才得出的。

其后，如颜延之诗“体裁绮密（绮丽繁密）”，汤惠休说他的诗：“谢诗如芙蓉出水，颜诗如错彩镂金。”其他如谢混、汤惠休、韩兰英、王融、刘绘等人的诗，都有绮丽的风格印痕。

从上面可以看出，绮丽有两个明显的特性，一是要词采明丽，二是意蕴要清新灵动。颜延之用词“错彩镂金”，却失之于清新，并非本节所说绮丽之意。

本节开篇四句，用喻指的笔法表明了作者对于绮丽的态度和主张，即绮丽的文风依仗于内涵与气势，而不是外在的艳丽词藻。苏轼也曾说：“外枯而中膏，

似淡而实浓。”但需要注意的是，绮丽不依仗艳丽的辞藻，并非是说辞藻就可以粗鄙。以苏轼的《卜算子·黄州定慧院寓居作》为例：

缺月挂疏桐，漏断人初静。谁见幽人独往来，缥缈孤鸿影。

惊起却回头，有恨无人省。拣尽寒枝不肯栖，寂寞沙洲冷。

在这阕词中，作者借月夜孤鸿这一形象托物寓怀，表达了孤高自许、蔑视流俗的心境。上阕以缺月、疏桐、幽人、孤鸿影几个词语的连缀，立即呈现出清艳孤高、超凡脱俗的意境。下阕中，惊起、空抱幽恨、寂寞、冷，形象生动呈现了作者宁肯孤寂高出也要保持自身高洁的姿态。从用词上来看，单个的词语都不是明艳辉煌的，可是连缀一起便投射出清新明艳的光芒。可见，作者于遣词造句还是下了功夫的。

本节中间四句，旨在阐释烘托与相称的创作手法所达成的意境。浓雾渐散中的水畔，满山翠绿中的杏花，都给人冲击力十足的视觉美感。而月光下的华屋，绿荫中的画廊，则是各自展示了相得益彰的视觉和谐。那么，烘托和相称的创作手法如何应用呢？其实本节中间四句诗文，已然就是现成的例子。在这里我们再借用虞集的《风入松·寄柯敬仲》为例说明，这阕词中结尾两句为“报道先生归也，杏花春雨江南”。杏花、春雨、江南三个独立词汇，的确含有各自意蕴，可是也并非多方辗转方可求之的。然而，这三个属性相同的词放到一起后，立即呈现出美艳绝伦的画幅！他们之间相互烘托，形成相称均和的美景，地点（江南）、时间（春天）、风物（杏花）无一或缺。

最后四句，则是在铺陈绮丽风格的美感享受，如志同道合者的清酒、素琴，有此美盛，心怀足矣。刘禹锡《酬乐天扬州初逢席上见赠》：“沉舟侧畔千帆过，病树前头万木春。今日听君歌一曲，暂凭杯酒长精神。”要使绮丽不落入靡靡之中，诗文立意需有一种超脱的飘逸，犹如现代诗人顾城所说：“黑夜给了我黑色的眼睛，我却用它寻找光明。”否则，单纯为了文辞的美艳而美艳，就落入了下乘，有悖于本节的主旨。

十　自然[1]

【原文】

俯拾即是，不取诸邻[2]。俱道适往[3]，着手成春[4]。

如逢花开，如瞻岁新[5]。真与不夺，强得易贫[6]。

幽人空山，过水采蘋[7]。薄言情悟，悠悠天钧[8]。

【注释】

①自然：自然是诗歌的一种创作风格和诗歌美学的欣赏风格，包含了万物自然运行的规律，创作者自然受之的心态，和自然呈现的创作手法。《老子·道经》二十五章："有物混成，先天地生。寂兮寥兮，独立而不改，周行而不殆，可以为天地母。吾不知其名，强字之曰道，强为之名曰大。大曰逝，逝曰远，远曰反。故道大，天大，地大，人亦大。域中有四大，而人居其一焉。人法地，地法天，天法道，道法自然。"《老子》这段文字体现了两层意思，一是"独立而不改，周行而不殆"是规律，二是"人法地，地法天，天法道，道法自然"的接承和接受。就是说，万物都遵循了自然而有的运行规律，作为人，只能认识这个规律去如实观照，而不能肆意发挥。后文"真与不夺，强得易贫"也强调了这点。

②俯拾即是，不取诸邻：这两句是说，深明自然的宗旨，则诗文指事、陈理、抒情、达意都会自然而然地道出，无须伪作，更无须非

要引经据典来加强表达。严羽《沧浪诗话·诗法》："及其透彻，则七纵八横，信手拈来，头头是道矣。"说的就是这个意思。作为诗歌创作的理念，这一点和上篇《诗品》"气之动物，物之感人，故摇荡性情，形诸舞咏"是相一致的。不取诸邻，亦即无须他寻之意，此指无须引经据典。

③ 俱道适往：随道而往，意即跟随自然的变化而变化，不违逆。《庄子·天运》："道可载而与之俱也。"即是说与道汇通融合之意。《中庸》："天命之谓性，率性之谓道。"也是强调遵循天道自然之意。俱，偕。道：自然之道，宇宙万物运行法则。适，去。

④ 着手成春：一着手就成春天，此指诗歌创作中，一落笔就呈现自然清新的妙境。

⑤ 如逢花开，如瞻岁新：就像遇到百花自然绽放于花开时节，就像看到新的一年开始于旧年年末，一切皆是自然而然，无需人力强加。

⑥ 真与不夺，强得易贫：顺应自然天成的所得不会轻易失去，背离自然真性而去勉强硬取终将无所获。这句话是说，万物皆自然呈现，其兴衰触发人的情感，那么人因情绪感染而创作诗歌，就应该也以自然的方式呈现。如果离开了自然的创作手法，就会陷入空洞贫乏。《韩诗外传》："非其道而行之，虽劳不至；非其有而求之，虽强不得。"正是文学创作者应该持有的态度。

⑦ 幽人空山，过水采蘋（pín）：应当如同幽人在山谷游步，过水而顺手采蘋一样清新自然。蘋，多年生水生蕨类植物，茎横卧在浅水的泥中，叶柄长，顶端集生四片小叶，全草可入药。幽人，顾炎武《与胡处士庭访北齐碑》诗："策杖向郊坰，幽人在岩户。"苏轼《定惠院寓居月

夜偶出》诗："幽人无事不出门，偶逐东风转良夜。"采蘋，《诗经·召南·采蘋》："于以采蘋？南涧之滨。"幽人空山，过水采蘋两句，意在指代幽人清新自然的行止。

⑧薄言情悟，悠悠天均：领悟了万物自然运转的规律，也就明白了诗文"自然"风格的真谛。薄言，语首助词。情悟，领悟万物自然运转的规律。悠悠：永久。钧：本意为之作陶器的转轮，天钧意即天道轮转之意。《庄子·齐物论》："是以圣人和之以是非而休乎天钧，是之谓两行。"天钧，即指天道运转不息。

【白话译文】

深明自然的宗旨，则诗文指事、陈理、抒情、达意都会自然而然地道出，无需伪作，更无需非要引经据典来加强表达。跟随自然的变化而变化，不违逆，那么一落笔就会呈现自然清新的妙境。

就像遇到百花自然绽放于花开时节，就像看到新的一年开始于旧年年末，一切皆是自然而然，无需人力强加。

应当如同幽人在山谷游步，过水而顺手采蘋一样清新自然。领悟了万物自然运转的规律，也就明白了诗文"自然"风格的真谛。

【解读赏析】

自然，是顺应天道本性而如实呈现的创作手法和美感欣赏。依据现代人的审美观，自然当是毋庸置疑的，甚至可以说是所有文学作品都应该有的美感境界。可是在漫长的古代文学发展历程中，并非如此。且不说汉代以来经学的质木无文，即便到了南北朝时，自然的文学风格也不是一蹴而就的。

上篇《诗品序》中说道："观古今胜语，多非补假，皆由直寻。颜延、谢庄，尤为繁密，于时化之。故大明、泰始中，文章殆同书钞。近任昉、王元长等，词不贵奇，竞须新事。尔来作者，寖以成俗。遂乃句无虚语，语无虚字，拘挛补衲，蠹文已甚。但自然英旨，罕值其人。”钟嵘是主张诗歌创作需“自然英旨”的，可是他不得不感叹：纵观古今的诗歌名句，大多不是用典故堆砌出来的，都是来自即景抒发。颜延之、谢庄，尤其喜好密集地运用典故，当时的诗人受他们的影响很大。以至于大明、泰始年间的文章写作，直接如同抄书。后来，任昉、王融等人，写诗不求遣词造句出新，反而竞相引用别人不知道的典故。近来的诗作者，渐渐也形成了这样的风气。于是乎，诗文里面没有不使用典故的诗句，诗句里面没有不使用典故的字词，一味地拘谨、连缀写作，结果如同被蛀虫蛀蚀过的散断诗文一般，前后难以连贯。如此一来，自然精美的诗文，和写自然精美诗文的诗人，就很难得一见了。

《文心雕龙·体性》：“若总其归途，则数穷八体：一曰典雅，二曰远奥，三曰精约，四曰显附，五曰繁缛，六曰壮丽，七曰新奇，八曰轻靡。”刘勰将文学作品的各种风格大体上归纳为“典雅”“远奥”等八种。其中也没有单独提出“自然”一品的风格。因此，本节“自然”风格的提出，既是当时社会文学欣赏美感已然有此反应，也是作者个人创作的一大贡献。

唐代儒、释、道进一步的融合，形成了文人以儒家为主，杂糅道家、佛家的文学创作观点，进一步确立了纯文学的创作手法和美感欣赏。而道家“超脱”的思想，淡化了人的社会关系与儒家“知其不可为而为之”的入世思想，强化了宇宙本源的认识，和尊崇宇宙运行规律的行事原则。在这一思想的影响下，文学作品创作也就走向了自然的风格，儒、释、道的融合则让更多人认可了这种美感。如邵雍（理学家、道士）《清夜吟》："月到天心处，风来水面时。一般清意味，料得少人知。"尤其"月到天心处，风来水面时"两句，明性、澄明，月到天心，风来水面，一上一下，一远一近，一静一动，自然成文。

本节开篇四句，即点明"自然"的威力——如果明晓了万物自然运行，并遵循这一规律来如实观照万物，那就无往而不胜，根本无需用典来旁证。一旦掌握了自然之道，就如同抓住了诗文创作勃勃生机的钥匙，俯拾之间信手拈来即可使诗文如春意盎然。在这里，作者强调的是，创作者应该持有什么样的心态来进行诗歌创作。苦思冥想，遣词造句，费心连缀，这些创作过程并不与自然风格相矛盾，自然风格所排斥的是矫揉伪作的失真。

中间四句，以“如逢花开，如瞻岁新”来喻指诗文的自然流露，既是文辞上的清新自然，也是情节结构上的顺承无碍。“真与不夺，强得易贫”两句，则强调了这样一个基本事实：大自然所赐予的，任谁也无法改变丝毫，意即诗文必须要是对风物、情意的如实反馈；如果非要背离自然之道，另起炉灶，只会词穷意绝乏味如同嚼蜡，令人厌烦。应该说，道家思想虽然超脱且带有明显的避世味道，可是应用于文学作品却产生了令人神往的意境，至少目前是这样。

最后四句，作者阐述了自然风格中的情节铺陈。幽人空山，过水采蘋，幽人在居住的山谷漫步，过水时顺手采蘋，这些都不带丝毫的刻意成分，完全是率性而为，行之于诗文则呈现出自然的意境。如李清照《如梦令·常记溪亭日暮》：“常记溪亭日暮，沉醉不知归路。兴尽晚回舟，误入藕花深处。争渡，争渡，惊起一滩鸥鹭。”驾舟游戏，玩着玩着就进入了藕花丛中，忘了时间。突然惊醒过来，就慌忙划船回归，却把一片鸥鹭惊吓飞起。少女无忧无虑的天性，情节转换推动，都那么自然而然，即便一千年后我们读来，依旧会会心一笑。

十一　含蓄①

【原文】

不著一字，尽得风流②。语不涉难，已不堪忧③。

是有真宰，与之沉浮④。如渌满酒，花时返秋⑤。

悠悠空尘，忽忽海沤⑥。浅深聚散，万取一收⑦。

【注释】

① 含蓄：含蓄原本是容纳、深藏之意，韩愈《题炭谷湫祠堂》诗：“森沉固含蓄，本以储阴奸。”此处是指诗文等意未尽露、耐人寻味的风格，方宗诚《古文简要序》：“或含畜而深婉，或沉郁而顿挫。”本节所说的含蓄，可以概括为一句话，言已尽意犹未了。皎然《诗式》：“虽有功而情少，谓无含蓄之情也。”含蓄的对立面就是直白，赞同含蓄并非排斥直白，只是我国特有古代文化的传承中，于诗词而言，含蓄是一种美感，过于直白的语句算不得诗句。这与我国的画作一样，我国水墨画强调的是一种意境上的神似，而不是事无巨细的工笔。

② 不著一字，尽得风流：不用哪怕一个字来点明，但无限的韵味风范已尽在其中。《庄子·列御寇》：“知道易，勿言难。知而不言，所以之天也；知而言之，所以之人也。”就是说，了解自然规律容易，达到忘言境界难。了解了道且不非要言语道尽，就可以达到天然的境界；了解了道便希望言语道明，这是走向人为的尘世。钟嵘《诗品序》：

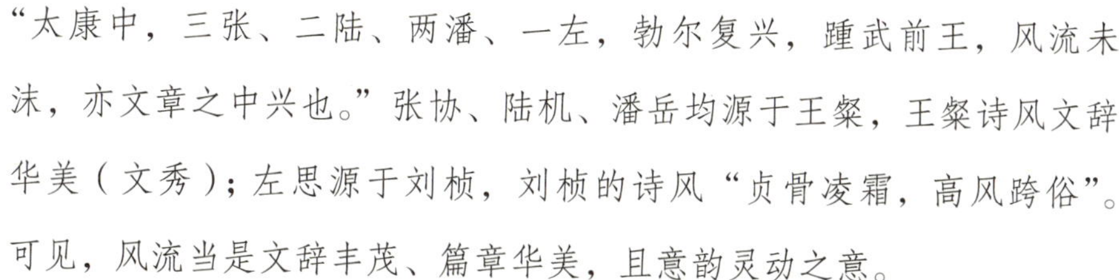

“太康中，三张、二陆、两潘、一左，勃尔复兴，踵武前王，风流未沫，亦文章之中兴也。”张协、陆机、潘岳均源于王粲，王粲诗风文辞华美（文秀）；左思源于刘桢，刘桢的诗风“贞骨凌霜，高风跨俗”。可见，风流当是文辞丰茂、篇章华美，且意韵灵动之意。

③ 语不涉难，已不堪忧：看似没有一句话涉及到苦难，可是读者读来却顿感忧戚难以忍受。涉，涉及。难，苦难，危难。不堪：难以忍受。

④ 是有真宰，与之沉浮：以自然之道为主宰，并且随之变化而变化。是有，的确有。真宰，自然之道，即自然运行法则。《庄子·齐物论》：“若有真宰，而特不得其眹。”沉浮，即浮沉，指自然之道的变化。这两句话旨在强调，含蓄也要以自然而然为条件。

⑤ 如渌（lù）满酒，花时返秋：发酵好的酒会慢慢地渗透出来缓缓不绝，花开时节突遇寒气便会呈现含苞待放的姿态。这两句旨在描述含蓄之美。渌，此指发酵好的酒滤去水分杂质缓缓而出。返秋，即倒春寒之意。

⑥ 悠悠空尘，忽忽海沤：犹如广阔天空中的一粒尘埃，浩瀚海洋上的一个水泡。悠悠，广阔无垠。空尘，空中尘埃。忽忽，海水流动的样子。海沤，海上的水泡。《楞严经》：“空生大觉中，如海一沤发。”阮籍《咏怀》十四：“流光耀四海，忽忽至夕冥。”

⑦ 浅深聚散，万取一收：水泡在海上或流向深处或流向浅处，尘埃在天空中或聚或散；海上的水泡，空中的尘埃不可计数，然而录入诗文时，只取其中之万一，便知道大海的浩瀚，天空的辽阔。这两句话旨在说明，含蓄的原理，落叶知秋，管中窥豹，可见一斑。《文心雕

龙·物色》："以少总多，情貌无遗。"

【白话译文】

不用哪怕一个字来点明，但无限的韵味风范已尽在其中。看似没有一句话涉及到苦难，可是读者读来却顿感忧戚难以忍受。

以自然之道为主宰，并且随之变化而变化。发酵好的酒会慢慢地渗透出来缓缓不绝，花开时节突遇寒气便会呈现含苞待放的姿态。

犹如广阔天空中的一粒尘埃，浩瀚海洋上的一个水泡。水泡在海上或流向深处或流向浅处，尘埃在天空中或聚或散；海上的水泡，空中的尘埃不可计数，然而录入诗文时，只取其中之万一，便知道大海的浩瀚，天空的辽阔。

【解读赏析】

含蓄，作为一种诗歌创作手法和美感欣赏标准，唐朝开始得到了非常高的重视。对于普通人来说，含蓄更多则是心里明白而难以言明。下面通过一则古诗和一幅画来说明含蓄的"意在象外，含而不露"的美感。

据说，宋徽宗赵佶为他的皇家画院招生时，他让考生以《深山藏古寺》和《蛙声十里出山泉》为题各作画一幅。这两幅画都不太好画，原因很简单，无法将题目

要求的内容完整地呈现在画卷上，有古寺，有深山，古寺还得“藏”在深山里面。而第二个题目也是如此，需要有蛙声，有山泉，而且蛙声本来就难以画于纸上，更何况还要传出“十里”之遥。这些都无法等比例地展现出来。

有的考生将字面要求的元素都展示在画纸上，如此一来就难免失真，也就是比例不对，更要命的是如此“完整”的画法，弄得一点韵味也没有了。这时，有个考生完成了两幅画作。《深山藏古寺》画作中，他既没有画深山，也没有画古寺，而是只画了一个挑着水的僧人，走在通往山里面的小路上。这一下就别有洞天了，僧人挑水前往山里，肯定山里面有寺庙。而且画面中“消失”了的寺庙，正好暗合了“藏”字。《蛙声十里出山泉》的画作，这个考生同样没有画题面中要求的元素，只是画了一道自山里流出的泉水，在泉水里面画了几只活蹦乱跳的蝌蚪。同样将声音难以入画的问题解决了，泉水自深山流出，而泉水中有蝌蚪，那不正说明大山深处有成群的青蛙吗？盛夏时节，蛙声成片，仿佛从画卷中投射出来。闲池草色青，蝌蚪自滋生呀！

“蛙声十里出山泉”出自查慎行《次实君溪边步月韵》，“雨过园林暑气偏，繁星多上晚来天。渐沉远翠峰峰淡，初长繁阴树树圆。萤火一星沿岸草，蛙声十里出山泉。新诗未必能谐俗，解事人稀莫浪传。”后来齐白石也题了一首蛙鸣诗：“缘何些许入班门，又作丹青砚上尊。十里清泉蛙声起，燕支濡墨落梅痕。”同样立意含蓄高远。

本节前四句对含蓄的内涵做了界定。“不著一字，尽得风流”两句，意思表达得很明确，即只要表达的意思传递了，那么直白的言词一句都是多余。由此可见，含蓄并不是话到嘴边留半句的猜谜，也不是语带双关的表述，而是完全依靠对物象抽象概括，达到一种可意会而无须言传的表达效果，而于读者来说，心神领会到这种表达效果，自然也就萌生出含蓄美感的认知。而“语不涉难，已不堪忧”两句则是就含蓄所要达到的共情效果而言的，就是说创作者的含蓄的表达方式，离不开现实生活中人们的共同认知，并且要与人们的共同认知相契合，才能产生含蓄美感的效果。比如王维《杂诗三首》其二：

君自故乡来，

应知故乡事。

来日绮窗前，

寒梅著花未。

可能会疑惑，这首诗算不得含蓄呀，都是直白得不能再直白了。可是我认为这首诗含蓄的意境最明显，含蓄到了极点却又直指人心。王维离开家乡许久了，思念家乡，想念亲人的心情那是不言而明的。这天忽然听说老家来人了，赶忙就问道，你从老家来，必定知道老家的事情。可是接下来王维问出的话却大出意料，既没有询问家里的人怎么样了，也没有打听家里发生了什么事没有，而是突然问出一句“寒梅著花未”，这就耐人寻味了。按照常理，他应当是要问问家人，问问家事的，可是当能够给他解惑的人就站在面前时，他却千言万语淤积于胸，一时间竟不知道从何说起了。恍惚间，喃喃问了一句，窗前的梅花开了没有？这种茫然失措，正体现出他极度思念之下大脑一片空白的状态，正是含蓄的高明。

五六两句，则是对含蓄的理论前提条件进行了总结，即含蓄需要以自然而然为前提条件。就是说，离开了自然，含蓄也将不复存在。

以张潮《江南行》为例：

茨菰叶烂别西湾，

莲子花开人未还。

妾梦不离江上水，

人传郎在凤凰山。

丈夫离家远行，妻子思念久久未归的丈夫。妻子如何思念的呢？“妾梦不离江上水”，因为丈夫是坐船离开的，妻子想起丈夫也只记得他是乘船而去，她并不能想象丈夫的行踪，同时也含蓄地表达了期盼丈夫归来的意思。可是忽然有人告诉她说，他的丈夫已经远在凤凰山了。这反差就大了，妻子在梦里都是梦见丈夫在船上，可实际丈夫却早已经去了凤凰山了。妻子没有见过凤凰山，自然也就无从想象凤凰

山是个什么样子，好了，这往后连梦中看到丈夫都不可能了。一下子平添了万钧悲情，而却仅仅是通过“江上水”和“凤凰山”六个字达成的。丈夫外出不可能永远在船上，所以去了凤凰山是再正常不过。可见，含蓄离不开意韵与情节的自然转折。

最后六句，阐述了实现“含蓄”的途径。“如渌满酒，花时返秋。悠悠空尘，忽忽海沤。”通过美酒的渗出，花朵的含苞待放，空尘与海沤的取其万一即可言及全部，形象具体地讲明了实现“含蓄”的策略途径。

十二　豪放①

【原文】

观花匪禁，吞吐大荒②。由道返气，处得以狂③。

天风浪浪，海山苍苍④。真力弥满，万象在旁⑤。

前招三辰，后引凤凰⑥。晓策六鳌，濯足扶桑⑦。

【注释】

①豪放：豪放是诗歌的一种艺术风格，表现为感情激扬，气魄宏大，属于阳刚之美。本节所说的豪放，有两层意思，一是诗人豪放的内在气质，二是诗人的豪放气质运用于诗歌从而赋予诗歌的肆意洒脱的风格与境界。从这个角度看，作者实际上赞同这样一种观点，诗风源于诗人的气质。诗人有豪放的性格和气质，才有可能创作出豪放风格的诗篇。

②观花匪禁，吞吐大荒：如果可以毫无禁忌地随意观花，那么满腔豪情的气概就足以吞吐八荒之地。禁，即宫禁，《二十四诗品浅解》云："禁，天子所居。禁花，非人之所得观。观花而既非禁，无往而非兴到之处，亦无往而非可观之花，豪孰甚焉。"说得有点绕，大体意思就是，皇宫禁内的花不是随便让看的，如果这个禁忌也没有了，那么人就可以随意观花，从而萌生豪放之气。另有版本作"观化"，《诗品臆说》释"观化匪禁"为"能洞悉造化，而略无滞窒"，意义也通。孟

郊《登科后》:“春风得意马蹄疾,一日看尽长安花”。李白《山中问答》云:“桃花流水窅然去,别有天地非人间。”又有《赠孟浩然》云:“醉月频中圣,迷花不事君。”这些唐诗无不反映了观花激发时人豪放气概的社会现象,故本文以为“观花”更胜。大荒,广阔无际的旷野,此指极为遥远之地。李白《渡荆门送别》:“山随平野尽,江入大荒流。”这两句诗点明了豪放的具象。

③ 由道返气,处得以狂:将内在蓄积的豪放气质与精神运用于诗歌的创作,诗文就能呈现无限张力,潇洒自如狂放不羁。道、气,“道”为体,“气”为用,道是气的源泉和动力。《老子》:“道生一,一生二,二生三,三生万物。”在这里,“道”是诗人充盈于胸的“豪放”气质的精神与涵养。“由道返气”,就是说把内在的豪放气质运用于诗歌的创作,从而使诗歌也具有了豪放的风格。处,是无处无不处,即随时随地之意。狂,狂放不羁。“处得以狂”,《诗品臆说》作“处得易狂”。解云:“以反笔托正意。人处得意之时,便易于狂。”也是一说。这两句诗点明,诗文的豪放风格来于诗人的豪放气质。这与刘勰的观点一致,《文心雕龙·体性》:“各师成心,其异如面。”

④ 天风浪浪(láng láng),海山苍苍:如同长风在高空中呼啸激荡,大海之上的山峰悠远苍茫。浪浪,流动的样子。韩愈《明知赋》:“雨浪浪其不止,云浩浩其常浮。”苍苍,深青色。王延瀚《瀛洲天尊院画壁赞》:“海天苍苍,海波浪浪。岛屿碎破,乾坤开张。指我片壁,坐收八荒。”本节这两句诗,用天风浩荡与海山苍茫来形容豪放雄阔的气势。

⑤ 真力弥满,万象在旁:只要诗人内在真元之气充盈,豪放气概

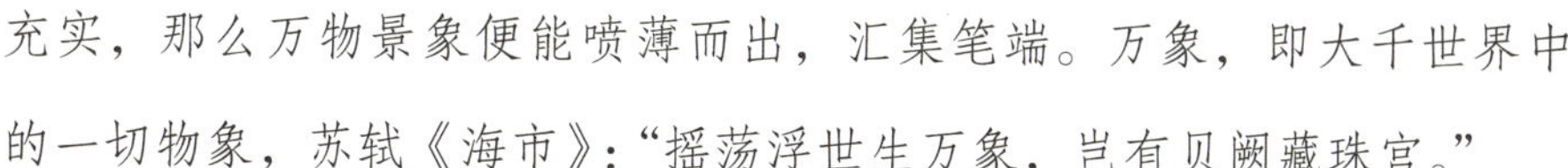

充实，那么万物景象便能喷薄而出，汇集笔端。万象，即大千世界中的一切物象，苏轼《海市》：“摇荡浮世生万象，岂有贝阙藏珠宫。”

⑥ 前招三辰，后引凤凰：（诗人一旦具备了豪放的气质并运用于诗歌创作）诗歌就可以吐纳日月星辰，呼唤凤凰来仪。三辰，即日、月、星。《左传·桓公二年》：“三辰旂旗，昭其明也。”凤凰，即鸾凤。《尚书·益稷》有“箫韶九成，凤凰来仪”之说。

⑦ 晓策六鳌，濯足扶桑：（豪放的诗歌）就像在天将破晓时分驾驭着巨鳌翱翔九天，并在日出时飞越到遥远的扶桑所处的海上，气吞云梦，波撼天地。策，鞭策。六鳌，传说中的海中大龟，《列子·汤问篇》：“龙伯之国有大人一钓而连六鳌。”扶桑，古代神话中的神树，《十洲记》：“扶桑在大海中，树长数千丈，一千余围，两干同根，更相依倚，日所出处。”故以“扶桑”指太阳初升的地方，如陶渊明《闲情赋》：“悲扶桑之曙光，淹灭景而藏明。”濯足，洗脚，这里只是为了表示豪放的气度，并非实意。

【白话译文】

如果可以毫无禁忌地随意观花，那么满腔豪情的气概就足以吞吐八荒之地。将内在蓄积的豪放气质与精神运用于诗歌的创作，诗文就能呈现无限张力，潇洒自如狂放不羁。

如同长风在高空中呼啸激荡，大海之上的山峰悠远苍茫。只要诗人内在真元之气充盈，豪放气概充实，那么万物景象便能喷薄而出，汇集笔端。

（诗人一旦具备了豪放的气质并运用于诗歌创作）诗歌就可以吐纳日月星辰，呼唤凤凰来仪。（豪放的诗歌）就像在天将破晓时分驾驭着巨鳌翱翔九天，并在日出时飞越到遥远的扶桑所处的海上，气吞云梦，波撼天地。

【解读赏析】

“豪放”的艺术风格，表现为气势豪迈、想象瑰丽奇伟，与前节所说的“雄浑”“劲健”一起，均属于阳刚雄壮之美。与“自然”风格不同，豪放风格的诗歌容易使读者血脉偾张，激发出读者豪迈的气概，恢宏的志向，开阔的胸襟，满怀的豪气。

文如其人，诗如其人。诗文的豪迈风格，来自于诗人自身的豪迈气质和性格。杨延芝《诗品浅解》说：“豪迈放纵。豪以内言，放以外言。豪则我有可盖乎世，放则无物可羁乎我。”杨延芝在此将豪、放拆开而论，认为豪是诗人内在的气质与自身性格，放则是诗人将自身的“豪”的气质运用于诗文创作，从而赋予诗人豪放的风格。就是说，诗人广阔的胸怀，奔放的情感，宏大的气魄，高瞻远瞩的气度，赋予了诗歌荡气回肠、风云激变、气吞山河的风格。诗人的“豪”，是诗文“放”的源泉和驱动力。杨延芝的见解与本文《二十四诗品》作者一般无二，“真力弥满，万象在旁”。

本节内容在阐释“豪放”这一诗歌风格时，分为三个层面：

一、诗歌豪放风格的先决条件。

“观花匪禁，吞吐大荒”，开篇两句表明了这样的一种认知，即先有不受禁忌、无所羁绊的精神，才能有气吞山河的豪放气势。如果诗人或词人的精神层面是颓废的、萎靡的，那么就很难想象他的诗歌会有令人血脉偾张的气势。

以柳永的《雨霖铃·寒蝉凄切》为例：

寒蝉凄切，对长亭晚，骤雨初歇。

都门帐饮无绪，留恋处，兰舟催发。

执手相看泪眼，竟无语凝噎。

念去去，千里烟波，暮霭沉沉楚天阔。

多情自古伤离别，更那堪，冷落清秋节！

今宵酒醒何处？杨柳岸，晓风残月。

此去经年，应是良辰好景虚设。

便纵有千种风情，更与何人说？

柳永的用词即便不算最精准，也算是其一了。所以柳永的词读来，总能引起共情。这首《雨霖铃》算是别人给他的命题作文，开头就是“寒蝉凄切，对长亭晚，骤雨初歇”，这一下就奠定全词悲戚的离愁别恨基调。柳永的词大多是这类风格。柳永科考被拒，也就是断了他作为读书人谋生的手段。他曾去祈求同为婉约派词人，当时的宰相晏殊，希望晏殊能照顾他给他哪怕是个毫末小吏，可是晏殊没答应。更为要命的是，这也就断了柳永活着的理想和精神支柱。柳永此后流连于烟花，可以说是在睡梦中等死了，这副心境，如何挥洒出豪放的诗词？同样的，还有南唐后主李煜，国破被囚，心灰意懒，他那首《破阵子》“最是仓皇辞庙日，教坊犹奏别离歌，垂泪对宫娥。”至今读来，仍觉眼热心酸。如何能与辛弃疾的“八百里分麾下炙，五十弦翻塞外声，沙场秋点兵”相比呢（仅仅是心境导致的风格对比，没有谁优谁劣的艺术成就比较）？可见诗人的心境精神、性情性格是诗词豪放风格的源泉和动力。

二、诗歌豪放风格的呈现姿态。

豪放风格的外在呈现，主要表现在雄壮的情感极其充沛，感染力极强；空间上的辽阔与时间上的悠远；驰骋八荒的极高想象力三个方面。以杨慎《临江仙》为例：

滚滚长江东逝水，

浪花淘尽英雄。

是非成败转头空。

青山依旧在，

几度夕阳红。

白发渔樵江渚上，

惯看秋月春风。

一壶浊酒喜相逢。

古今多少事，

都付笑谈中。

杨慎借叙述历史兴亡这一重大严肃的话题，抒发人生乃至自身的感慨。曾经的少年扬名，曾经的高中状元，曾经的朝堂意气风发，曾经自以为的匡扶正义挽救社稷，如今在西南边陲的荒蛮之地，一切都看得开，看得淡了，个人荣辱于这滚滚历史长河又算得了什么呢？这阕词豪放中有含蓄，高亢中有深沉。从当下的长江、青山，想到了逴逴千年历史，从历史又想到了历代更替、忽焉兴衰。全词未确指一人一事，却无所不包无所不含。

三、诗歌豪放风格的创作手法。

在创作手法上，豪放的风格需要借助凸显异于凡俗的物象，表现不受束缚的思想精神，常采用夸张、想象的手法，因而又表现出很强的浪漫主义色彩。如本节所写，吞吐大荒，长风浩空，海山苍茫，驭巨鳌而畅游于天，忽临至东海而濯足。既有雄壮阔远的描写，洒脱飘逸的形象，又有高远的想象。豪气凌空，气吞八荒，无往而不至！

十三 精神[1]

【原文】

欲返不尽，相期与来[2]。明漪绝底，奇花初胎[3]。

青春鹦鹉，杨柳池台[4]。碧山人来，清酒深杯[5]。

生气远出，不着死灰[6]。妙造自然，伊谁与裁[7]。

【注释】

①精神：本节“精神”是指蓬勃生机、盎然意气催动诗歌形成志气饱满、规模宏大、姿态张扬的艺术风格。《诗品臆说》：“人无精神，便如槁木；文无精神，便如死灰。”精神，既独立称为风格一品，又是其他风格所需要的活泼的韵致。如唐齐己《赠孙生》所说：“见君诗自别，君是继诗人。道出千途外，功争一字新。寂寥中影迹，霜雪里精神。待折东堂桂，归来更苦辛。”

②欲返不尽，相期与来：这两句话历来含意模糊，结合本节的主旨与上下文所说内容，可以这样理解，人的精神蓬勃生机生生不息，纵然是想收敛于内，那也是收不尽、藏不完的，它必然会表现在人的言行活动中。返，收敛。期，求。这两句话主要有两种理解：一说是，“欲返不尽”指精神汇集于体内，一旦需要时便有不尽之蕴；“相期与来”指人的外在与内在精神难以分流，心有所期精神就会表现出来，从而呈现为精、气、神的面貌。二说是，人保持其天然本性，与道同

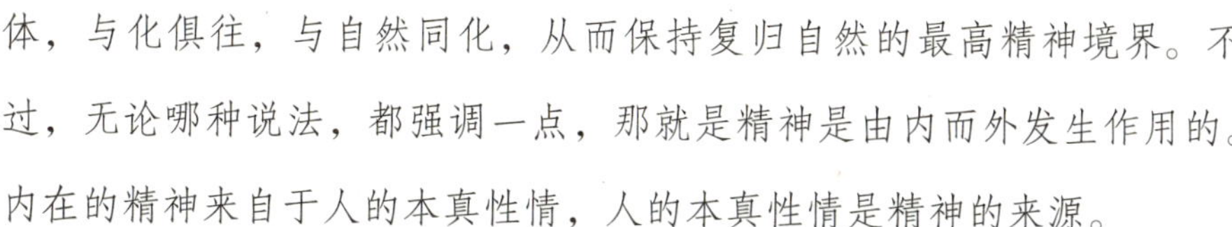

体，与化俱往，与自然同化，从而保持复归自然的最高精神境界。不过，无论哪种说法，都强调一点，那就是精神是由内而外发生作用的。内在的精神来自于人的本真性情，人的本真性情是精神的来源。

③ 明漪绝底，奇花初胎：这两句比喻精神澄明如同清澈见底的泉水，如同含苞待放的花苞。漪，水纹。绝底：透底。初胎：花刚开始孕起蓓蕾，喻指生机盎然、光明盛大之貌。奇花：珍贵罕见的花。梁启超《少年中国说》："奇花初胎，矞矞皇皇。"本节这两句，意在为前两句"欲返不尽，相期与来"进行具象刻画，精神就如同清澈见底的明朗，就如同含苞待放的生机。

④ 青春鹦鹉，杨柳池台：鹦鹉在阳春清爽中欢愉雀跃，绿色的杨柳掩映着池塘亭台，一派盎然生机。青春，阳春。

⑤ 碧山人来，清酒深杯：闲居青山的隐士前来，我们酌饮清酒，惬意淋漓。碧山，隐居之深山。李白《山中问答》："问余何意栖碧山，笑而不答心自闲。桃花流水窅然去，别有天地非人间。"清酒深杯，指以酒待宾相对酌饮。深杯，是指隐士与自己互为知己，喝酒也就尽情忘乎所以。李清照《蝶恋花·晚止昌乐馆寄姊妹》："惜别伤离方寸乱，忘了临行，酒盏深和浅。好把音书凭过雁，东莱不似蓬莱远。"

⑥ 生气远出，不着死灰：蓬勃生长的活力盎然张扬，不沾染一丁点暮气。生气，蓬勃生长的活力。死灰，此指毫无精神，暮气沉沉。

⑦ 妙造自然，伊谁与裁：文思顺乎自然而达到刻意雕琢无法企及的妙境，呀，这是谁制作的呢（意即非人工所能制作的）？妙，指文思而言。造，达到。伊、与：语助词。裁：裁度。

【白话译文】

人的精神蓬勃生机生生不息，纵然是想收敛于内，那也是收不尽、藏不完的，它必然会表现在人的言行活动中。精神澄明如同清澈见底的泉水，如同含苞待放的花苞。

鹦鹉在阳春清爽中欢愉雀跃，绿色的杨柳掩映着池塘亭台，一派盎然生机。闲居青山的隐士前来，我们酌饮清酒，惬意淋漓。

蓬勃生长的活力盎然张扬，不沾染一丁点暮气。文思顺乎自然而达到刻意雕琢无法企及的妙境，呀，这是谁制作的呢?

【解读赏析】

本节所说“精神”，作为一种艺术风格，其实用精气神来形容更为恰当。因为精神的风格是呈现出一副生气。正如清代孙联奎所说，人没有精神，就如同槁木；文章没有精神，就如同死灰。可见，精神并不能单纯理解向上的意气，不屈的斗志，焕发的容貌等，其实精神更

是一种灵动的生气，如同“倚门回首，却把青梅嗅”。

关于这一点，本节内容也给出了具象的描述，如同清泉见底的明澈澄明，如同含苞待放的花苞那般饱满、生机盎然。反映到诗文创作上，就是要求诗文要写得清明，要写得饱满，要写出生机，要写出旺盛的生命力。紧接着，本节内容就渲染了精神风格之美：鹦鹉欢畅于阳春万物复苏的和煦中，万般惬意；翠绿的杨柳柔条纷纷，绿荫之中池塘上的亭台隐约可见，一派明媚动人、清丽多姿的生机；就连闲居青山的隐士也来了，我们对酌清酒，酣畅淋漓，谁也不知道哪个多喝了，哪个少喝了。对比明快的形象塑造，姿态优美的语言运用，丰富的想象力，构成了“生气”的最主要元素。

如乐府诗《上邪》：

上邪！

我欲与君相知，

长命无绝衰。

山无陵，

江水为竭，

冬雷震震，

夏雨雪，

天地合，

乃敢与君绝。

这首古诗以一个坚贞的女子的口吻，喊出了矢志不渝的爱情观。海枯石烂都不足以表示她的决心，她一连列举数种自然界中不可能出现的现象，山无陵，江水为竭，冬雷震震，夏雨雪，天地合。也就是说，要想让她背叛爱情，除非高山被削平，江河水干涸，冬天打雷，夏天下雪，天和地合在一起。女主人公不说自己是否如何，而是先把不可能发生的自然现象明确地列为条件，这就凸显出了她的生气。同时，她也发挥了无限的想象力，她所列举的一桩桩都难以思议。最后，在语言上，也体现了优美的风格，开篇三句笔势突兀，就已然气势不凡，既道明了她性情炽烈，又透出难以压迫的怒火。接下来的六句，一气呵成的明快，宛若听到了女子清晰急促的鼻息，短促激越，跌宕铿锵，几欲使人窒息。

从创作手法上来说，怎样才能写得有“精神”呢？本节作者也提出创作的方法，那就是力求自然和生动，“妙造自然，伊谁与裁”。只要有真思想、真感情。诗文感人，源于诗人灌注其中的真情实感，至情至性才能使作品精神焕发。生动则是保持清新、自然，充满生气。

如苏轼的《临江仙·送钱穆父》：

一别都门三改火，

天涯踏尽红尘。

依然一笑作春温。

无波真古井，

有节是秋筠。

惆怅孤帆连夜发，

送行淡月微云。

尊前不用翠眉颦。

人生如逆旅，

我亦是行人。

与老友一别就是三年，各自身不由己游走于这人世间。相逢没有离愁别怨，彼此微微一笑，心意如古井无波的沉稳，如秋竹的高洁，一切都化作春风。刚刚见面就又要分离了。弹琴伴乐的歌姬啊，你不必面带愁容，人生本就像路上的行者，我又何尝不是呢？

这是一首赠别词。以前的送别诗词，或者缠绵感伤（寒蝉凄切，对长亭晚，骤雨初歇），或者哀怨愁苦（鸿雁不堪愁里听，云山况是客中过），或者慷慨悲凉（昔时人已没，今日水犹寒），苏轼却一扫这些或多或少的悲情格调，换之以旷达洒脱，无论叙事还是抒情，情韵不失的同时暗含豁达的哲理。

从欣赏的角度看，“精神”的风格具有什么特性呢？“生气远出，不着死灰”，可以说这一句是本节内容的文眼。生气，也就是活力、生命力，既是精神的基础源泉，又是精神的外在表现。《履园丛话·谭诗》：“诗文家俱有三足：言理足、意足、气足也。盖理足则精神，意足则蕴藉，气足则生动。理与意皆辅气而行，故尤必以气为主，有气即生，无气则死。”也就是说，钱泳认为诗文以赋予其勃勃生机的精神最为重要，缺了精神，诗文就如同死灰。这是与本节内容观点一致的。

“妙造自然，伊谁与裁”，这是精神风格的第二个特性。本节所给出的提示就是，万事万物皆依赖自然而存在，皆依据自然而运行，唯有达到与自然同化才是至高的妙境，方有巧夺天工的美感。虽然有人对这两句颇有微词，如罗仲鼎就说，在说道如何把握精神这种风格的时候，作者明显力不从心了，故意搞出两句似是而非的“妙造自然，伊谁与裁”。罗仲鼎认为这是作者受老庄思想的影响，他认为老庄认可自然的客观存在，但是却否定人之于自然的能动性（这一点罗仲鼎是一语中的，老庄思想的确存在这一点，如果说老子是在回避，那么庄

子就是在逃避了。老庄在认识自然的同时，也认为人作用于自然的活动毫无意义。不知道是因为这样，老庄思想才避世退缩，还是因为本身的避世退缩而衍生出这样的认识论）。其实，纵观整篇《二十四诗品》全貌，的确也有众说纷纭的歧义语段。我个人也认为罗仲鼎的观点值得重视，否则一味在道家“玄之又玄”上打转转，难免步入六朝“玄言诗”的窠臼。

诗文之于人，耳目一新即是精神，为之一振即是精神，意气风发即是精神，蹙眉哀婉即是精神，清新激越即是精神，何必拘囿于是否必须由道家思想来解读呢？

赵嘏“残星几点雁横塞，长笛一声人倚楼”，虽是偶得佳句，却也配得上“赵倚楼”。宋祁因“红杏枝头春意闹”，得配“红杏尚书”。王勃“落霞与孤鹜齐飞，秋水共长天一色”，惊为天人。上述均堪称精神之作，精、气、神无一或缺！

十四　缜密[1]

【原文】

是有真迹，如不可知[2]。意象欲生，造化已奇[3]。

水流花开，清露未晞[4]。要路愈远，幽行为迟[5]。

语不欲犯，思不欲痴[6]。犹春于绿，明月雪时[7]。

【注释】

①缜密：本节缜密的风格包括两层意思，一是行文措辞的精准、严谨，二是行文逻辑的细致、严密。前者是就物象的如实观照来说的，后者则是就物象潜在的运行规律来说的。诗文，意即人对物象的整理消化后形成的意象的呈现，因而诗文也必须要缜密。《礼记·聘义》：“缜密以栗，知也。”郑玄注：“缜，致也。”《南史·孔休源传》：“累居显职，性缜密，未尝言禁中事。”这里说人的性格，为人谨慎，不逾过。罗大经《鹤林玉露》卷十六：“子美（杜甫）寄太白（李白）云：‘何时一樽酒，重与细论文？’细之一辞，讥其欠缜密也。”金农《张二丈以白苧见遗感作十韵》：“其长四丈阔尺五，缜密何减冰蚕丝。”朱光潜《艺文杂谈·选择与安排》：“思想如果谨严，条理自然缜密。”这三处则是就文艺作品的风格而言了。

②是有真迹，如不可知：缜密这种艺术风格的确有迹可循，只是难以把握。是有，的确有。真，指万物自身具备的发展规律，此指缜

密风格的自有规律。不可知，难以把握。此处“是有”与十一节“含蓄”中的“是有真宰”之“是有”同义，《庄子·齐物论》：“若有真宰，而特不得其眹。（仿佛有真宰，却又难觅端倪）”

③意象欲生，造化已奇：当先前的意象已然形成即将落之于笔端之际，外在的物象却又发生了变化，那么创作的意象就要随之做出相应的变化。造化，即自然万物。奇，变化。《文心雕龙·神思》：“是以陶钧文思，贵在虚静，疏瀹五藏……独照之匠，窥意象而运斤。”就是说，酝酿文思要虚心平静，消除自己的成见……有独到见解的工匠，都是根据意象来进行创作的。可见，意象就是经过作者的认知、情感思维的重塑，运思构成的外在物象的映射，即称为意象，意象受历史和文化的影响，也受诗人自身学识、见识、性格等因素影响。比如，龙在东方文化里有较好的形象，在西方则往往是恶魔；有人哀伤于春天的落花，秋日的落叶，有人则欣赏春天的盎然，秋日的收获。

④水流花开，清露未晞（xī）：缜密的诗风，犹如花朵在春风化水中自然绽放，如清晨花瓣上未干的露珠。晞，干。这两句是对“意象欲生，造化已奇”具象描述，春风化水，温度和水分的滋养正合适，花就自然而然地开放了。清晨太阳还没有升起，花叶之上的露珠自然也就没有蒸发。这是强调，意象一定是对物象的如实观照，否则就不是缜密，要么是意象对物象的背离，要么是意象之于物象的疏忽。

⑤要路愈远，幽行为迟：诗文主旨展开得越深远，越应该如同在曲折的小路上缓慢行走那般谨慎。要路，必经之路，此指诗文的主旨。孟郊《立德新居》：“胜引即纡道，幽行岂通衢。”幽行，即幽步，在曲折小路上行走。迟，迟滞、缓慢。

⑥语不欲犯，思不欲痴：言语词藻不可相互抵牾，文理思路不可陷入呆滞。犯，此处应是上下文相互抵牾之意。《文心雕龙·练字》：“重出者，同字相犯者也。《诗》《骚》适会，而近世忌同，若两字俱要，则宁在相犯。”一个字在句中重复使用，就是重出，当时的人以重出是诗文大忌。刘勰在这里强调的是，如果重复使用的字是行文所必需的，那就宁可犯所谓的忌讳也要使用。本文作者纵然不是司空图，但也应是唐后期乃至宋时期的人所作无疑，其时，无论“蜀江水碧蜀山青”，抑或是“寻寻觅觅，冷冷清清，凄凄惨惨戚戚”，本书作者断无不知之理，也就不会反对刘勰的观点。再结合本节所说“缜密”，故而此处的“犯”字，应是相互抵牾之意，而非字词重复使用之意。痴，呆滞。

⑦犹春于绿，明月雪时：犹如春天之于绿色，明月之于白雪。本节后两句，旨在阐释缜密

有内在的逻辑，诗文应当浑然一体，相互和谐，缜密无暇。如冬去春来，万物萌发，绿意盎然就是必然的了；同样，明月皎洁，下有白雪，相互映衬，月光更明，白雪更亮，也就是必然的了。

【白话译文】

缜密这种艺术风格的确有迹可循，只是难以把握。当先前的意象已然形成即将落之于笔端之际，外在的物象却又发生了变化，那么创作的意象就要随之做出相应的变化。

缜密的诗风，犹如花朵在春风化水中自然绽放，如清晨花瓣上未干的露珠。诗文主旨展开得越深远，越应该如同在曲折的小路上缓慢行走那般谨慎。

言语词藻不可相互抵牾，文理思路不可陷入呆滞。犹如春天之于绿色，明月之于白雪。

【解读赏析】

缜密是一种与粗疏相对的艺术风格，讲求周密而不着痕迹，从而创作出生动逼真的艺术形象。正如本节注中所说，缜密的风格包括两层意思，一是行文措辞的精准、严谨，二是行文逻辑的细致、严密。前者是就物象的如实观照来说的，后者则是就物象潜在的运行规律来说的。诗文，意即人对物象的整理消化后形成的意象的呈现，因而诗文也必须要缜密。

诗文缜密的风格需要注意哪些问题呢？其实这也是本节内容开篇四句所要阐释的，简单来说，就是主旨脉络要清晰，文理构思要流畅无碍。下笔之前的所有准备，只是为了让自己的意象更合乎物象而已。否则，只是懵懵懂懂执念于自己并不精确的意象，那就是闭门造车了。

张国庆《〈二十四诗品〉的诗歌美学》之“缜密”中说：“诗人心中的意象正在形成，正在欲吐未吐之际，笔下的表现与变化却已然生发铺展开去了，这是一种高妙的自由的艺术创作状态。”张国庆所说的“自由创作状态”，大概就是创作过程中的灵光一现吧，构思之时并没有想到、而下笔之时突然萌生，于是喜得佳句。这种情况是有的，但这种见解与本节所说“缜密”并不吻合。“意象欲生，造化已奇”，显然是在强调意象要与变化了的物象相统一，而并非灵光一现的锦上添花。有过创作经验的人都知道，在构思框架的时候，虽然尽力思考周全，可是真正动笔的时候就会发现，仍有缺失乃至背离的地方，这个时候就要停下来重新构思补充，这就是“造化已奇”的正解。

那么缜密的风格有什么鲜明特点呢？缜密风格的最明显特点就是，所创造出来的艺术形象都是异常自然生动、惟妙惟肖的。犹如自然流动之水，逢时即开之花，清晨未干之露珠，无不是随着自然造化的变化而变化的水到渠成，无不是鸿雁经天后的了无痕迹，无需借用外力来维持它的发展。这也就是“是有真迹”的含义。《诗品臆说》：“水之流，花之开，露之未晞，皆造化之所为也。”孙联奎这句话强调的就是自然的变化趋势。

水流花开，同时还蕴含了这样的逻辑：春暖化水，才有水的流动；水流滋润根茎，才有花的绽放。由是，春有花开，秋有晨露，都是自然造化的安排，正是这样的安排才滋生了世间万物。人的意象取于万物具象，岂能不遵循自然造化缜密的风格？而正是文学作品的创作遵循了缜密的风格，合乎了人们对于物象特质的认知，所塑造的形象才鲜明、生动。以《诗经·豳风·七月》（节选）为例：

五月斯螽（又名螽斯，蝗类昆虫，以多产闻名）动股，

六月莎鸡（即纺织娘，昆虫名）振羽，

七月在野（田野），

八月在宇（屋檐下），

九月在户（屋内），

十月蟋蟀入我床下。

夏历的五月已是夏日，螽斯开始肆意鸣叫，六月莎鸡抖动着翅膀开始发声，蟋蟀七月还在野地里，八月便偎依在屋檐下了，到了九月便进入了屋内，十月更是直接钻入了床下。诗中关于螽斯、莎鸡发声求情，和蟋蟀由野入户的描写，就是与它们在不同季节的行为吻合，无需多少高深的知识，普通人读来便已心神领会。这就是诗文作者对艺术形象刻画生动鲜明的功劳。

同时，还有一个问题需要注意，缜密与繁密的区别。如果把缜密比作写意，重在追求神似，那么繁密就是写实了，所求在形真。缜密并非要事无巨细一一呈现，而是强调形象的准确和规律的严密。以温庭筠《新添声杨柳枝词二首》为例：

其一

一尺深红蒙曲尘，天生旧物不如新。

合欢桃核终堪恨，里许元来别有人。

其二

井底点灯深烛伊，共郎长行莫围棋。

玲珑骰子安红豆，入骨相思知不知？

新婚时的红盖头如今蒙尘已然淡黄了，呀，还真是旧不如新啊。

本来情坚意真如今也生了嫌隙，原来心里有了他人。井底下点灯，我深情相告：真想与你相随长行，你可万万莫误了归期。玲珑骰子上面的颗颗红豆深嵌骰子体内，真是相思入骨呀，你可知道？

据说温庭筠面目丑陋，小诗却如此清新，真是人不可貌相。这两首诗运用了大量实物虚写，如深红、核桃、人（仁）、灯、长行（棋类游戏）、围棋（谐音违期）、骰子、红豆，既有哀怨，又有规劝，还有深情表达，真实地反映了那个年代妇人之于丈夫的依恋。正是因为文理不谬的缜密，使得全诗读来含蓄哀婉而不失情趣。其中，“井底点灯深烛伊”一句，看似突兀，说着说着怎么一下冒出一个井底点灯呢？就是为了凑一个“深嘱（谐音深烛）”谐音吗？仔细想来，却又合情合理，恰恰是表现了妇人情感的细腻。这种类似于我们今天歇后语的句法，反而更合乎妇人的实情。这就是缜密，语言合乎身份，如若用今天女子的话语来说，反而突兀，如同穿越，难以合拍。

十五　疏野①

【原文】

惟性所宅，真取弗羁②。拾物自富，与率为期③。

筑室松下，脱帽看诗④。但知旦暮，不辨何时⑤。

倘然适意，岂必有为⑥。若其天放，如是得之⑦。

【注释】

① 疏野：本用于形容人的性格，指不拘囿于成法规范，无拘无束，洒脱自在。本节用以形容诗篇风格，则是说诗文自然舒展、不求雕饰，呈现脱略、率真的美感的一种风格。白居易《答裴相公乞鹤》诗："不知疏野性，解爱凤池无？"苏舜钦《诏狱中怀蓝田高先生》诗："自嗟疏野性，不晓世涂艰。"白居易、苏舜钦诗中"疏野"，即是放纵不拘之意。皎然《诗式》"曩者尝与诸公论康乐为文，直于情性，尚于作用，不顾词彩，而风流自然……诫：检束防闲曰诫。闲：情性疏野曰闲。"皎然所说，疏野则又有风流自然、闲情逸致的脱略、率真。《诗品臆说》："疏野谓率真也。陶元亮一生率真，至以葛巾漉酒，已复著之。故其诗亦无一字不真。篇中性字、真字、天字及率字、若字，无非是率真二字。率真者，不雕不琢，专写性灵者也。"孙联奎在此也以疏野为率真，即疏野源于真性，且不可有一时之或缺。

② 惟性所宅，真取弗羁：本色而真实的性情在胸，则连缀用字就

可以随意自然无所羁绊。性，即真性，人天赋而具有的本色、真实的性情。宅，即居处，《说文》段注："凡物所安皆曰宅。"此指真性存在于心之意。弗羁，无拘束。这两句点明了，疏野的根基在于真情。

③ 拾物自富，与率为期：与率性相期而行，遣词造句无需刻意强为，随心采撷即可充实丰盈。拾物：一本作"控物"。拾：收取、采取，此指行文用词的采撷。自富：自足。率：直率、率真。期：期望。

④ 筑室松下，脱帽看诗：如同在松树下面筑室而居那般洒脱不拘，脱下帽子悠然读诗那般脱略率性。筑室松下，贾岛《寻隐者不遇》诗："松下问童子，言师采药去。"梅尧臣《对雪忆往岁钱塘西湖访林逋》诗之一："折竹压篱曾碍过，却穿松下到茅庐。"此处筑室松下二句是要体现隐逸之士的无所羁绊、随遇而安的洒脱。脱帽，形容脱略而自然率性的意境。

⑤ 但知旦暮，不辨何时：只知道太阳升起又落下，日复一日，至于今世何世早已忘却了。这两句意在说明超然物外之姿。《桃花源记》："阡陌交通，鸡犬相闻……问今是何世，乃不知有汉，无论魏晋。"时，指朝代纪年。

⑥ 倘然适意，岂必有为：只要称心合意就好，何必非要有什么目的呢？适意，称心合意。有为，有所企求。"适意"一说，自五代、北宋以来，成为艺术家追求的境界。

⑦ 若其天放，如是得之：若能持有如自然无拘放任的率真，就能领悟疏野的真意。天，自然造化。放，放任不拘。得之，意为得到疏野的真意。

【白话译文】

本色而真实的性情在胸，则连缀用字就可以随意自然无所羁绊。与率性相期而行，遣词造句无需刻意强为，随心采撷即可充实丰盈。

如同在松树下面筑室而居那般洒脱不拘，脱下帽子悠然读诗那般脱略率性。超然物外，只知道太阳升起又落下，日复一日，至于今世何世早已忘却了。

只要称心合意就好，何必非要有什么目的呢？只要能持有如自然无拘放任的率真，就能领悟疏野的真意。

【解读赏析】

“疏野”作为一种艺术风格，“疏”字好理解，有适意之意。“野”字所代表的率真性情，并非一直得到推崇，因为这份率真性情当中总

包含了对现有规范的野性突破，就好比说一个人有草莽之气。上篇《诗品》左思一节中，钟嵘以左思浅于陆机，刘熙载就说："《诗品》中有"疏野"一品。若钟仲伟谓左太冲"野于陆机"，野乃不美之辞。然太冲是豪放，非野也，观《咏史》可见。"即便钟嵘将左思列为一品，刘熙载还是因为一个"野"字为左思抱不平，不信的话，你就看看左思的《咏史》诗，一副要吵架的姿态。这说明，虽然刘熙载跟钟嵘意见有抵牾，可是"野乃不美之辞"这一点上，两人是意见统一的，所以刘熙载说左思不"野"，而是"豪放"。可是没有丝毫的狂野血性，哪里来的豪放不羁呢？要知道草莽也有雄杰，且越是现有规范内陷不思进取之时，草莽愈发凸显英雄本色。如刘邦《大风歌》"大风起兮云飞扬。威加海内兮归故乡。安得猛士兮守四方！"

对于"野"的认识，当追溯到先秦文学才能还原出来。先秦之时，乃至汉代的经学，文学并没有从经和史中独立出来，而是与哲学思想、史料典籍揉杂在一起，从而使文学担负了教化的功能。既然文学担负了教化的功能，孔子所说的"质胜文则野，文胜质则史，文质彬彬，然后君子"也就不奇怪了。人反躬自省于内，循礼施行于外，粗俗鄙野自然不受喜欢，因为这违背了"礼"的规范和秩序，在具体行为上缺乏美感。当然，这种认识也并非没有道理，否则今天依然在施行的秩序、规范就讲不通了。而且孔子还说"君子之于天下也，无适也，无莫也，义之与比"，孔子是为人的思想和行为留下了变通的可能。可是随着儒家思想的内陷，这种可能性越来越小以至消失不见了。经过宋代理学的荡涤，儒家思想既缺乏前进的勇气，又缺乏包容的宽和，从而陷入非此即彼的一元论。在这种情况下，无论是人性之"野"，抑或文艺风格之“野”，也就与规范和秩序越发格格不入了。

正是要破除这种没有格局的审美观，本文作者提出了“疏野”的创作风格和审美观感。其实，在南北朝时，就已经有了这样的反思，梁太子萧统在《文选》中评论陶渊明：“其文章不群，辞彩精拔；跌宕昭章，独起众类，抑扬爽朗，莫之与京。”唐代许多大诗人对陶渊明都心仪不已，李白《戏赠郑溧阳》诗中说：“何时到栗里（栗里为陶渊明故乡），一见平生亲。”杜甫《江上值水如海势聊短述》诗中也说：“焉得思如陶谢手，令渠述作与同游。”皎然《诗式》中更是认为：“诗不假修饰，任其丑朴，但风韵正、天真全，即名上等。”就是说文词粗野，但韵味工、不失率真，就是好作品。梅尧臣《以近诗赘尚书晏相公忽有酬赠之什称之甚过不敢辄有所叙谨依韵缀前日坐末教诲之言以和》：“尝记论诗语，辞卑名亦沦。宁从陶令野，不取孟郊新。”可以说，正是有这样的反思存在，才形成了唐诗与宋词的两座巅峰。在这个过程中，陈子昂起到了很大的作用，他反对龙朔前后的宫廷诗风，转变了初唐时期的诗文风格，使唐诗彻底摆脱了齐梁颓靡诗风的影响和束缚，为唐诗的健康发展奠定了基调。以他的《度荆门望楚》为例，即可见一斑：

遥遥去巫峡，望望下章台。

巴国山川尽，荆门烟雾开。

城分苍野外，树断白云隈。

今日狂歌客，谁知入楚来。

前面梳理了“野”作为文学美感的逐渐被接受的过程。那么，疏野作为一种艺术风格，它的核心，或者说它的特质是什么呢？可以用四个词语来概括：率真性情，脱略疏宕，不求雕饰，乡野气息。开篇四句即强调一种放任自然，即可拾物自富。这是疏野风格最基本的核心，也是其最基本的特征。《诗品臆说》所说的“惟有真性，故有真情；有真情，故有真诗”，也正是这个意思。

“惟性所宅”的性，在古典思想中各派说法比较统一，都认为是天性。如《中庸》：“天命之谓性，率性之谓道。”《庄子·骈拇》：“骈拇枝指出乎性哉，而侈于德。”用朱熹的话说就是，“人之所得乎天，而虚灵不昧，以具众理而应万事者也。”只不过儒家是入世的学问，所以用“性”来教化民众，因而也就带有了“守礼”的含义，不论孟子的性善，还是荀子的性恶，都是这样。而道家是避世自安的学问，所以用“性”来寻求个体的心安之所，没有了对社会层面的探索，因而也就具有了洒脱不羁的倾向。

“疏野”风格的外在表现又如何呢？中间四句就具体描绘了“疏野”的外在表现：在山野松下，筑屋自居，并且看书也是非常休闲自在，这体现出脱略形迹、不拘礼法、随遇而安的适意与雅趣。日出则昼，日落则暮，适意即可，何必执念于有所追求呢？通过塑造这种峻拔超俗而又恬淡自安的人物形象，来体现疏野的诗歌风格。于人而言，失去了率真，也就失去了这份疏野的生活方式；于诗而言，失去了率真，则就失去了疏野的风格。

本节最后四句，作者继续在这个具有“疏野”性格的人物身上寄托自己的理想：放任自由的天性，悠然度过眼下的每一天，何必让礼法规矩来约束自己呢？

十六　清奇①

【原文】

娟娟群松，下有漪流②。晴雪满汀，隔溪渔舟③。

可人如玉，步屧寻幽④。载瞻载止，空碧悠悠⑤。

神出古异，淡不可收⑥。如月之曙，如气之秋⑦。

【注释】

①清奇：清奇是一种清丽峭拔、卓越超俗的艺术风格。清奇二字中，以“清”为主，以“奇”辅助。就是说，“清”是清奇风格的基调，“奇”则是“清”的雅度，意即清丽峭拔要到不同凡俗的程度。

②娟娟群松，下有漪流：秀丽的松林峭拔高耸，随风起伏，泛着微波的溪流在树下悄无声息地流淌。娟娟，娟美秀丽，曲美动人。娟娟群松，此指松林峭拔高耸的姿态和随风起伏的飘逸。杜甫《寄韩谏议注》诗：“美人娟娟隔秋水，濯足洞庭望八荒。”又《小寒食舟中作》诗：“娟娟戏蝶过闲幔，片片轻鸥下急湍。”漪流，微波起伏的清澈流水。

③晴雪满汀，隔溪渔舟：雪后晴空下的水中汀洲旁，停泊着一叶渔舟。下雪不冷化雪冷，雪后晴空极显寒冽清冷气息。隔溪望去，竟然还有一叶扁舟，是为奇也。“晴雪满汀”一句，他本作“晴雪满竹”“晴雪满行”。

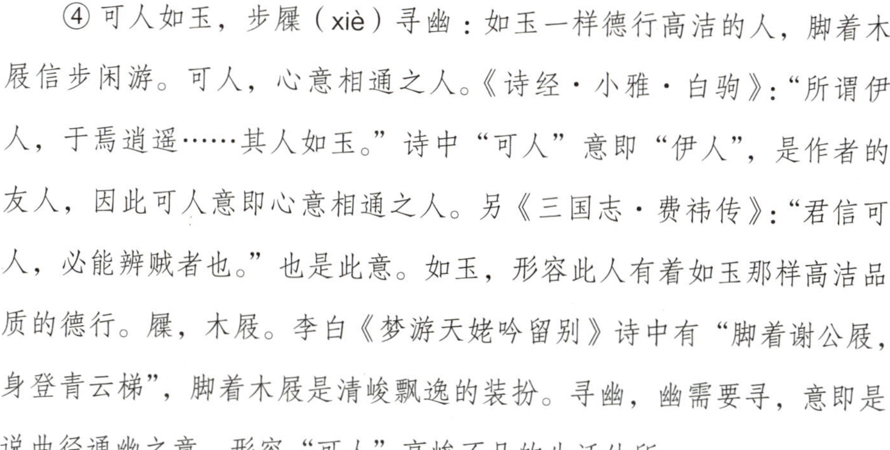

④ 可人如玉，步屧（xiè）寻幽：如玉一样德行高洁的人，脚着木屐信步闲游。可人，心意相通之人。《诗经·小雅·白驹》：“所谓伊人，于焉逍遥……其人如玉。”诗中“可人”意即“伊人”，是作者的友人，因此可人意即心意相通之人。另《三国志·费祎传》：“君信可人，必能辨贼者也。”也是此意。如玉，形容此人有着如玉那样高洁品质的德行。屧，木屐。李白《梦游天姥吟留别》诗中有“脚着谢公屐，身登青云梯”，脚着木屐是清峻飘逸的装扮。寻幽，幽需要寻，意即是说曲径通幽之意，形容“可人”高峻不凡的生活处所。

⑤ 载瞻载止，空碧悠悠：他边走边看，走走停停，惬意地眺望着悠远无际的碧空。载瞻，第七节“洗炼”中“载瞻星辰”的“载瞻”同义。载，助词，无实意。

⑥ 神出古异，淡不可收：他的神情古朴奇异，清峻淡远的气息浩浩不息。这两句是渲染“可人”的崖岸高峻，绝世独立。李伯元《南亭笔记》“其人衣冠古朴”是描述穿着，此处“古异”是形容神色，都是以点概面凸显人的清峻卓异。淡，即淡泊自甘之意。《庄子·山水》：“且君子之交淡若水，小人之交甘若醴。”

⑦ 如月之曙，如气之秋：如破晓曙光时分的清月，如秋后季节早晚清爽的寒气。李白《秋风词》：“秋风清，秋月明。”秋风清冷，秋月清寒，勾画出清、明的气象。

【白话译文】

秀丽的松林峭拔高耸，随风起伏，泛着微波的溪流在树下悄无声息地流淌。雪后晴空下的水中汀洲旁，停泊着一叶渔舟。

如玉一样德行高洁的人，脚着木屐信步闲游。他边走边看，走走停停，惬意地眺望着悠远无际的碧空。

他的神情古朴奇异，清峻淡远的气息浩浩不息：如破晓时分的清月，如秋后季节早晚清爽的寒气。

【解读赏析】

本节清奇虽是一种艺术风格，但清奇还是一种意境。比如，同样是鸡鸣、月亮，“鸡声茅店月，人迹板桥霜”，与“三声唤出扶桑日，扫尽残星与晓月”，哪一句更有意境呢？再比如，同样表达胸有大志而不被用的心情，“拣尽寒枝不肯栖，寂寞沙洲冷”，与“前不见古人，后不见来者”两句相较又如何呢？可见，清奇实际是意境范畴上的艺术风格。这一点，喜欢创作和酷爱诗歌的读者应当意识到。

清奇作为一种艺术风格，是与流俗平庸相对立，而与第五节“高古”风格相近。孙联奎《诗品臆说》：“清对俗浊言，奇对平庸言。”杨

廷芝《二十四诗品浅解》注解，清为清洁，奇为奇异。故而，与前节“纤秾”“绮丽”相比，如果说“纤秾”“绮丽”重于行文词藻的华丽与艳丽，那么清奇则重于意境上的清丽。与“高古”及后面二十二节“飘逸”相比，高古源于质朴，飘逸源于自然，而清奇隐含质朴与自然的认知与践行，保持特立独行姿态的冷酷。特别是有别于飘逸一品，作者所塑造的“可人”，“步屧寻幽”“载瞻载止，空碧悠悠”“神出古异”，像极了飘逸，可是毕竟“可人”并不欲乘鹤而去化羽为仙，他只是远离世俗而独处，保持己见而独立。罗仲鼎《二十四诗品》一书中说，清奇风格有别于“高古”一品的“窅然空踪”的“畸人”，有别于“飘逸”一品中“泛彼无垠”的“高人”。

清奇既然与流俗平庸相对立而出现，那就说明流俗平庸的风格是曾经流行过的，这就引出清奇诗风出现的历史背景。下文逐一分析。

清奇与高古两种风格有什么相同与差别呢？清奇与高古两种风格相较，高古重于高峻古朴的神往，如“畸人乘真，手把芙蓉”“太华夜碧，人闻清钟”，无不是飘飘欲仙之态。而清奇则既有高峻古朴的神，如“神出古异，淡不可收”，又有卓绝迥异的形，如“步屧寻幽”“空碧悠悠”，形神相合方是清奇。

本节开篇前四句即是描绘清奇风格特点之一，高峻清丽：松林青翠峭拔，松涛波澜，起伏绵延。下有清澈的溪流，潺潺流淌。雪后初霁，碧空清冽，原野苍茫。眺望远处溪水汇集之处，汀洲之畔，一条渔舟，卧雪垂钓。这四句极力渲染了一帧高峻、清丽的画幅。这也是清奇风格的外在表现之一，陶渊明《闲情赋》中说“淡柔情于俗内，负雅志于高云”，就是这样一种意境，凌波仙子而不食人间烟火。高峻清丽的渲染，意在表达不合于俗的观念。以王维《山居秋暝》为例：

空山新雨后，天气晚来秋。

明月松间照，清泉石上流。

竹喧归浣女，莲动下渔舟。

随意春芳歇，王孙自可留。

秋雨后的山谷空旷清新，傍晚的天气清凉而爽心。月挂枝头，映照着幽静的松林，清澈的泉水宛若流淌在洁净的山石上。远处竹林中传来浣洗少女归来的嬉笑声，她们驾动着小舟在荷叶间穿行而过。既然春日的芳菲已经过去，那就无需留恋了，我自沉醉于这清新深幽的秋山里吧。如果说，王维这首诗的最后两句表达了无意官场、决意归隐的主旨，那么前面四句则是刻画了诗人所向往的归隐之所。秋雨、秋凉、明月、清泉，构成了如同本节前四句一般无二的清奇之境：高峻清丽，绝于凡俗。

清奇是对平庸的抗争。需要注意的是，这份清冷虽是诗人己心向往，却已然带有不睹而至眼前，不闻而入心间的伤感。这样的伤感，既是诗文风格所传递的，也是潜伏其中的诗人与流俗之见、平庸生命抗争的投射。本节中间四句，内质如玉，脚着木屐，眺望远空，既有适意，却也怊怅。适意是宁愿坚持而不屈，怊怅是志向难伸而悲怆。以柳宗元《江雪》为例：

千山鸟飞绝，万径人踪灭。

孤舟蓑笠翁，独钓寒江雪。

四句无言二十字，诗人刻画出一幅幽寂清寒的画面：群山之巅，已经看不到飞鸟的身影，路途之上，已经看不到行人的踪迹。在白雪

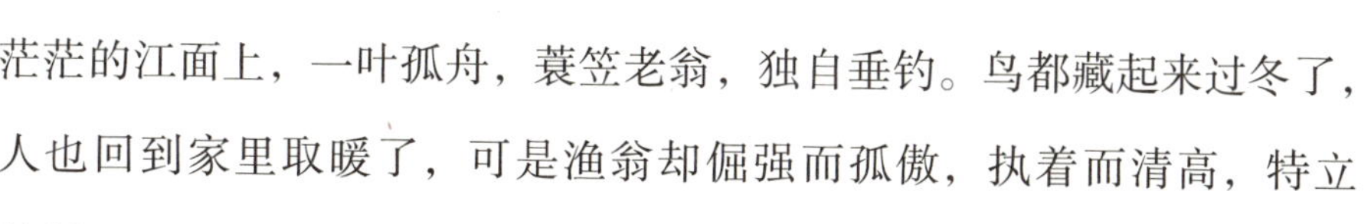

茫茫的江面上，一叶孤舟，蓑笠老翁，独自垂钓。鸟都藏起来过冬了，人也回到家里取暖了，可是渔翁却倔强而孤傲，执着而清高，特立独行。

千万不要误会，以为柳宗元非常陶醉这样的生活。柳宗元构画出这样的画面，是在表达自己的坚守，决不妥协。如果说陶渊明《桃花源记》里还有黄发垂髫怡然自乐的欢愉和鸡犬相闻的生活气息，那么柳宗元的独钓寒江就是绝于世俗了。柳宗元所学的是入世的学问，可是一再受到打击，空有抱负而无法施展，只得独钓寒江以独善其身。这与屈原被流放后，不以身之察察而受物之汶汶是一个道理的。悲愤、悲怆之情，弥漫其间。

有人以《二十四诗品》作者颇受道家思想影响，且行文当中又多道家意境描述和用词，便以为每品每节均须合乎道家思想，这大可不

必。若以道家个人生命至上，则无论何种生活达到目的即可，自然一品也就够了，何须清奇？清且不说，毕竟奇还是需要求异的，求异如何能合乎道家呢？所以，本节的清奇更是儒家“穷则独善其身”的退而求其次的无奈。这样的情怀反映到诗词上，也就奠定了清奇对抗平庸的基石。

最后，淡泊自然是清奇风格的内在特质。本节后四句集中刻画了“可人”的神态：古朴奇异，清峻淡远如破晓时分的清月，如秋后季节早晚清爽的寒气。精神境界之高古奇异，显示出其心灵世界之极其淡泊，使人永远领略不尽。

十七 委曲①

【原文】

登彼太行，翠绕羊肠②。杳霭流玉，悠悠花香③。

力之于时，声之于羌④。似往已回，如幽匪藏⑤。

水理漩洑，鹏风翱翔⑥。道不自器，与之圆方⑦。

【注释】

① 委曲：意为诗歌婉转含蓄而不直白铺陈的表现风格。这种风格与第八节“劲健”殊异，南朝陈姚最《续画品》评书毛惠秀时说：“其于绘事，颇为详悉，太自矜持，翻成羸钝。遒劲不及惠远，委曲有过于棱。”（毛惠远是南朝齐代著名画家，弟惠秀、子棱）但区别于十一节“含蓄”中“意未尽露、耐人寻味”的含蓄，而是通过言词的巧构形成的行文起伏、反差，形成通幽之后别有新境的含蓄方式。也就是说，委曲的风格，蕴含了含蓄和清奇两品的部分特征，文如看山不喜平的行文波澜，有着“奇”的特质内在需要。《皋兰课业本原解》：“文如山水，未有直遂而能佳者。人见其磅礴流行，而不知其缠绵郁积之至，故百折千回，纡余往复，窈深缭曲，随物赋形，熟读《楚辞》，方探奥妙耳。”同时，新境区别于旧境的展示方式，有着不能平铺直叙的内在需要。皎然《诗式》：“盖作者存其毛粉，不欲委曲伤乎天真，并非用事也。”即是说，语似用事，义非用事。杨振纲《诗品解》更是

直接，“文章之妙，全在转折。转则不板，转则不穷，如游名山，道山穷水尽处，忽又峰回路转，另有一种洞天，使人应接不暇，则耳目大快。”

② 登彼太行，翠绕羊肠：在翠阴遮蔽的羊肠小路上，引导我攀登高耸险峻的太行山。太行，即太行山，跨越今河北、山西、河南三省交界地带。羊肠，此喻指太行山路曲折狭窄。曹操《苦寒行》有“北上太行山……羊肠坂诘屈”，言太行山路陡峭曲折。《吕氏春秋》卷十三《有始览》：王屋、首山、太华、岐山、太行、羊肠、孟门。”高诱注：“羊肠，其山盘纡，譬如羊肠。”此说是太行山路如羊肠弯曲，喻太行山险。

③ 杳霭流玉，悠悠花香：太行山云雾缭绕，泉流如玉带流转，花香潺潺，绵长悠远。杳霭，云雾缭绕。流玉，泉流如玉带般流转。鲍照《喜雨》：“惊雷鸣桂渚，回涓流玉堂。”又徐凝《汉宫曲》：“水色帘前流玉霜。”杳霭流玉，山中云雾缭绕是曲折的，泉流如玉带流转也是曲折的，言曲折之美境。他本有作“香霭”，当是误录。悠悠花香，杨廷芝《二十四诗品浅解》：“花气袭人，悠悠然无远不到，无微不入。”这两句点明了委曲风格曲折入胜的特点。

④ 力之于时，声之于羌：山势蜿蜒，如强弓的弯曲怒张，如羌笛婉转悠扬。时力，古代强弩名称，《战国策·韩策一》：“天下之强弓劲弩，皆自韩出。谿子、少府时力、距来，皆射六百步之外。”《史记·苏秦列传》：“谿子、少府时力，距来者，皆射六百步之外。”裴骃《集解》：“时力者，谓作之得时，力倍于常，故名时力也。”力之于时，也就是说当需用力的时候就用力，不当用力的时候就不用力。声之于

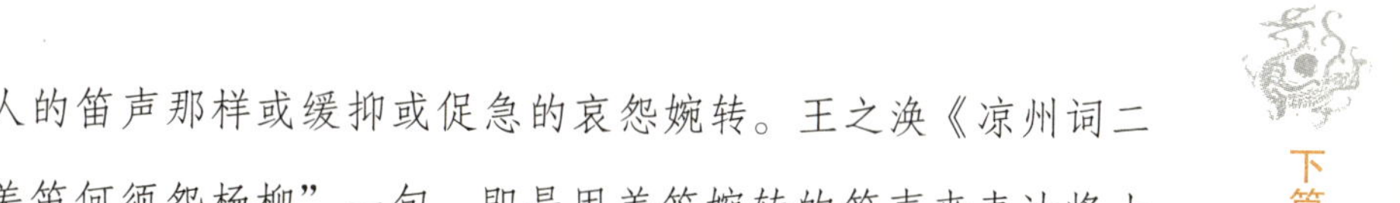

羌，像羌人的笛声那样或缓抑或促急的哀怨婉转。王之涣《凉州词二首》有“羌笛何须怨杨柳”一句，即是用羌笛婉转的笛声来表达将士难回故乡的哀怨愁肠。这两句意在说明，委曲一品风格外在呈现的美感，如强弓因弯曲而箭矢凌厉破空，如羌笛因缓抑促急而婉转悠扬。

⑤ 似往已回，如幽匪藏：山路往复迂回，幽深之境隐现交替。似往已回，看似向前行走，但脚下的路却已然在迂回往复之中了。如幽匪藏，《庄子·大宗师》：“夫藏舟于壑，藏山于泽，谓之固矣！然而夜半有力者负之而走，昧者不知也。”庄子本意是看似藏得很安全，其实根本就没有藏得住。此处是指幽深的景色看似被遮掩而“隐藏”了，但并没有真的藏起来。这两句意在说明，委曲的风格并非是深藏不漏，而是曲径通幽的转折。

⑥ 水理漩洑（fú），鹏风翱翔：如同漩涡中的水流盘旋上下，如同乘风翱翔的大鹏双翅翻飞。漩洑，指水流的漩涡，盘旋着流向水下，后有起伏恢复水平。鹏风翱翔，大鹏上下扇动翅膀才能飞翔。这两句意在表达，诗文需要如同水流漩涡，如同大鹏翻飞，才有活力，才有意境美感。

⑦ 道不自器，与之圆方：宇宙本原不会呈现为一种形态而局限自己，而是顺应自然呈现万物各自应有之象，万物各有其运行规律，当圆则圆，当方则方。道，形成宇宙万物的本原，和宇宙万物运行的规律，即它是抽象而不能具化的本质。器，则是具体的物象，或单一的功用，即是具化而形固的实物。《易经·系辞》：“形而上者谓之道，形而下者谓之器。”孔子认为君子不器，君子不能囿于一技之长，而应博学、内省以明白以仁治世的大道。圆方，即万物的具象，引申为万

物各自的运行规律。《孟子·离娄章句上》:“不以规矩，不能成方圆。”这两句是本节的文眼，诗文或描绘风物，或抒发情感，当如实观照其内在本原，才能呈现色彩斑斓各自迥异的物象，才能呈现万色种种的情思，且和婉自然不有一毫突兀与谬妄。

【白话译文】

在翠阴遮蔽的羊肠小路上，引导我攀登高耸险峻的太行山。太行山云雾缭绕，泉流如玉带流转，花香溽溽，绵长悠远。

山势蜿蜒，如强弓的弯曲怒张，如羌笛婉转悠扬。山路往复迂回，幽深之境隐现交替。

如同漩涡中的水流盘旋上下，如同乘风翱翔的大鹏双翅翻飞。宇宙本原不会呈现为一种形态而局限自己，而是顺应自然呈现万物各自应有之象，万物各有其运行规律，当圆则圆，当方则方。

【解读赏析】

本节委曲的风格，重点在于含蓄的内在品质和曲折的外在表现。下文详细解说这两个方面。

曲折，是委曲风格最为明显的外在表现。在表现手法上，委曲一品最为明显之处，就是与直白铺陈风格的区别。中国文学美学很早就抛弃质木无文风格了，所说的质木无文既有词藻上的不洗炼委婉，也有行文结构上的波澜无起伏。

本节前四句就极力渲染曲折之美。前四句既是在说明诗歌委曲风格之美尽在曲折，同时这四句诗文本身也是这样展开的。沿着一条弯曲的羊肠小道，就能够一探太行山的高耸。而太行之上，蔓延的雾霭，蜿蜒的溪流，无不因为曲折而呈现入胜的美感。从“翠绕羊肠”，到

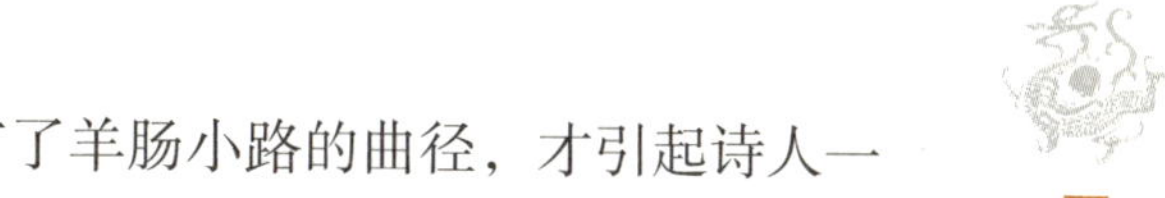

“幽幽花香”蕴含了这样的思路，有了羊肠小路的曲径，才引起诗人一登太行的兴致，而最终收获了“杳霭流玉，悠悠花香”的美境。以李白《行路难三首》(其一)为例：

金樽清酒斗十千，玉盘珍羞直万钱。

停杯投箸不能食，拔剑四顾心茫然。

欲渡黄河冰塞川，将登太行雪满山。

闲来垂钓碧溪上，忽复乘舟梦日边。

行路难，行路难，多歧路，今安在?

长风破浪会有时，直挂云帆济沧海。

诗人开篇即大开大合，金樽盛有价值万钱的美酒，玉盘盛有价值万钱的珍馐。这本是一幅肆意洒脱的画面，可是文风突转，面对如此美酒佳肴，诗人竟然烦愁积郁，没有举筷的心情。而即便宝剑在手，也只能四下茫然，再无昔日魄力。李白是抱着入世而来的，又自比管仲、张良、诸葛亮，一心想干一番大事业。可是从唐玄宗天宝元年（742）入京，仅仅担任一个可有可无的翰林供奉。如今受到诋毁排挤，连这个鸡肋也不可得了，被“赐金放还”，赶出了长安。哎呀，这困境啊，就像行船渡河却遭遇冰川堵塞，想要登上太行却遇到大雪封山。诗到此处沉重、压抑，似乎进入了死局。然而作者的思绪却又为之一转，当年姜子牙垂钓遇文王，伊尹乘舟梦日遇商汤，路途艰难谁人不是呢？与其茫然四顾，焦虑路在何方，何如安心等待乘风破浪？到那时，帆扬起，踏碧洋。

含蓄是委曲一品最为内敛的品质。可以说，委曲即是含蓄表现的手法之一。“委曲”一品与“含蓄”相近，而又有所不同。“含蓄”是通过“隐藏”欲说还休的寓意，从而达到“意未尽露、耐人寻味”的结果。委曲则是通过前隐后现，或隐现交替产生“路转溪桥忽见”的新奇之境。这个新奇之境是通过前面诗文的曲折陈述，而蕴含其中的。本节中间四句，强弓该弯曲的地方必须弯曲才能产生惊风破空的巨大张力，羌笛必须悠扬起伏才能使人产生共情随之哀婉，脚步在前行而脚下的路却已然迂回往复，那些原来看不到的景色如今也得以一览无余。以张祜《咏内人》为例：

禁门宫树月痕过，
媚眼惟看宿燕窠。
斜拔玉钗灯影畔，
剔开红焰救飞蛾。

这是一首宫怨诗，表达的主题如同元稹“白头宫女在，闲坐说玄宗”（《行宫》），白居易“玄宗末岁初选入，入时十六今六十”（《上阳

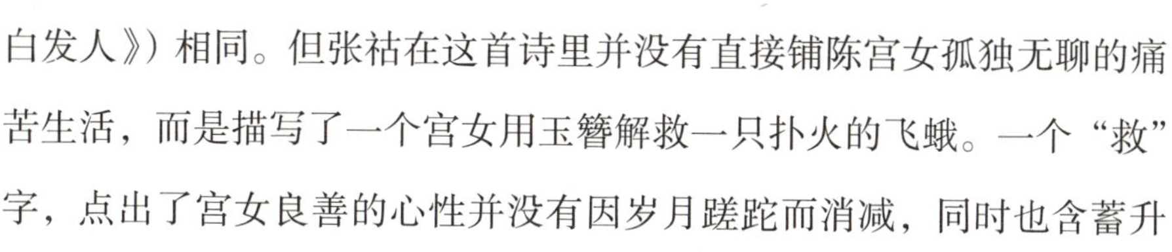

白发人》）相同。但张祜在这首诗里并没有直接铺陈宫女孤独无聊的痛苦生活，而是描写了一个宫女用玉簪解救一只扑火的飞蛾。一个“救”字，点出了宫女良善的心性并没有因岁月蹉跎而消减，同时也含蓄升华了更大的悲哀，她今日救了飞蛾，可来日谁又来救她呢？

侬今葬花人笑痴，
他年葬侬知是谁？
试看春残花渐落，
便是红颜老死时；
一朝春尽红颜老，
花落人亡两不知！

在创作手法上，曲折与含蓄在委曲一品中如何使用呢？这也在本节内容中蕴含了，即遵循自然的原则，“力之于时，声之于羌”。弓弩只有呈现弯曲状，箭矢才有更强的力量；羌笛只有婉转，笛声才有更深的感染力。何时委曲，当遵循当曲则曲，当展则展的原则，顺其自然而不人力强为。

十八　实境[1]

【原文】

取语甚直，计思匪深[2]。忽逢幽人，如见道心[3]。

清涧之曲，碧松之阴[4]。一客荷樵，一客听琴[5]。

情性所至，妙不自寻[6]。遇之自天，泠然希音[7]。

【注释】

①实境：实境一品的理解，颇多歧义。就本节内容的论述，简单来说当是以外在的实景为基础，对其如实的观照与呈现的艺术风格。但“实境”毕竟不同于“实景”。“实境”看似是对“实景”的直抒胸臆、触景生情、细写风物，可实际上却是“应目会心”，从而达到上篇《诗品》钟嵘所谓“自然英旨”的“直寻”境界。也就是说，实境是实景与性情的融合所产生的情境。

②取语甚直，计思匪深：行文用词直截了当，情感表达也不隐藏。取语，行文。直，简单明了而不迂回曲折。计思，诗文要表达的思想、情感。匪深，不求深邃，不求曲折。这两句强调了“实境”风格的特点之一，直接、不思。

③忽逢幽人，如见道心：如同眼前骤然出现一个隐逸之士，他的性情坦率雅致，自然流露于眼前。幽人，幽人在《诗品》中是一个常用语，虽侧重各有少异，但概而言之，均指隐士。道心，内在的基

本精神，此指隐士性情坦率、雅致高洁的品质。刘勰《文心雕龙·原道》:“爰自风姓，暨于孔氏，玄圣创典，素王述训，莫不原道心以敷章，研神理而设教。”陆侃如注：“道是自然之道，那么道的心应该指自然之道的基本精神。”如颜真卿《有唐茅山玄靖先生广陵李君碑铭并序》:“德本无类，道心有常。”

④ 清涧之曲，碧松之阴：晴日山中溪流的幽曲之处，青翠苍松的绿荫之下。

⑤ 一客荷樵，一客听琴：一个歇息的樵夫，悠然惬意；一个听琴的雅士，陶然自怡。“晴涧”下四句，河流弯曲处多植被（《诗经·卫风·淇奥》：瞻彼淇奥，绿竹猗猗。古文当中就已多描述），植被多则绿荫多，绿荫多则有纳凉之人，或歇息，或休闲。一客荷樵，一客听琴，也就再自然不过的事情了。从而具化“取语甚直，计思匪深”，只需将这自然而然如实呈现于诗文即可，无须过多的苦思冥想。

⑥ 情性所至，妙不自寻：纯真性情与眼前的实景相互融合，实（妙）境也就自然产生了，不必刻意另外寻找。性情，物感于心产生的情愫。上篇《诗品》序：四时节气更迭引发万物变迁，万物兴衰触发人的情感，所以人们尽情抒发自己的性情，表现于舞蹈和吟唱的形式。自寻，意即他寻，情性不能与实景交融，则不得其妙境。

⑦ 遇之自天，泠然希音：实境需要在自然中悟取，如同空中难以寻觅的激越、奇妙声音，不知何来，不明何往。自天，自然天成之意。他本作“似天”。泠然，此指激越的声音。希音，奇妙的声音。

【白话译文】

实境风格的创作，行文用词直截了当，情感表达也不隐藏。如同眼前骤然出现一个隐逸之士，他的性情坦率雅致，自然流露于眼前。

如同晴日山中溪流的幽曲之处，青翠苍松的绿荫之下：一个歇息的樵夫，悠然惬意；一个听琴的雅士，陶然自怡。

纯真性情与眼前的实景相互融合，实（妙）境也就自然产生了，不必刻意另外寻找。实境需要在自然中悟取，如同空中难以寻觅的激越、奇妙声音，不知何来，不明何往。

【解读赏析】

本品实境的理解上，有较大的分歧。不少人持有这样的看法，即细写景物便是实境。《诗品臆说》："古人诗，即目，即事，皆实境也。"杨廷芝也说："语之取其甚直者，皆出于实，计其意境不为深远，当前即是。"但"即目即事"是实景的描写和铺陈，虽说实境包含了对实景的如实观照，但二者毕竟还不相同。

我国诗学发展历程中，早已有即目即事的观念。上篇《诗品》序："至乎吟咏情性，亦何贵于用事？'思君如流水'，即是即目。'高台多悲风'，亦唯所见。'清晨登陇首'，羌无故实。'明月照积雪'，讵出经史？观古今胜语，多非补假，皆由直寻。"就是说，早在南北朝时期，钟嵘已经认识到，诗歌吟咏性情不必以运用典故为胜。像"思君如流水""高台多悲风""清晨登陇首"这些诗句，便是即目即事，描绘所见之景，抒发所见之情，并没有非要用到典故来曲折铺陈或抒发。并且钟嵘坚持，大多不是用典故堆砌出来的，都是来自即景抒发。

刘禹昌《诗品义证及其他》："实景，即眼前真景物的具体描写，真性情的自然流露。"刘禹昌所说，依旧是没有脱离"直抒胸臆，或触景生情，或细写风物"的范畴，与钟嵘所说，意思相同而与本品较近，但犹未然。

本品实境，包含三个层意思：一是直接铺陈景物或直接抒发情感的直陈表现手法；二是创作者的性情与眼前的风物交融，从而呈现体悟后的真实妙境；三是对眼前所见的风物进行剥去遮蔽以让其生命本质自然流露。正是实境拥有这样的内在，所以在表现手法上，行文构思并不求曲折为胜，而是直陈事物、直抒胸意。不求曲折，这与“委曲”一品风格迥异。委曲风格重视通过行文与构思的曲折，产生诗文的张力与意境的波澜，从而产生“道不自器，与之圆方”的独有美感。本品实境则是重在以自身内在的纯真性情，不带任何偏见与功利地触摸自然风物，由触赏回返内心，从而产生两两赤心相见的真境美感。也就是说，物之于人，也是有生命的，以真性情触摸风物，也就是用自己的生命与自然万物的生命交流。这一点，尤其要注意。与高古、

自然两品相比，实境与高古一品的朴质，与自然一品的自然英旨，疏野一品的率真相近。区别在于，实境在强调外在自然风物原本如此的同时，同样重视动物感人而成的内在真性情的触动和流露，从而产生客观物质与主观性情融合而形成的独特情境。而高古重视人的情感，自然则重视人之于自然万物的接受。

“实境”之于“委曲”的区别，容易理解。现以王维《终南别业》和杜甫《闻官军收复河南河北》为例来仔细解析“实境”与“自然”两种风格的不同。

《终南别业》：“中岁颇好道，晚家南山陲。兴来每独往，胜事空自知。行到水穷处，坐看云起时。偶然值林叟，谈笑无还期。”诗人既有佛家的飘逸超然，又有儒家的随遇而安。在对世俗厌恶之后，迁居南山。所遇之人，所见之事，皆自然而然，同时又表达了自己的怡然自乐。全诗纯属自然，文如流水，尤其是“行到水穷处，坐看云起时”两句，堪称自然一品的典范。

《闻官军收河南河北》：“剑外忽传收蓟北，初闻涕泪满衣裳。却看妻子愁何在，漫卷诗书喜欲狂。白日放歌须纵酒，青春作伴好还乡。即从巴峡穿巫峡，便下襄阳向洛阳。”杜甫因为战乱流落西川，忽然听说官军取得大胜，那还等什么？赶紧收拾行李回家呀，于是从乍开始闻讯而泣，到回过神来的欣喜若狂，都是直接铺陈和直接抒发。喝起美酒唱起歌，因为我要回故乡。即便展开的思绪也是直接铺述，巴峡穿巫峡、襄阳向洛阳。实景与纯真性情完美融合，官军收蓟北的事实是人所共喜，可是作者的真情融入其中则给这一实景赋予了作者独有的情感。

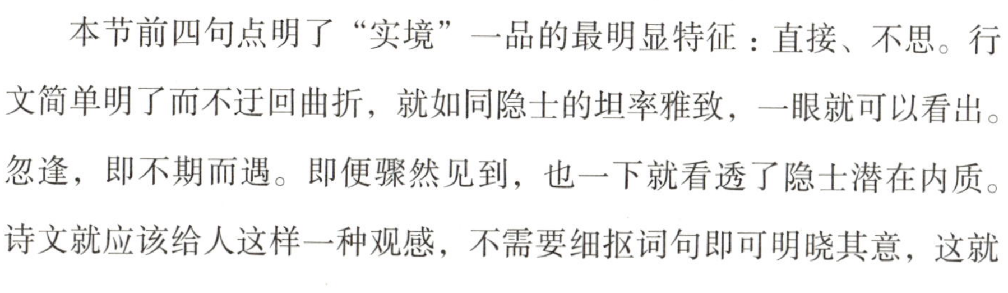

本节前四句点明了“实境”一品的最明显特征：直接、不思。行文简单明了而不迂回曲折，就如同隐士的坦率雅致，一眼就可以看出。忽逢，即不期而遇。即便骤然见到，也一下就看透了隐士潜在内质。诗文就应该给人这样一种观感，不需要细抠词句即可明晓其意，这就是实境风格的外在美。

中间四句则是仔细点明“实境”风格的创作手法。四句用直接陈述的言词与方式，描绘出了一幅幅“即目即事”的画面，在这样的时间，在这样的地点，出现这样的人物，如气升腾，如水下流，直截自然。

最后四句则紧扣“实境”风格的创作原则，即物色感人，情景相融，在心物相应、灵感萌发的刹那间，抓住心中目中所涌现的境界，则实境自出。如苏轼《腊月游孤山访惠勤惠思二僧》所说：“作诗火急追亡逋，清景一失后难摹。”只要本心性情不失，凭直觉即可而无需去刻意苦寻营造。如王维《白石滩》：“清浅白石滩，绿蒲向堪把。家住水东西，浣纱明月下。”

十九　悲慨①

【原文】

大风卷水，林木为摧②。意苦欲死，招憩不来③。

百岁如流，富贵冷灰④。大道日丧，若为雄才⑤。

壮士拂剑，浩然弥哀⑥。萧萧落叶，漏雨苍苔⑦。

【注释】

① 悲慨：悲凉慷慨的诗文风格。本节悲慨一品的理解，有不同看法，集中在“悲”字的理解上，悲壮便是一种，如乔力《二十四诗品探微》：“我国古代文学史上历来所羡称的‘建安风骨（建安风骨有悲壮之美）’，以悲壮淋漓、慷慨多气为特色，最当此品”。罗仲鼎也持有种看法，他在《二十四诗品》中说：“悲慨是指悲壮慷慨的艺术风格。”以悲为美，自屈原以后已成为共识。但同样是悲，如悲凉、悲伤、悲戚，表达的是凄凉之美；而悲愤、悲壮、悲怆，表达的是壮烈之美。本节内容所示，林木为摧、富贵冷灰、浩然弥哀，作者当是凸显凄凉之美。

② 大风卷水，林木为摧：狂风肆虐，排江倒海，摧枯拉朽。大风，古诗词中素有“悲凉唱大风”之说，刘邦《大风歌》、刘彻《秋风辞》、杜甫《茅屋为秋风所破歌》等。杨廷芝《二十四诗品浅解》：“大风卷水，声不可闻，林木为摧，感且益慨。起手似有‘北风’‘雨雪’之

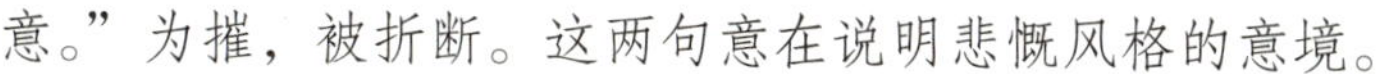

意。”为摧，被折断。这两句意在说明悲慨风格的意境。

③ 意苦欲死，招憩不来：悲痛欲绝几至于死，想求得一丝慰藉竟也不可能。招，求。憩，喘息，歇息，此指慰藉。意苦欲死，他本作“意苦适死”，亦通。

④ 百岁如流，富贵冷灰：人生短暂如同逝去之水，富贵喧嚣也必将如烈火干柴之后的冷灰一般。如流，《论语·子罕》：“子在川上曰：‘逝者如斯夫！不舍昼夜。’”此处借用孔子感慨时光如流水之意。冷灰，与富贵时烈火喧嚣的热闹相对，以冷代悲，以灰代尽。这种用法较为常见，辛弃疾《永遇乐·京口北固亭怀古》：“可堪回首，佛狸祠下，一片神鸦社鼓。”刘禹锡《乌衣巷》：“朱雀桥边野草花，乌衣巷口夕阳斜。旧时王谢堂前燕，飞入寻常百姓家。”都是通过物是人非来体现悲凉气息。

⑤ 大道日丧，若为雄才：世道沦落日甚一日，纵然有雄才大略也无计可施。大道，世道，指古代所认为的三皇五帝时候的大同社会。日丧，日甚一日的远去，即是说当今的世道沦落难以挽救。《尚书·汤誓》：“有众率怠，弗协，曰：‘时日曷丧，予及汝皆亡！’”若为，奈何。罗隐《筹笔驿》：“抛掷南阳为主忧，北征东讨尽良筹。时来天地皆同力，运去英雄不自由。”言雄才如诸葛孔明，昔日要风得风要雨得雨，可是一旦运道不在了，他便也只能徒呼奈何了。

⑥ 壮士拂剑，浩然弥哀：即便利剑在手，却也无以致用、有志难伸，只留下无尽的悲凉。拂剑，拔剑，即持剑在手。弥哀，无尽的悲凉。

⑦ 萧萧落叶，漏雨苍苔：这悲凉之情如秋风中凄然凋零的落叶，

如秋雨死寂般滴落于苍苔。秋叶纷纷，秋雨绵绵，意为秋意悲慨，绵绵不绝。

【白话译文】

狂风肆虐，排江倒海，摧枯拉朽。悲痛欲绝几至于死，想求得一丝慰藉竟也不可能。

人生短暂如同逝去之水，富贵喧嚣也必将如烈火干柴之后的冷灰一般。世道沦落日甚一日，纵然有雄才大略也无计可施。

即便利剑在手，却也无以致用、有志难伸，只留下无尽的悲凉。这悲凉之情如秋风中凄然凋零的落叶，如秋雨死寂般滴落于苍苔，悲凉的秋意绵绵不绝。

【解读赏析】

本节悲慨一品，说的是诗歌中具有以悲凉慷慨为主，兼有悲伤、悲戚为特色的艺术风格。应当说，在二十四品中，本品有着较为鲜明

的特点，既是在求隐，又是在等待入世的机会。古来道家和儒家都有隐士，但道家的隐，或多或少是出于对当世的心灰意冷而避世；儒家的隐，则是当世“无道”或说“道不行”而离开，但这个离开并非避世，儒家的隐士还是要做到“穷则独善其身”的，也就是“修身见于世”。林木为摧、富贵冷灰、浩然弥哀，作者似乎看淡了红尘，再无眷恋。可是，招憩不来、若为雄才、壮士拂剑，又分明表达了事若可为当愿意一试的倾向。若是全心归隐，如道家那般杳然归去，也无痛苦悲慨之感，如“自然”“清奇”“冲淡”几品。痛苦就在于“达则兼善天下，穷则独善其身”的入世观上，即便“大道日丧”，可依然退不甘，进不能，雪拥蓝关马不前。

在这里有一点需要点明，有人以为《诗品》是以老庄思想为基础，因而每品诗文则必将体现老庄道家之思想，以为文中“雄才”“壮士”必定抱有超越痛苦的精神，其实未必。秦汉至唐中晚期，已然千年过去了。在这千年之中，儒家思想已经深入到华夏族人的骨髓里了，除了道观的道士，寺庙的和尚，化外俗人很难说不受儒家思想的影响。以儒家思想为主的价值观既是官方的，也是民间的。的确也有不少文士倾向于道或佛，但也是儒家里身后的认知倾向。就如今天，很多人一提到儒家就不舒服，可是对于事物、伦理的认识，对于世界、社会的观念，却依然难离儒家思想的影响。所以，阅读本品内容，大可不必时时暗自合于道家老庄，只需对行文内容做最基础的理解即可，这也是上一品“实境”主旨和精髓的应用。

本节内容从三个层面对悲慨一品进行了阐释：第一，悲慨形成的大势，意即悲慨风格的语境构建；第二，悲慨的具化表现，意即悲慨风格创作的表现手法；第三，悲慨的深沉，意即悲慨风格的悠远意境。

本节前四句，通过肆虐的狂风，翻江倒海的气势，万木被摧的凋零，渲染出了悲慨的语境，为后文的情感延伸，做了限定。以李贺《雁门太守行》与许浑《咸阳城东楼》为例：

《雁门太守行》

黑云压城城欲摧，甲光向日金鳞开。

角声满天秋色里，塞上燕脂凝夜紫。

半卷红旗临易水，霜重鼓寒声不起。

报君黄金台上意，提携玉龙为君死。

李贺这首诗，意境苍凉，格调悲怆，极具震撼力。全诗要表达沙场的悲壮气氛和战争的残酷，与边疆将士的威武雄壮。于是，诗人开篇两句“黑云压城城欲摧，甲光向日金鳞开”，既构建出了全诗发生的时空背景，也为全诗奠定了悲壮的情感基调。黑云重压之下，城墙也为之不堪承受，词雄语壮却越发体现后面战事的残酷，也就越发呈现悲凉的战场。如同本节所说“大风卷水，林木为摧”一句。

《咸阳城东楼》

一上高城万里愁，蒹葭杨柳似汀洲。

溪云初起日沉阁，山雨欲来风满楼。

鸟下绿芜秦苑夕，蝉鸣黄叶汉宫秋。

行人莫问当年事，故国东来渭水流。

全诗情景交融，景中寓情，景别致而凄美，情愁苦而悲怆，意蕴藉而苍凉。云起、日沉、山雨、风、夕、秋，加之以绿芜秦苑、蝉鸣黄叶，刻画出一幅凄冷、哀凉的画面，渲染力极强。可是，包含最后两句在内，无不统摄于“一上高城万里愁”一句之下。作者登上咸阳城东楼，满眼所见，满腹所想，皆是一个“愁”字。也就奠定了这是一首哀伤诗作。

本节第五到第十句阐释了悲慨风格创作的表现手法。“百岁如流，富贵冷灰。大道日丧，若为雄才。壮士拂剑，浩然弥哀。”人生不过百年，富贵不能永世，况且，世道沦落，纵然雄才，又能如何？赢得生前身后名，可怜白发生。有雄才而不得施，有利剑而不能用，正是英雄无用武之地，既是行文悲慨情感的刻画，也是大道日丧之下的形势必然，更平添了“拔剑四顾心茫然”的悲凉。

在悲慨风格的表现手法上，辛弃疾的《鹧鸪天》尤为淋漓：

壮岁旌旗拥万夫，锦襜突骑渡江初。燕兵夜娖银胡.，汉箭朝飞金仆姑。

追往事，叹今吾，春风不染白髭须。都将万字平戎策，换得东家种树书。

辛弃疾不同于文人说兵，他是骑着马，带着兵，亲自上阵杀敌的将领。快马、锦衣、强弩，这都是他曾经的生活。如果说他报国无门、壮志难酬，是悲凉心酸的，那么最后两句则是其冷透骨、沉郁苍凉，精心准备的杀敌复国的良计，竟然落得个还不如一本种树的书有用，言外之意，英雄竟比不上庸才更有价值！滑稽？心酸？悲凉？都是，可更是寒彻心扉的悲慨！

本节最后两句阐明了悲慨风格的悠远意境。在文艺作品的感染力上，喜剧总不及悲剧更动人；在人的情感感受上，欢愉总不及悲伤更耿耿于怀而持久。悲慨弥漫，犹如无形之网，人处在其中逃无可逃。因而本节最后两句点出悲慨的意境：如笼罩着秋风残叶、秋雨苍苔的悲凉的秋意，绵绵不绝。

二十 形容[1]

【原文】

绝伫灵素，少回清真[2]。如觅水影，如写阳春[3]。

风云变态，花草精神。海之波澜，山之嶙峋[4]。

俱似大道，妙契同尘[5]。离形得似，庶几斯人[6]。

【注释】

① 形容：本意形体容貌，《楚辞·渔父》："屈原见放，游于江潭，行吟泽畔，颜色憔悴，形容枯槁。"《文心雕龙·颂赞》："颂者，容也，所以美盛德而述形容也。"美盛德而述形容，即以舞蹈的形貌来赞美大的德行。述形容意即对美德者形象的塑造。因而，本节形容实际讨论的是如何更加逼真地创造艺术形象。

② 绝伫灵素，少回清真：凝神专注地观察揣摩，很快便能对事物真实自然的面目了然于胸。伫，伫立，此为专注。绝伫即为凝神专注之意。灵素，心地，胸臆。江淹《伤友人赋》："倜傥远度，寂寥灵素。"少，时间短。回，返回，呈现。清真，事物真实自然的面目。薛雪《一瓢诗话》一七二："文贵清真，诗贵平澹。"

③ 如觅水影，如写阳春：如能凝神关注，哪怕是水中的影子不易捕捉，阳春的和煦不易临摹，也都能刻画得惟妙惟肖。水中影子一碰即碎，难以捕捉；阳春和煦不拘于某一具象，难以临摹，因此需要凝

神专注，才能领悟到最能体现其本质的那个具象，即能以点概面。

④“风云变态”四句：风云变幻没有定形，花草茁壮尽显精神。大海辽阔波澜反覆，大山高耸突兀峻拔，都能够刻画逼真。这四句从创作手法上阐明以具象概括万象的道理，以视觉可见的风云、花草、海、山，来“形容”动态或抽象的变态、精神、波澜、嶙峋。

⑤俱似大道，妙契同尘：所刻画的形象都能极其逼真，整体意境毫无违和。随物取象，摹神绘影，细入毫芒。契，符合。同尘，《老子》第四章：“和其光，同其尘。”王弼注说：“和光而不污其体，同尘而不渝其真。”大意是说，与光、尘都能和谐共存，但又保持自己的独立性。儒家也有这类说法，《论语·子路》：“子曰：‘君子和而不同，小人同而不和。’”君子可以与他周围的人保持和谐融洽的关系，但他仍然保持独立的人格，拥有独立的是非观和思考力，不会无原则地人云亦云。小人则相反。俱似大道，妙契同尘，在这里是说创造的艺术形象逼真，以至于宛若真的一样，与周围环境竟毫无违和之感。

⑥离形得似，庶几斯人：创造艺术形象，不求形似而求神似，才是善于“形容”的人。离，背离。形，万象形态。得似，即得其神似。顾恺之《魏晋胜流画赞》：“以形写神而空其实对。”大意是，画家仅仅通过所画对象的形体来求真似，但是眼前无所对，那结果是达不到传神的目的。

【白话译文】

凝神专注地观察揣摩，很快便能对事物真实自然的面目了然于胸。如能凝神关注，哪怕是水中的影子不易捕捉，阳春的和煦不易临摹，也都能刻画得惟妙惟肖。

风云变幻没有定形，花草茁壮尽显精神。大海辽阔波澜反覆，大山高耸突兀峻拔，都能够刻画逼真。

所刻画的形象都能极其逼真，整体意境毫无违和。创造艺术形象，不求形似而求神似，才是善于“形容”的人。

【解读赏析】

本节形容一品，所要表达的是万种风物具化于诗词中时，如何才能形象逼真、形神兼备的问题。形容，本意形体容貌，《楚辞·渔父》：“屈原见放，游于江潭，行吟泽畔，颜色憔悴，形容枯槁。”屈原空有抱负不能施展，反而遭到诋毁被流放，《渔父》说他“形容枯槁”，当是身形瘦削、身体状况糟糕之意。《毛诗序》说：“颂者，美盛德之形容，以其成功告于神明者也。”《文心雕龙·颂赞》：“颂者，容也，所以美盛德而述形容也。”美盛德而述形容，即以舞蹈的形貌来赞美大的德行。述形容意即对美德者形象的塑造。因而，本节形容实际讨论的是如何更加逼真地创造艺术形象。

本品与第十八节“实境”相比，二者都要求对实景风物的逼真刻画，但“实境”是诗人眼中的物与心中的情交融而成的情境，重在寄物以情；本品

“形容”则是重在对所见风物的刻画，追求神似，属于意象风格范畴。

中国诗学中，“形似”与“神似”之说由来已久。《世说新语·忿狷》中记载了一个“王兰田食鸡子”的故事：“王兰田性急。尝食鸡子，以箸刺之，不得，便大怒，举以掷地。鸡子于地圆转未止，仍下地以屐齿蹍之，又不得，瞋甚，复于地取内口中，啮破即吐之。”这段文字仅五十余字，把王兰田急躁的性格刻画得无比生动。先用筷子，没有成功，于是就把鸡蛋扔到地上用鞋齿去踩，还是没有成功。这下火了，直接捡起来放到嘴里，咬破后又吐了出来。作者抓住了“性急”这一点，不言其他，只是选取吃鸡蛋这样一件小事，人物褊急的形象就跃然纸上，令人过目难忘。这就是“神似”。能够体现人物的事情很多，即便是性急这点，怕也有许多事情要写，可是作者没有拘泥于不可量化的诸色形态，而是抓住了王兰田这个人物的性格特征和心理活动，从而将他的动作、姿态、表情、神色准确生动地描述出来，做到了形神兼备。

与“神似”追求事物内在特质不同，形似则追求外部形态逼真。事物的形态并不固定，追求形似容易陷入盲人摸象般的以偏概全，或蛇口吞象般的无从下手。当然二者绝非截然对立，“形似”是对事物的最基础描绘，“神似”也离不开“形似”的第一认知。“神似”是艺术形象塑造的最高境界，形象的塑造达不到“神似”，就不会生动鲜明，就很难给人留下印象，也就谈不上感染力。《红楼梦》皇皇巨著，其中备受推崇的就是各色人物的刻画，无不入木三分。因而，“形容”一品也就是追求形象塑造形神兼备的风格。

那么，如何才能做到形神兼备呢？本节从三个方面阐释了“形容”

一品的风格要素：

第一，点出“形容”风格的理论基础，即凝神抓住内在本质，以求神似。

要做到这一点，就需要深入观察所要描写的对象，了解其内在特质和能够代表其特质的外在表现，“绝伫灵素，少回清真”。但是本节所说的凝神专注，并非临阵磨枪，而是在于平时的多发现、多积累、多分析。以马致远《天净沙·秋思》为例：

枯藤老树昏鸦，

小桥流水人家，

古道西风瘦马。

夕阳西下，

断肠人在天涯。

这首元曲名为“秋思”，却无一字言秋，实为言愁，却无一字说愁。枯藤、老树、昏鸦、小桥、流水、人家、古道、西风、瘦马九种景物，全是名词并列放置，豁然构成了一幅凄凉、哀愁的情调，秋意阑珊，夕阳日暮，人在天涯，思乡之情，漂泊凄苦，言简意丰，意味无穷。古来秋、愁就容易纠合在一起，逢秋言愁，可每人眼中的秋天并不相同，而心中之愁更是各异。作者准确地抓住了秋天的“凉”，从而构画出凄苦悲凉的意境。“断肠人”三字则将羁旅之苦与悲秋之恨融合在一起。

第二，表述了“形容”风格的表现手法，即如何以具象而概括万象。

要做到这一点，就需要捕捉到所描写对象最为传神的惊鸿一瞥。

如风云之于变态，花草之于精神，大海之于波澜，高山之于嶙峋。艺术作品，无论是诗文还是画作，再神似的“形容”，最终也要落脚于具体的物象上，这就要求笔下的形象最能符合风物本身最为特质的一面。比如人物的描写，如果人物形象的穿戴、动作、言语，不能与他的性格特点、心理活动、神态变化相吻合，那么所创造的人物形象就不是人物最为真实的一面，也就是失之于浮浅了。

如《世说新语》记载了一个故事：一天下大雪，东晋太傅谢安便考较家族中年轻人的学问，问到：“白雪纷纷何所似？”他的侄儿谢朗答道：“撒盐空中差可拟”，侄女谢道韫接了一句：“未若柳絮因风起”，谢安高兴得大笑。侄儿以盐比雪，仅仅只是看到二者的颜色相近，却

没有注意到盐重雪轻，且大雪纷纷扬扬飘飘摇摇，其落地之势也绝非撒盐那般径直落地，毫无动感。谢道韫“未若柳絮因风起”明显要妙得多，柳絮与雪花形状、颜色、分量三者皆极为相近，雪花飘摇也正如柳絮随风。

第三，“形容”风格的原则，即求神似而不求形似，以达到形神兼备的效果。

这就要求对形象的塑造，除了抓住最为本质的一面外，还要兼顾所要描写的事物的整体性格。这种整体性格来自于几千上万年人们对于事物的认知沉淀，比如说狼凶残，老虎威猛，狐狸狡猾，比如东方人以方脸为稳重，西方人以蓝眼眸为美丽等。如曹植仅仅一句“攘袖见素手，皓腕约金环”，素手、皓腕就将美女外在的绝世之美与内在的高洁雅致刻画了出来，令人砰然心动。

二十一 超诣①

【原文】

匪神之灵，匪几之微。如将白云，清风与归②。

远引若至，临之已非③。少有道契，终与俗违④。

乱山乔木，碧苔芳晖。诵之思之，其声愈希⑤。

【注释】

①超诣：此指诗文作品立意出新、超越表象、即物即真的艺术风格。

②“匪神之灵”四句：大意是说，“超诣”这种风格不需追求神灵之道，不需追求机微之兆。如同天上的白云，乘风而来，随风而去。神灵，喻指所谓绝对正确的终极价值。匪神之灵，即是对神、道终极价值的超越。几，通“机”，机微，此指天道运行之兆。这两句是强调，“超诣”必须要有超脱的心境，如果预先设置自己所必需规矩，那么就是心中已经有了执念，有了执念便再难超然了。

③远引若至，临之已非：大意是说，极目远望似乎以为就是，可是靠近却发现并非如此。这两句是强调，“超诣”不能在抽象和外在形态上寻找。远引若至，临之已非，他本作“远引莫至，迹之已非”，亦通。

④少有道契，终与俗违：修道求佛不能在形式、表面功夫上做文

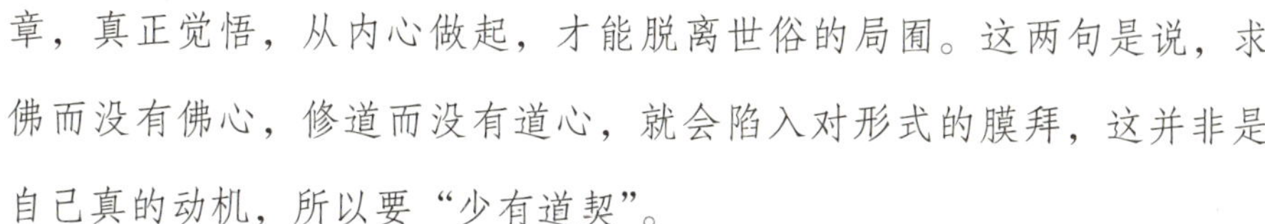

章，真正觉悟，从内心做起，才能脱离世俗的局囿。这两句是说，求佛而没有佛心，修道而没有道心，就会陷入对形式的膜拜，这并非是自己真的动机，所以要“少有道契”。

⑤“乱山乔木”四句：山石嶙峋，翠林蔼蔼，斜晖铺洒，青苔斑驳。身处此境，心物融合，忘记了自己的所在。这四句描绘了“超诣”风格的特征。诵之思之，并非诵读与思索，而是以诵代目，意即看着周围的景色而陶醉其中。

【白话译文】

“超诣”这种风格无需追求神灵之道，也无需追求机微之兆，只需与天上的白云同在，与清风同归而去。

极目远望似乎以为就是，可是靠近却发现并非如此。修道求佛不能在形式、表面功夫上做文章，真正觉悟，从内心做起，才能脱离世俗的局囿。

山石嶙峋，翠林蔼蔼，斜晖铺洒，青苔斑驳。身处此境，心物融合，忘记了自己的所在。

【解读赏析】

本节“超诣”一品所论及的，实际上就是超迈的情致。超脱于物象形态而体现自身独立性，以体验的创作方式，达到忘境忘我状态的诗篇风格。保持个体自身的独立性，这是“超诣”一品风格的理论基础，是“超诣”一品境界的根基。切身体验，而不是冥思空想玄之又玄的空远、抽象的道理，这是“超诣”一品风格的创作方法。忘我止境，是“超诣”一品风格的至高境界，或者说是“超诣”一品的外在特征。

本品开篇即说，“匪神之灵，匪几之微”。神、灵、几（通机）、微，这几个字眼，无论于儒学还是道学，都极为关键却又稍显空泛。说其关键是因为，神灵之道，儒道两家均以之为人类所要遵从的至高原则，即世界观，如儒家的“畏天命”，道家“人法地，地法天”；而以洞察机微之兆为行事原则，即方法论，如孔子“失人失言”之说，老子“上士闻道勤而行之，中士闻道若存若亡”之说，即便法家代表公孙鞅亦有“愚者暗于成事，智者见于未萌”一说。以儒学为主，揉杂道、释的思想影响华夏族久远，此处开篇即以神灵之道、机微之兆为不可求取与依靠的标准，而是与眼睛所见的白云、身体所感的清风同在、同归，意义就深远了，并非杨廷芝《二十四诗品浅解》所谓“超诣则高远精深，神不得以擅其灵，机不得以显其微”。也不如同孙联奎《诗品臆说》所说“清风将白云而与归，更超妙矣。”

《五灯会元》:“老僧三十年前未参禅时，见山是山，见水是水。乃至后来亲见知识，有个入处，见山不是山，见水不是水。而今得个休歇处，依前见山只是山，见水只是水。”人年少之时，看山是山，看水是水，美与丑对立，白与黑分明。待到成年，受名利物欲美色的诱惑而心神蒙蔽，原本纯真的性情也就起了波澜，看山不再是山，看水也不再是水，只想更高、更强、更富有，依然忘却了当初追求这些的初心。为名为利为色，费尽心机，再难欢乐。及至老年，看过了红尘滚滚，见过了繁华散尽，才明白儿时的纯真、少年的简明才是本该秉持的心性，这时看山便是山，看水便是水。相比于灯红酒绿的喧嚣热闹，家庭的平静祥和才是心安；相比于富丽堂皇的富有，内心的激情才是永远；相比于人前显赫的光鲜，身体的健康才是根本；相比于不择手段的造富，平和的信实才是坚不可摧的依靠。

自身的独立精神，是“超诣”一品的理论根基。本节前四句定义出“超诣”一品的根基，意即“超诣”诗文风格的理论基础，不受现有的所谓规范约束，不受流俗桎梏，保持原本性情，凭心凭性看待万象，不起分别之心，诸般物象无分别，“我”与万象无分别，白云就是白云，清风就是清风，如此而已。这四句在表述“超诣”一品的理论根源的同时，也为下面“超诣”一品的创作手法做了铺垫，即体验。

体验，是“超诣”一品的创作手法。本节中间四句，便是集中阐述了“超诣”一品的创作手法，体验。与白云、清风同归，也就是切身去体验，从而自身与万物的契合，不能在抽象一途上费功夫。孔子说：“学而不思则罔，思而不学则殆。”（《论语·为政篇》）如果不去实践，而仅仅是抱着听来的别人的道理苦思冥想，是不会有结果的。世事洞察皆学问，春江水暖鸭先知（苏轼《惠崇春江晚景二首》），如想获取更高的见识，必须从自身践行而来。“超诣”以体验为创作方法，就是这个道理。

“远引若至，临之已非”，仅仅是瞟一眼，似乎正合心意，可真正走进了仔细端详才发现，并非如此。越是大道，越是至理，越难以言明。《中论》卷四《观四谛品》云：“第一义皆因言说，言说是世俗，是故若不依世俗，第一义则不可说。若不得第一义，云何得至涅槃，是故诸法虽无生而有二谛。”即谓佛理可证知，但不可以言说诠示。《维摩诘所说经·不思议品》：“诸佛菩萨有解脱名不可思议。”也是在说明，佛家的精义非思想言语所能囊括言出。既是如此，那么自身践行的体验就是唯一路途了。

“少有道契，终与俗违”两句，说明践行体验中持有的心境，不在于万物外在行迹，而在于自身的凭心凭性。这里，作者讲了三个层面，第一，世人信佛，多有发财、平安的诉求；求道，多有长寿、康健的欲望；学儒，多有功名利禄之心。以这样的心境来看待佛、道、儒，则就陷入了流俗的价值观里，再难有超然的心态，也就难有“超诣”之作。第二，反过来，如果信佛则必然就是吃斋念佛，求道则必然就得先有仙风道骨之姿，学儒则必得有圣人的仪表，就又错了。拘泥于形式，仅以体验触物，而不以体悟触心，则依然无有觉悟。没有感悟，也仅仅是感受，如同俗话所说的“黑瞎子掰玉米，掰一个丢一个”。第三，体验万象，不能先设一必然如此的“真理”。心中先有“一真”，则再看万物就皆有分别了。就像南北朝时的玄言诗，一动笔就先想到《周易》《老子》《庄子》，没有一句诗不尽力包含玄理，没有一个字不尽力包含玄言，这样的诗还怎么拥有诗歌的韵律美感和意境呢？

忘我之境，是“超诣”一品的表现特征。本节最后四句道出了“超诣”一品的核心，意即其特征，也是体验创作方法的终极目标，即忘我之境，“诵之思之，其声愈希”。心

与万物融合，无我、无物。需要注意的是，最后四句所说，乱山、乔木、碧苔、芳晖，其意并非是说“超诣”需要在自然风物中才能获得，也并非是说“超诣”风格必须以自然风物来衬托，只是为了方便说明“超诣”而列举之例而已。以山水为例说事，是古人行文习惯，如陶渊明《饮酒》其五：

结庐在人境，而无车马喧。

问君何能尔？心远地自偏。

采菊东篱下，悠然见南山。

山气日夕佳，飞鸟相与还。

此中有真意，欲辨已忘言。

应当说，本节“超诣”一品受佛家、道家，尤其是佛家思想影响较大，这与道、佛在唐代后期加快了与儒家的融合这一大背景有关。可也正是儒、释、道三家的进一步融合，儒家诗人也不乏“超诣”的诗作，如王维。

二十二　飘逸①

【原文】

落落欲往，矫矫不群②。缑山之鹤，华顶之云③。

高人惠中，令色絪缊④。御风蓬叶，泛彼无垠⑤。

如不可执，如将有闻⑥。识者已领，期之愈分⑦。

【注释】

① 飘逸：此指清新脱俗、灵性洒脱、意境高远的艺术风格。王若虚《滹南诗话》卷一："荆公云：李白歌诗豪放飘逸，人固莫及，然其格止于此而已，不知变也。"《晋书·陆机传》："其宏丽妍赡，英锐飘逸，亦一代之绝乎！"两文所说，皆是就文体风格而言的。

② 落落欲往，矫矫不群：潇洒自若欲远离世俗而心向高远，心地高洁保持超凡脱俗的志向。落落，孤单而不孤独，内心充实而行为自如，多形容举止。矫矫，超出一般，不同凡俗，多形容状态，即心境。这两句从举止到内心，都体现了独立高举而不合于众的"孤单"，但这并非孤独，而是心向高远的洒脱。《楚辞·渔父》中，渔父责备屈原说："圣人不凝滞于物，而能与世推移。世人皆浊，何不淈其泥而扬其波？众人皆醉，何不哺其糟而歠其釃？何故深思高举，自令放为？"他劝屈原不应该独立高举而遭遇被流放的下场，而应该随波逐流。屈原虽不愿飘逸，渔父代表的观点，纵然不可断为流俗，但世俗无疑，也

就是“不群”之“群”。

③ 缑（gōu）山之鹤，华顶之云：犹如缑氏山头飞入仙境的那只鹤，又如华山之巅浮动自如的云。缑山，即缑氏山，指修道成仙之处。缑山之鹤，说的是周代名为乔的王子乘鹤升仙的故事。《列仙传》（作者或为刘向）：“周王子乔好吹笙，作凤鸣……见桓良，曰：‘告我家，七月七日待我于缑氏山头。’至时，果乘白鹤驻山头，望之不得到，举手谢时人，数日而去。”古人常以闲云孤鹤来比拟洒脱自在，脱离凡尘的人。崔颢《黄鹤楼》：“昔人已乘黄鹤去，此地空余黄鹤楼。黄鹤一去不复返，白云千载空悠悠。”华顶，华山顶峰。华山为道教的圣山。

④ 高人惠中，令色絪缊（yīn yūn）：高洁之士心中装有大智慧，他的脸上尽显慈善。高人，高洁之士，即前面所说的“落落欲往，矫矫不群”之人。惠，通“慧”。惠中，即慧心，也就是心中装有大智慧。令，善，美好。令色，善性或美好的容颜。《诗经·大雅·卷阿》：“颙颙（温和恭敬）昂昂（气宇轩昂），如圭（玉器）如璋（玉器），令（美好）闻（声誉）令望（名望）。岂弟（和气平易）君子，四方为纲（法度）。”絪缊，云雾烟气弥漫，此指高人容颜上的善性浓盛。

⑤ 御风蓬叶，泛彼无垠：蓬草乘风而起飞上九霄，天空廖廓无边无际，任由蓬草肆意遨游。御风，乘风。蓬叶，即蓬草之叶，秋季可随风飞起。曹植《杂诗七首》其二：“转蓬离本根，飘摇随长风。何意回飚举，吹我入云中。高高上无极，天路安可穷？”大意是，飞蓬离开了自己的本根，随风而起飘摇悠忽。不料一阵疾风，竟将它吹上了云霄。廖廓空远的天空无边无际，哪里才是路途的尽头呢？这和“御风蓬叶，泛彼无垠”语意相近。这两句是说明高人无拘无束肆意洒脱的

状态。

⑥ 如不可执，如将有闻：如同不可固执于空泛、虚无，如同不脱离尘世而不受世俗所染。执，固执。如不可执，即如不可执空，是说如同不可固执于空泛、虚无。《楞伽经》："宁起我见如须弥山，不起空见怀增上慢。"这段经文是说，宁可抓住实在的物质或境界，也不要紧抓一个空的观念，虽然两者都有错，但后者的错误是根本性的，是无法转圜的。因此也有人说："宁可执有如须弥山（形容极大），不可执空如芥子（形容极小）许。"有闻，即耳有所闻，喻指尘世之事。如将有闻，即不脱离尘世。这两句是说，"飘逸"并非是空泛、虚无缥缈的，还是要立足于现实世界，人在世俗世界中但又不受世俗的沾染而保持超脱之态。这两句是"飘逸"一品的核心。

⑦ 识者已领，期之愈分：这两句是承接上面两句而来的，大意是说，真正领悟了"飘逸"主旨的人，是内心保持不受世俗所染。可是一定要去往清平世界，脱离自己的皮相，这反而是已受世俗观念所染而陷入了执念。"如不可执，如将有闻。识者已领，期之愈分"四句，具有非常高的境界和居高临下的认识。

【白话译文】

潇洒自若欲远离世俗而心向高远，心地高洁保持超凡脱俗的志向。犹如缑氏山头飞入仙境的那只鹤，又如华山之巅浮动自如的云。

高洁之士心中装有大智慧，他的脸上尽显慈善。蓬草乘风而起飞上九霄，天空廖廓无边无际，蓬草彷徨而莫知路在何方。

如同不可固执于空泛、虚无，如同不脱离尘世而不受世俗所染。真正领悟了"飘逸"主旨的人，是内心保持不受世俗所染；可是一定要去往清平世界，脱离自己的皮相，这反而是已受世俗观念所染而陷入了执念。

【解读赏析】

《二十四诗品》的题目皆为双字，而内容又皆为四言，体例形式决定了作者无法通过形象的描述和情节的演绎来阐释每一品的内容，于是多以抽象和喻示来进行内容的展开。作为读者或希望有所探求的人，就应该在作者抽象的背景、喻示所指上下功夫，而什么事都往司空图（本书赞同司空图作者存疑的观点）身上靠，因为司空图品性淡泊，又一度归隐，且有“知非子”“耐辱居士”的号，于是就凡事一把揪住道家、佛家不放，硬是在道家玄理与佛家佛理之间引经据典。即便司空图是《二十四诗品》作者，可是他首先是儒生，而不是道家门人或佛家居士。况且，唐哀帝被弑，他绝食而死，这也不是道家或佛家所主张的。

本节内容从三个方面对“飘逸”一品进行了阐释：一是“飘逸”一品的本质；二是“飘逸”一品的外在表现；三是“飘逸”一品创作过程中应该注意的问题。下面逐一分解。

“飘逸”一品的本质是通过一个“欲”字来体现的。

本节开头四句，“落落欲往，矫矫不群。缑山之鹤，华顶之云”，本节前四句刻画了这样一个人，他落落寡合、矫矫不群，可又陶然自乐，毫无孤独之感。他“欲”绝世独立，去往脱离尘世之境，如同缑氏山乘载王子乔登仙的那只鹤，如同华山之巅上的自由自在的云。可是，注意，他只是“欲”往，也就是说并没有去往。什么意思呢？就是他的肉体并没有离开尘世登仙，而是依旧在尘世之中，可是他的心灵、精神、思想却的确已经超越凡俗，自由洒脱，不受局囿。外在表现上，就像陶渊明《饮酒》所说：

结庐在人境，

而无车马喧。

问君何能尔？

心远地自偏。

我虽是在这人世间结庐而居，但居处却无车马往来的喧嚣。你若问我是如何做到的，那我告诉你，只要心存高远，自然也就清静了。颇有一些禅意，但道理普通人也会立马心神领会，这就是“飘逸”一品的本质。飘逸之人，不在于是否归隐，而在于脱俗与自在。心若存俗，处处尘埃。“飘逸”一品风格，不在于非要标新立异，而在于自然淡远、洒脱自如的境界。

“飘逸”一品的外在表现。

中间四句，“高人惠中，令色絪缊。御风蓬叶，泛彼无垠”，胸有大智慧的高人，他容颜温润而多慈善。离根的蓬草被长风吹向九霄，在廖廓无际的太空里失去了方向。这两句通过高人与蓬草的对比，含蓄点明了“飘逸”一品的特征。惠中，即高人的根基；令色，即高人的从容与洒脱。正是因为高人有了大智慧这一根基，才能不受局囿随性飘逸。而蓬草却是离根而去，犹如断线风筝，随风飘摇而莫能自持。通过这样的对比来表达，“飘逸”并非是脱离尘世的不食人间烟火，那是求仙问道之类。“飘逸”一品风格，绝不同于脱离尘世现实、以谈论现实为耻的玄言诗。

在外在表现特征上，“飘逸”一品与第二十一节“超诣”一品有相似之处，但“超诣”一品重在超越终极价值观念的束缚，本品重在超越世俗。

“飘逸”一品创作过程中需要注意的问题。

本节最后四句，“如不可执，如将有闻。识者已领，期之愈分”，提出了一种对“飘逸”理解上的误解，即以为飘逸的生活方式应当是飘然而去的归隐，但真正领悟飘逸志趣的人，不会以是否归隐为执念。相反，如果非要离开人间烟火，换一副皮囊才算是飘逸，那么这样的人其实在精神上已经难以飘逸了。就如同一句话所说，因为没有图书馆而不读书的人，不是真正的读书人。飘逸重在精神心灵上不受羁绊，而不是肉身的逃避。表现在诗文风格上，“飘逸”就是诗文所展示的意境、灵性，而不是文辞上的故作洒脱、与众不同。

二十三　旷达①

【原文】

生者百岁，相去几何②。欢乐苦短，忧愁实多③。

何如尊酒，日往烟萝④。花覆茅檐，疏雨相过⑤。

倒酒既尽，杖藜行歌⑥。孰不有古，南山峨峨⑦。

【注释】

① 旷达：旷达本指开朗豁达、从容洒脱的人生境界，如《晋书·张瀚传》："翰任心自适，不求当世。或谓之曰：'卿乃可纵适一时，独不为身后名邪？'答曰：'使我有身后名，不如即时一杯酒。'时人贵其旷达。"本节以旷达为一品，用以作为诗歌风格特征和美感境界。

② 生者百岁，相去几何：人生不过百年，相比于循环不息的大道又算得了什么呢？相去，即距离死期。生者百岁，见《古诗十九首》："生年不满百，常怀千岁忧。"可见本节所说"生者百岁"，实际包含了一种价值取向，如同晏殊所说"酒筵歌席莫辞频"。

③ 欢乐苦短，忧愁实多：欢乐的日子少，忧愁的日子多。此两句谓人生苦短，为下两句及时行乐作引。

④ 何如尊酒，日往烟萝：为什么不携带美酒，前往山野幽僻之处，抛却烦恼束缚，及时行乐呢？尊酒，意为饮酒。烟萝，形容树木枝叶繁茂，如同笼罩着雾气，此指山野幽僻处，意即心安之所。李煜《破

阵子·四十年来家国》："四十年来家国，三千里地山河。凤阁龙楼连霄汉，玉树琼枝作烟萝，几曾识干戈？"

⑤花覆茅檐，疏雨相过：花朵盛开在茅屋之上，间或微雨飘过，何等清雅闲逸。

⑥倒酒既尽，杖藜行歌：酒已喝尽，心意正酣，顺势持杖信步，且行且歌。杖藜行歌，古代文人心中酣畅淋漓快意意象。苏轼《定风波·莫听穿林打叶声》："莫听穿林打叶声，何妨吟啸且徐行。竹杖芒鞋轻胜马，谁怕？"吟啸即为行歌，竹杖即为杖藜。

⑦孰不有古，南山峨峨：谁人没有一死？可是那南山巍巍峨峨亘古不变。古，即作古。

【白话译文】

人生不过百年，相比于循环不息的大道又算得了什么呢？欢乐的日子少，忧愁的日子多。

何不携带美酒，前往山野幽僻之处，抛却烦恼的束缚，及时行乐呢？花朵盛开在茅屋之上，间或微雨飘过，何等清雅闲逸。

酒已喝尽，心意正酣，顺势持杖信步，且行且歌。谁人没有一死？可是那南山巍巍峨峨亘古不变。

【解读赏析】

作者在本节内容里探讨了关于生命本质，以及如何实现人生意义的重大课题，作者赞同及时行乐的观点，其价值取向极为明显。当然这其中牵扯到有为与无为，以及享乐主义的认识，下文我们将会详细讨论。稍微理顺一下本节内容，就会得到三个脉络：

一、作者对人生本质的认识，体现于诗文风格就是"旷达"一品的理论基础。

宇宙大道，天地永恒，而人生短暂如白驹过隙。而在这短暂的一生中，又是苦多欢少。这是作者对人生本质的认识，这种认识无疑是保守、消极的。注意，此处的保守、消极，只是与激进、积极相对应，都仅仅是一种生活态度和解决问题的方式，激进并不是就比保守更好，同样，消极也并不是就比积极更差。比如道家思想都认为，有为不如无为，如老子认为“为无为，无不治（《道德经》第三章）”，庄子认为“顺物自然而无容私焉（《庄子·应帝王》）”，这在今天看来似乎是有些消极了，可是人类“积极”的结果又是什么呢？看看今天全球性的大气污染，环境恶化，物种灭绝，无不昭示人类的狂妄与自以为无所不能的恶果。由此来看，老子所说“天地不仁，以万物为刍狗（《道德经》第五章）”，确乎大智之言。天地对待万物没有偏爱或偏恶，滋生万物后，各个物种最终发展成为什么样子，那就是万物自己的行为所致了，天地并不干涉其中。明白了“有为”与“无为”的脉络，才能明白接下来的享乐主义的思想根基，也才能明白作者所说“及时行乐”为“旷达”的内在逻辑。

本节开头四句，“生者百岁，相去几何。欢乐苦短，忧愁实多”，实际就四个字，人生苦短。这是一种价值判断，它为“旷达”铺述了背景，同时引发了面对生死的态度和如何实现自身所持有的价值观的问题。作者给出的解决方案是，及时行乐。既然人生苦短，且所谓积极、激进的有为，其解决问题的功效并不比消极、保守的无为更有效，那么为何不顺其自然、享乐当下呢？那么作者所说的及时行乐到底是一种怎样的生活方式和态度呢？

二、人生应该如何度过？这关乎价值判断，体现于诗歌风格就是创作方向的探讨。

本节第三句到第八句，“何如尊酒，日往烟萝。花覆茅檐，疏雨相过。倒酒既尽，杖藜行歌。”在这六句诗里，作者以“烟萝”构建出了心中安乐之地，在这里，心情如同鲜花，微雨也平添诗意。酒酣耳热，杖藜行歌，何等酣畅淋漓，何等洒脱从容！也就是说，作者所说的及时行乐，并非世俗所认为的欲壑难填、挥霍无度与灯红酒绿，而是近乎身体与心灵的最原始满足。这里需要注意的是，作者通过这六句诗所构建的场景，似乎有隐居之意，但并非如此，仅仅是作者的思想必须借助于具象才能成文，仅此而已。如果以为旷达的人生必须就是隐居，那首先就不“旷达”了。

及时行乐的享乐主义，并非我们古人所独有，西方尼采曾说：“人生有三种境界：骆驼，负重劳累，听凭于别人或命运的安排；狮子，体现‘我要’的主动，一切皆在争取；婴儿，回归‘我是’状态，活在当下，享受现在。”

及时行乐在古代不少诗人中都有体现。苏轼以豁达闻名，如他的《水调歌头·明月几时有》《临江仙·送钱穆父》等无不如此，可苏轼依旧也有及时行乐的诗作，如《望江南·超然台作》：“春未老，风细柳斜斜。试上超然台上望，半壕春水一城花。烟雨暗千家。寒食后，酒醒却咨嗟。休对故人思故国，且将新火试新茶。诗酒趁年华。”晏殊《浣溪沙·一向年光有限身》：“一向年光有限身，等闲离别易销魂，酒筵歌席莫辞频。满目山河空念远，落花风雨更伤春。不如怜取眼前人。”宋祁《玉楼春·春景》：“东城渐觉风光好，縠皱波纹迎客棹。绿杨烟外晓寒轻，红杏枝头春意闹。浮生长恨欢娱少，肯爱千金轻一笑。为君持酒劝斜阳，且向花间留晚照。”罗隐《自遣》：“得即高歌失即休，多愁多恨亦悠悠。今朝有酒今朝醉，明日愁来明日愁。”无论苏轼的“诗酒趁年华”、晏殊的“不如怜取眼前人”，还是宋祁的“且向花间留晚照”、罗隐的“今朝有酒今朝醉”，都有享乐当下莫负时光的感叹。

三、豁达洒脱的境界，既是人生的美感，也是“旷达”一品风格的表现美感。

本节最后两句，“孰不有古，南山峨峨”，青山长在，绿水长流，人生是其中的过客。对于永生的追逐，可以追溯到先秦，发扬光大却是自秦汉开始。秦皇汉武，对于长生不死的追求孜孜不倦。这股风气一直延续到了明朝，嘉靖帝也曾几十年如一日地求道炼丹，以求不死。可是如今他们坟前草木青了又黄，已然几百上千个春秋了。海瑞曾上《治安疏》劝说嘉靖：“你相信陶仲文，并称他老师，要陶仲文传你长生之术。可是如何？陶仲文自己就先死了，他都死了，你还能长生不死？”海瑞是劝嘉靖不要瞎闹腾，人怎么可能不死？不死的只有天地。可是嘉靖未必明白，或不愿相信。

面对生死，坦然受之，这是智慧，是境界。坦然面对生死，才能返回内心，叩问自己真正的所想，如同美国作家海伦·凯勒的散文《假如给我三天光明》。假如生命只有三天，又会作什么安排呢？必定是做自己最想做而没有做的。

旷达，如同前几品中提及的豪放、悲慨、自然等一样，于诗歌而言，需要各种风格的美感展现；于人生而言，人人都有选择如何度过的自由。这也是“旷达”一品的延伸所在吧。

二十四　流动[1]

【原文】

若纳水辖，如转丸珠[2]。夫岂可道，假体如愚[3]。

荒荒坤轴，悠悠天枢[4]。载要其端，载同其符[5]。

超超神明，返返冥无[6]。来往千载，是之谓乎[7]。

【注释】

①流动：此处流动本意为老子所说“独立而不改，周行而不怠”之意，宇宙万物以流动运行而存在，无一例外。《周易》所说“大道五十，天衍四九，人遁其一”，也正是因为“缺”一，天地万物才得以运行，不能流动就陷入死局。本节用“流动”作为一品风格，则是说诗歌要追求气脉畅通无滞、浑然一体，意境开放、深远，活力不息。

②若纳水辖（guǎn），如转丸珠：如同水车受到水流的冲击而运转不息，如同丸珠受到手掌之力而转动不止。纳水，即容纳了水。辖，包在车毂头上的金属套，此处代指水车。若纳水辖，大意是说就如同水车受到水流的冲击而运转不息。转丸，即转动小球。杜甫《送从弟亚赴安西判官》：“应对如转丸，疏通略文字。”如转丸珠，大意是说就如同丸珠受到手掌之力而转动不止。这两句是说，万物运转，都有其内在的关联，若纳水之辖、转丸之珠，生生不息，运转不止。点明了诗歌“流动”一品的内在本质，即气脉周流不滞、生生不息。

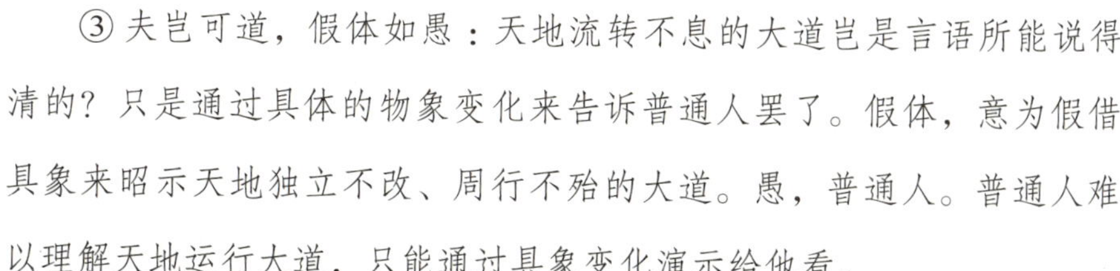

③ 夫岂可道，假体如愚：天地流转不息的大道岂是言语所能说得清的？只是通过具体的物象变化来告诉普通人罢了。假体，意为假借具象来昭示天地独立不改、周行不殆的大道。愚，普通人。普通人难以理解天地运行大道，只能通过具象变化演示给他看。

④ 荒荒坤轴，悠悠天枢：无际的大地，廖廓的天空，都在不停地运行。坤轴、天枢，喻指宇宙乾坤流转不息，且相互关联。枢即轴，居于中心，自己的转动带动与之关联的其他物体一起转动。

⑤ 载要其端，载同其符：这两句大意是说，要掌握流动的端始，了解流动的内源本质。端，即万物具象流动的起始受力，即天地周行不殆的规律。符，是天地周行不殆的规律作用于万物具象后的表现。

⑥ 超超神明，返返冥无：大道运行的规律难以名状，天地流转不息也无迹可寻。超超，高明。神明，此指大道运行的规律。返返，天地的流转不息。冥无，毫无踪迹。

⑦ 来往千载，是之谓乎：宇宙恒常，千载万世，流转不息。“超超神明，返返冥无”强调了“流转”不止的空间概念，这两句是从时间上来描述“流转”的永不停止。

【白话译文】

如同水车受到水流的冲击而运转不息，如同丸珠受到手掌之力而转动不止。天地流转不息的大道岂是言语所能说得清的？只是通过具体的物象变化来告诉普通人罢了。

无际的大地，廖廓的天空，都在不停地运行。要掌握流动的端始，了解流动的内源本质。

大道运行的规律难以名状，天地流转不息也无迹可寻。宇宙恒常，千载万世，流转不息。

【解读赏析】

“流动”一品，为二十四品的收官，这应该是作者刻意的结构安排。如果将诗歌比作一个生命，那么前面二十三品或为性格，或为气禀，或为心胸，本品“流动”则是活力。生命存在于流动，而死亡于沉寂。作者的这一结构安排，是典型的古人宇宙观、世界观的体现。

古人对宇宙观及思维逻辑的确立，较为完整地体现于《周易》。《周易》核心思想可以简单概括为：阴阳调和，相济相生，阴阳流转，动态平衡，生生不息。宇宙万物的产生与生长，都是在生生不息的流动中存在。所说“大道五十，天衍四九，人遁其一”，也正是因为“缺”一，天地万物才得以运行，不能流动就陷入死局。《周易》以乾、坤两卦开篇，意为先有天、地，天地而造万物。然后继之以屯卦，意为人与万物相融相生。六十四卦最后，以既济、未济两卦结束，意为宇宙大道周而复始，循环无穷，生生不息。作者关于本书的结构明显受到《周易》的影响。

流动是整个宇宙存在的规律，万物世界以之为存在条件，这样的认识始于《周易》，在儒、释、道三家的思想中都被列为法则，并各有延伸。儒家的“正名”主张，“名不正，则言不顺；言不顺，则事不成；事不成，则礼乐不兴；礼乐不兴，则刑罚不中；刑罚不中，则民无所措手足。”（《论语·子路》）以及举一反三的思想，“不愤不启，不悱不发。举一隅不以三隅反，则不复也。”（《论语·子路》）儒家坚持正向秩序的同时，又秉持以运动的眼光看待问题，所以孔子才有“无适也，无莫也”的方法论。

道家“道生一,一生二,二生三,三生万物”的宇宙诞生论，实际是发展了《周易》阴阳相济而生万物的思想。正是因为阴阳相生而流转的认识，才就有了老子对后世影响巨大的世界观，“祸兮，福之所倚；福兮，祸之所伏。”道家认为宇宙世界是存在于对立统一中，而万物具象的内部也是呈现对立统一。对立统一之所以得以存在，原因就在于流动。

佛家的“轮回”亦是秉持流动的认知。佛家经典浩瀚，佛义精博，可是作为一门入世的宗教，它首先面对的问题就是实践中的障碍。从如何解决社会实践障碍这个角度上，佛家的“轮回”说，可以算是其核心。虽是难免有以利诱人、以害吓人的痕迹，却也算是不失善意。“轮回”说的关键之处，就在于世界的流动，好与坏、善与恶都是可以转化的。

南北朝至隋唐以后，儒、释、道对古人的影响最大。以上关于儒、释、道三家思想关于“流动”主张的分析，就是本节作者“流动”一品的思想根源和背景。下面从“流动”一品的理论基础、创作手法和意境三个方面进行分析。

“流动”一品的理论基础，流动是宇宙的规律，是天地万物存在的形式。

本节开篇四句，“若纳水輨，如转丸珠。夫岂可道，假体如愚”，即点明了“流动”是宇宙大道。水车受到水流冲击而运转不息，水车的运转又带动了水的流动，既点明了流动是万物存在的形式，又点出这种流动存在于相互作用之下。可是普通人见到水车转动，大概率不会神思跳跃到宇宙运行。反过来讲，给普通人讲述宇宙大道运行规律，恐怕大多也会莫名其妙，像老子所说“中士闻道，若存若亡；下士闻道，大笑之”，所以作者说将大道具化为物象变化，只不过是为了演示给普通人看罢了。作者基于流动、调和的宇宙观，而持有诗歌亦应“流动”一说，便是创作者不能陷入玄言诗的窠臼，而是要立足于具象，言之有物，寄理于物，不可空洞。

“流动”一品的创作手法，抓住本质。

本节中间四句，“荒荒坤轴，悠悠天枢。载要其端，载同其符”，大道运行无形无迹，却会体现于万物具象。万物具象运行纷杂百态，但最终又会归于大道。荒荒大地，滋生万物，其运行无不以地轴为中心；悠悠长空，包容大地，其运行无不以天枢为中心。契合天地的流转，就能够从具象的变化而认识宇宙运行的大道。杨廷芝《二十四诗品浅解》所说“要其端，寻其源”“欲识其相符，而得其本根”，道出了要害。只有认识到“流动”的本质，才能对万物具象的动态发展了然于胸。于诗文创作而言，了解万物的生命本质，才能使笔下的风物契合天地流动之精神。

“流动”一品的意境，对立统一的时空观。

本节最后四句，“超超神明，返返冥无。来往千载，是之谓乎”，大道运行的内核呈现了天地万物周流不滞的活力，正是这种恒久的流动成就了世界的存在。前两句是从空间上阐释宇宙流动的“独立而不改”，后两句则是从时间上阐释流动变化乃宇宙亘古不变的“周行而不殆”。于诗歌创作而言，即是要遵循气脉畅通无滞、浑然一体的意境，如《南史·王筠传》引谢朓语所说“好诗圆美流转如弹丸。”

参考文献

[1] 王运熙，顾易生 . 中国文学批评史新编［M］. 上海：复旦大学出版社，2019.

[2] 钟嵘 . 诗品集注［M］. 曹旭，集注 . 上海：上海古籍出版社，2011.

[3] 钟嵘 . 诗品译注［M］. 周振甫，译注 . 北京：中华书局，2017.

[4] 程俊英，蒋见元 . 诗经注析［M］. 北京：中华书局，2017.

[5] 高步瀛 . 唐宋诗举要［M］. 北京：中国书店，2011.

[6] 杨廷芝 . 二十四诗品浅解［M］. 孙昌熙，刘淦，点校 . 济南：齐鲁书社，1980.

[7] 孙联奎 . 诗品臆说［M］. 孙昌熙，刘淦，点校 . 济南：齐鲁书社，1980.